A MECÂNICA do Amor

A MECÂNICA do Amor

ALEXENE FAROL FOLLMUTH

Tradução
Isabela Sampaio

Copyright © 2022 by Alexene Farol Follmuth
Copyright da tradução © 2023 by Editora Globo S.A.

MY MECHANICAL ROMANCE by Alexene Farol Follmuth

Publicado mediante acordo com a editora original.

Primeira publicação por Holiday House Publishing, Inc., New York.

Todos os direitos reservados. Nenhuma parte desta edição pode ser utilizada ou reproduzida — em qualquer meio ou forma, seja mecânico ou eletrônico, fotocópia, gravação etc. — nem apropriada ou estocada em sistema de banco de dados sem a expressa autorização da editora.

Título original: *My Mechanical Romance*

Editora responsável **Paula Drummond**
Editora assistente **Agatha Machado**
Assistentes editoriais **Giselle Brito e Mariana Gonçalves**
Preparação de texto **Catarina Notaroberto**
Diagramação e adaptação de capa **Renata Vidal**
Projeto gráfico original **Laboratório Secreto**
Revisão **Luiza Miceli**
Ilustração de capa **Jacqueline Li**
Design de capa original **Chelsea Hunter**

Texto fixado conforme as regras do Acordo Ortográfico da Língua Portuguesa (Decreto Legislativo nº 54, de 1995)

CIP-BRASIL. CATALOGAÇÃO NA PUBLICAÇÃO
SINDICATO NACIONAL DOS EDITORES DE LIVROS, RJ

F728m

    Follmuth, Alexene Farol
    A mecânica do amor / Alexene Farol Follmuth ; tradução Isabela Sampaio.
    - 1. ed. - Rio de Janeiro : Globo Alt, 2023.
    21 cm.

    Tradução de: My mechanical romance
    ISBN 978-65-88131-99-2

    1. Romance americano. I. Sampaio, Isabela. II. Título.
23-83354
                    CDD: 813
                    CDU: 82-31(73)

Meri Gleice Rodrigues de Souza - Bibliotecária - CRB-7/6439

1ª edição, 2023 — 10ª reimpressão, 2025

Direitos de edição em língua portuguesa para o Brasil adquiridos por Editora Globo S.A.
R. Marquês de Pombal, 25
20.230-240 – Rio de Janeiro – RJ – Brasil
www.globolivros.com.br

Para Henry

Um
Catapulta

Bel

Minha família sempre conta que meu pai queria me chamar de Sol quando descobriu que eu seria uma menina. Como minha mãe já tinha decidido que preferia nomes bíblicos, insistiu em Isabel, mas, graças à minha incapacidade de pronunciar a letra S, o nome acabou sendo abreviado para Bella. Aí, como odiei o apelido e me recusei a atender por ele, encurtaram para Bel, o que, no fim das contas, só prova como escolher o meio-termo acaba deixando os dois lados insatisfeitos.

Em defesa do meu pai, sou mesmo uma pessoa solar. Mas, assim como para a maioria dos seres humanos, existem coisas que eu amo na vida — queijo, estar certa, a maravilha rara que é rebater uma crítica no *timing* perfeito — e coisas que não. E o que está no topo dessa segunda lista? Esportes em grupo, ser questionada sobre o que estou fazendo da vida e a leve, mas angustiante sensação de que posso ter deixado passar algum detalhe importante.

— Nossa, tinha me esquecido que hoje era o dia da catapulta! — diz Jamie, inspecionando seu reino do alto da nossa vista panorâmica no topo do pátio. — O primeiro projeto do ano... que gracinha! Os bebês da turma de física pulando de um lado pro outro como passarinhos assustados... amo — continua ela, pensando alto, enquanto tamborila as unhas azul-claras na latinha de água com gás saborizada com alguma coisa bizarra. — Falando nisso, cadê a sua?

Hummmm. Droga.

Tá, eu *sei* que o projeto da catapulta provavelmente (com certeza, na verdade) estava na ementa, mas, em minha defesa, precisei escrever uma redação enorme para a aula de inglês na semana passada e tenho um teste de estatística hoje à tarde, além de um trabalho em grupo para a aula de educação cívica. Não é culpa minha eu ter uma noção de tempo tão falha. Não existem milhares de artigos sobre o impacto do estresse acadêmico na vida dos adolescentes ou algo do tipo? Tenho quase certeza de que eu conseguiria encontrar pelo menos uns dez se me desse ao trabalho de pesquisar. (Não vou pesquisar nada, mas seria justo, né?)

— Isabel Maier — incita Jamie, que, infelizmente, ainda está aqui e não é apenas parte de um pesadelo angustiante que estou tendo. — Seu silêncio é muito suspeito.

— Hum. — Essa é minha brilhante resposta.

Spoiler: minha catapulta não está aqui. Em primeiro lugar porque ela não existe e, em segundo, porque nenhum milagre aconteceu nos últimos trinta segundos. A única coisa que me vem à cabeça no momento é um monte de obscenidades bem inúteis que levariam minha mãe a fazer o sinal da cruz e depois perguntar onde foi que errou na minha criação. (O que é sempre uma pergunta retórica.)

— Tem alguém aí? — chama Jamie, agitando a mão na minha cara. — Bel?

— Estou pensando — respondo, e olho rápido para a tela do meu celular.

Eita. Faltam quinze minutos para o início da aula.

— Excelente — comenta Jamie, em tom de quem duvida da minha capacidade cognitiva. — Que começo promissor.

Assim como todas as garotas que ouvem, desde os seis anos de idade, todo mundo dizer que elas falam que nem adultas, Jamie Howard quer ser advogada. Seus objetivos profissionais envolvem vestir terninhos imponentes enquanto grita ordens para seus sócios em um escritório repleto de samambaias em Manhattan. Ela é o tipo de garota que transita pelo campus com determinação, praticamente derrubando qualquer um que cruze seu caminho, e que ri alto *demais* de qualquer coisa que ache engraçada. Por sorte, tenho sido uma dessas coisas desde que ela foi selecionada para me ajudar durante a orientação para alunos transferidos, seis semanas atrás.

— Você por acaso tem aí algo tipo... Durex? — pergunto em tom otimista.

— O quê? — diz Jamie.

— Durex — repito. — Você. Tem. Durex?

— Bel, eu te ouvi — ela me informa —, e não que você tenha me perguntado, mas não acho que durex vá te ajudar a construir a catapulta que você obviamente esqueceu de fazer.

— Supostamente — eu a corrijo. — Que *supostamente* esqueci de fazer. E isso é um não?

— Claro que é um não. Quem anda por aí com durex?

— Sei lá, tem gente que anda — respondo, procurando a alça da mochila que uma versão mais despreocupada de mim jogou embaixo da mesa. — Você não carrega um mini grampeador?

— Carrego, óbvio — diz Jamie, fungando —, mas, visto que não trabalho nos correios nem estou matriculada no jardim de infância, não preciso de durex.

— Você não está ajudando em literalmente nada — observo.

— Eu literalmente não estou tentando ajudar — responde Jamie com um descaramento impressionante. — Você tem noção de que esse projeto é, tipo, *metade* da sua nota do semestre, né? Se você zerar, vai pegar muito mal para mim.

— Tá, agora você realmente não está ajudando — informo a Jamie. — E, considerando que estou num momento de crise, bem que você podia ser um pouquinho mais otimista.

— Você está certa, desculpa... Se você zerar, vai pegar muito mal para mim! — diz Jamie, cantarolando.

Maravilha.

Pra dizer a verdade, num primeiro momento presumi que o interesse de Jamie por mim fosse por ela levar *todas* as responsabilidades extracurriculares bem a sério — tipo, num nível insano. Não dá para entender por que uma pessoa que está fazendo tudo que pode para ser a oradora da turma escolheria andar com alguém que nem tem uma agenda. Só pode ser uma questão de cortesia profissional. Mas, visto que Jamie ainda me procura todo dia, sem falta, para saber como estou, acho que, em algum momento entre a gente se seguir no Instagram durante a orientação e fazer cookies com a avó dela na semana passada, nossa relação deu uma guinada inesperada e se tornou uma amizade genuína.

— Bom, não que isso tecnicamente mude alguma coisa — comento, voltando à única coisa que sou capaz de extrair do meu cérebro —, mas que fique claro que eu não quero o durex. Quero o porta-durex.

Jamie me olha com cara de paisagem.

— O treco de plástico que segura a fita, sabe? — arrisco.

Nenhuma resposta. Nada.

— Tá bom — digo com um suspiro —, eu tenho quinze minutos para resolver isso e zero tempo para te explicar. Você pode ser útil, por favor?

— Provavelmente não — responde Jamie. — Já tentou ver lá no escritório?

Ah, ótimo, muito bom, eu adoraria começar minha tarde pedindo durex a um dos ilustres administradores da Academia de Arte, Ciência e Tecnologia de Essex depois de ter sobrevivido por pouco a um interrogatório matinal para saber se eu tinha agendado uma avaliação de carreira com meu orientador. Percebi uma pitada de suspeita da parte deles, o que achei injusto. Pouquíssimas das minhas respostas foram mentiras, então eu definitivamente poderia ter me saído bem pior.

Mas, considerando que minhas opções são ir até lá ou o inevitável sermão da minha mãe…

— Argh — digo, dando meia-volta.

— Boa sorte! — grita Jamie atrás de mim.

Aham, com certeza. Porque é sorte mesmo o que falta nessa equação.

Na minha antiga escola, que sem dúvida era uma farsa, não havia esse alvoroço todo em relação a vestibular ou a planos de estudo; inscrições para universidades, então, nem se fala. Branford tinha cerca de quatro matérias avançadas — disciplinas eletivas de nível universitário — e ou você era inteligente e cursava essas matérias (tipo o meu irmão do meio, Gabe) ou não ligava para a escola e passava o dia inteiro de bobeira até chegar a hora do treino de beisebol (tipo meu irmão mais velho, Luke).

A escola em que estudo *agora*, por outro lado, é um laboratório esquisito para CEOs de *startups*. É particular, por insistência da minha mãe, e, apesar de ficar a menos de dezesseis quilômetros de onde eu costumava passar todo o meu tempo, Sherman Oaks definitivamente não tem nada a ver com Van Nuys. Quando se trata da pequena e adorável axila de Los Angeles, conhecida como o Valley, dá para sentir a mudança na alíquota do imposto de renda já da Interestadual 405.

Então, sim, não é como se eu estivesse animadíssima para visitar a nave mãe da Academia Essex. Felizmente, meu celular vibra antes que eu chegue muito longe.

> **Jamie**
> lora acabou de chegar aqui

> **Jamie**
> falou pra vc tentar a biblioteca

Aí a coisa já melhora, até porque o prédio da biblioteca é mais próximo de onde estou no momento. Viva a Lora! Desvio da minha atual trajetória e entro no prédio, onde sou abençoada, apesar do meu palavreado vulgar e provável blasfêmia. A bibliotecária-chefe está ajudando alguém a entender os mínimos detalhes da classificação decimal de Dewey, então roubo um rolo de durex do balcão e me esforço para não chamar atenção enquanto fujo da cena do crime.

Quando chego à ponta do pátio, faço uma pausa para recalcular a rota. Tá, tenho dez minutos e o que mais? Uma caneta, ótimo. Na verdade, isso é um milagre maior do que parece. Um elástico. Uma garrafa d'água.

Hum, olha só.

— Já terminou isso aí? — pergunto para um garoto que passa na minha frente. Ele me olha aterrorizado, então chuto que esteja no primeiro ano.

— Isso? — repete ele, levantando a garrafa d'água que acabou de terminar.

Eu posso até estar aqui há apenas três semanas, mas ainda sou do último ano, então respondo com um aceno de cabeça seco, pagando de veterana.

— Jogar plástico fora depois de usar só uma vez é uma irresponsabilidade absurda — digo a ele, pois esse é o tipo de coisa que faz as pessoas se sentirem culpadas nessa escola. — Me dá isso aqui que eu vou só, sabe como é... reciclar a garrafa.

A menos que esse garoto seja um acumulador de recipientes vazios, ele deveria me dar a garrafa. Bem devagarinho, ele a oferece para mim, ainda com cara de quem acha que posso mordê-lo.

— Valeu — digo, e então dou uma passadinha na lata de lixo reciclável mais perto do pátio. Com sorte, o calouro não está me vendo pegar mais duas garrafas (nojento, eu sei, mas minha mãe é uma enfermeira de pronto-socorro que vive me encharcando de álcool em gel... e está tudo bem) e retirar as tampas.

Recuo um passo com as quatro tampas na mão e acabo trombando com alguém enquanto me viro.

— Cuidado — diz a pessoa com quem acabei de colidir.

O nome dele é Teo Luna, algo que eu gostaria de nem saber, mas infelizmente todo mundo aqui é apaixonado por esse garoto. É um tipo de amor bem fantasioso, como se candidatar para Stanford, já que ele é o filho absurdamente rico de algum deus da tecnologia. Óbvio que nesta escola cheia de mutantes não existe aquela figura padrão de rei do baile de formatura, o que seria a definição do meu irmão Luke, que se entope de shakes de proteína e ostenta um sorriso chamativo e atraente que complementa o peitoral. Em vez disso, a versão de galã do pessoal daqui deve cursar uma série de disciplinas avançadas e ter cara de quem provavelmente é vegano "em nome do meio ambiente", ou qualquer coisa assim.

Claro, Teo Luna é capitão de uns oitocentos lances relacionados a ciência que geralmente ganham coisas e tem aqueles cachos típicos dos namoradinhos perfeitos que combinam com seu bronzeado artificial permanente, então acho que isso pode ser atraente de um jeito meio hipster. Na minha opinião, ele bem que podia dar uma maneirada na arrogância.

— Peço desculpas, senhor — digo, forçando um breve cosplay de Oliver Twist, do Charles Dickens, depois de acertá-lo em cheio no peito. Ele fecha a cara e ajeita a camiseta do time de futebol da escola que está usando no lugar da camisa de botão séria de sempre, e me curvo numa reverência em resposta.

— Então táááá — diz Teo, prolongando deliberadamente a última palavra e dando meia-volta enquanto revira os olhos.

Que rude. Tchau.

Sete minutos. Oito? Tá bom, está mais para cinco. O rolo de durex já está no finalzinho, então termino de puxar o que sobra, elaboro um pedido de desculpas silencioso à iniciativa de reciclagem da Academia Essex pelo meu desperdício abominável e envolvo o elástico no rolo vazio, quebrando um pedacinho do plástico para firmá-lo. Depois de algumas gambiarras com a tampa da caneta e algumas tampas de garrafa, consigo chegar em um resultado que lembra vagamente um pato com pernas circulares. A base vai mantê-lo de pé e o elástico vai servir de estilingue. É uma versão em miniatura de uma catapulta, mas não havia nenhuma exigência de tamanho no projeto. Só precisa funcionar.

Será que dá tempo de testar?

O sinal toca, então não. Só me resta torcer por um milagre.

(Vendo pelo lado bom, qualquer tipo de milagre é capaz de agradar minha mãe.)

> **Jamie**
> e aí?? você se ferrou totalmente??

> **Bel**
> ainda não, mon ami

> **Bel**
> ainda não

Teo

Parece que é o dia da catapulta mais uma vez. Não é meu projeto de física favorito do ano passado, mas com certeza é melhor do que qualquer coisa que já precisei fazer para qualquer outra matéria. Entre construir algo do zero ou fazer uma análise literária, escolho sempre a primeira opção sem pestanejar, e é por isso que física avançada foi a primeira disciplina em que me inscrevi no último ano.

Além disso, não *precisei* usar todo o prazo de duas semanas que nos deram para fazer a catapulta, mas as expectativas em relação a mim são muito altas nesta escola. Cada detalhe importa, e é por isso que fiz por merecer cada pontinho daquele dez que recebi. Essas catapultas novas... Bem. Sem querer ser babaca, mas estão horríveis. Acho que acabei de ver um aluno do terceiro ano passando por aí com uma catapulta que é 80% rolo de papel toalha e 20% inadequação.

Decepcionante. Se for absolutamente necessário recrutar um novo membro para a equipe esta semana, eu gostaria que fosse alguém capaz de produzir um design interessante. Mas pelo jeito...

Meu celular vibra dentro do bolso, interrompendo meus pensamentos.

> **Dash**
> vc tá vendo isso?

Como de costume, ele está sentado a apenas quatro cadeiras de distância de mim, mas é claro que vamos trocar mensagens, por que não? Dou uma olhada à minha volta para ver do que ele está falando, mas não faço a menor ideia.

> **Teo**
> vendo o quê?

— Luna — diz Mac, o professor de física avançada, e gemo por dentro. Tecnicamente, se um vice-diretor resolver perambular pelo pátio de ciências por algum motivo, devemos chamar o professor de sr. MacIntosh, mas acho que ele adora ser chamado pelo mesmo nome do computador da

Apple. Não é tão engraçado assim, mas, depois de três anos trabalhando com ele em robótica, sou essencialmente imune a qualquer coisa que Mac considere hilária. Cerca de 87% dessas coisas são trocadilhos.

— Será que preciso te lembrar de que é proibido mexer no celular durante a aula? — diz ele, arqueando a sobrancelha. — Guarde isso.

Eu me viro e olho feio para Dash, que dá de ombros. "Tenha respeito", comenta ele, sem emitir nenhum som, todo altivo.

Às vezes eu odeio esse cara, sério.

— Muito bem, vamos continuar falando de cinemática hoje — anuncia Mac, projetando a tela do iPad no quadro para mostrar o exercício de aquecimento do dia. Mac adora desenhar Chad, um personagem que ele inventou e que faz coisas horríveis com os próprios amigos, como derrubar bigornas na cabeça deles do alto de prédios, por exemplo. Só precisamos nos ater aos cálculos, mas é bem óbvio que Chad tem alguns problemas. Provavelmente vêm lá da infância.

Hoje, Chad está jogando uma bola em alguém: velocidade, distância, aceleração, tempo. São exercícios de aquecimento por um motivo. Ponho a caneta no papel e rascunho as equações com aproximadamente o mesmo nível de atenção que eu usaria para amarrar meus sapatos.

— Teo — sibila Dash, jogando uma bola de papel na minha cabeça. — Ei, Teo.

Eu o ignoro. Na verdade, o nome de Dash é Dariush, mas ninguém tinha paciência para isso no primeiro ano, daí o diminutivo. Gosto como o apelido representa algo relativamente inconveniente. Dash. *Dash* já daí! É como um puxão de orelha. Algo que te atrapalha, que te perturba no meio da aula e pouco a pouco vai tirando sua vontade de viver.

— Ma-*te*-o — diz Dash, com as mãos em concha ao redor da boca. — Teo. Ei.

— Dash, meu Deus, *para...*

— Já terminou, Luna? — chama Mac, e levanto a cabeça. — Ótimo! Faça no quadro — pede ele, gesticulando com o queixo por cima do ombro. Em seguida, me lança um olhar conspiratório, como se nós dois estivéssemos investidos na minha punição. Queria poder lhe dizer que ser melhor amigo de Dash já é castigo o suficiente.

Enquanto me levanto, Dash aponta para alguém. Jamie Howard? Ela está franzindo a testa para a própria página e parece perdida. Ela... bem, é superinteligente, tenho que admitir, mas é mais do tipo que ganharia um concurso de redação, uma discussão sobre Shakespeare ou algo do tipo. Jamie não gosta de matemática nem de ciências e as considera, usando suas palavras, "banais". Acho que ela só está aqui para preservar a própria média para Stanford. Ao lado dela está Lora Murphy, que estuda robótica com Dash e comigo (e com a maioria da turma, com exceção de Jamie, que está ocupada demais participando de Júris Simulados ou Simulações da ONU ou qualquer que seja a atividade de humanas que esteja fazendo), e na frente de Lora está...

Ah. Dash está apontando para Neelam. Tá, quero deixar claro que não tenho nada contra Neelam Dasari. De modo geral, eu sou melhor em circuitos do que ela? Sim. Isso tem alguma coisa a ver com um conluio patriarcal sinistro entre mim e Mac? Não. Só que nada disso impede que Neelam olhe feio para mim toda vez que Mac e eu conversamos sobre quais videogames vamos jogar no fim de semana, como se fosse uma grande reviravolta Mac apoiar a decisão da equipe de me colocar como piloto dos robôs desse ano. Ela parece achar que isso faz de mim uma espécie de macho escroto e nepotista do mundinho da programação, quando, na verdade, é uma questão de experiência profissional.

Enfim, a questão é que, de alguma maneira, Neelam conseguiu o esboço do robô de sete quilos que eu projetei durante o verão e o está destrinchando para quem quiser ver — o que prova que não fui o único que não se dedicou ao aquecimento, a propósito, mas Mac não parece ter notado. Quem está se beneficiando do favoritismo dele agora, hein, Neelam? Não é como se o esboço fosse o modelo final nem nada, mas seria legal se ela não fosse uma verdadeira chata em relação ao trabalho. São esses pequenos detalhes que contam, sabe?

Quando começo a copiar minha equação no quadro, olho pela janela e vejo alguém entrar no pátio. É a sra. Voss, professora de biologia (ela está com uma turma de física esse ano por conta do excesso de alunos ou algo do tipo), conversando com a novata que acabei de encontrar perto das lixeiras. Ainda não descobri o nome dela — não fazemos nenhuma matéria juntos —, mas ela é a pessoa mais esquisita que já conheci na vida, de verdade. Nem acho que seja de propósito; realmente acredito que esse seja o jeito da menina. Hoje, por exemplo, ela está usando uma saia hippie supercomprida e um colar feito de colherinhas.

— Tá — digo, me afastando do quadro. — Terminei.

— Muito bem, Luna — comenta Mac. — Parece certo.

Claro que sim.

— Obrigado.

Neelam volta a olhar feio para mim quando passo de novo pela mesa dela. Dessa vez, ela curva o braço ao redor da página do projeto, como se eu não soubesse exatamente o que está fazendo. Por mim, Neelam pode propor quantas modificações quiser. Dash vai me apoiar, assim como Emmett e Kai. Ravi faz tudo que a gente manda e Justin é basicamente inútil, então não é como se eu precisasse surtar com a opinião dela. Neelam não disfarça o ódio que sente por mim e, da mesma forma, já desisti de tentar estabelecer uma política de boa vizinhança com ela. Além do mais, ela não é excluída nem nada do tipo. Neelam tem vários amigos — eu simplesmente não sou um deles.

Eu me sento e olho de relance pela janela enquanto Mac começa a explicar os pormenores do meu trabalho. Ainda estamos na terceira semana de aulas, então não vai acontecer nada de interessante nas matérias por pelo menos um mês. O que mais me preocupa são os testes para o clube de robótica, que vão acontecer na sexta-feira. Pessoalmente, não acho que a gente precise de um novo membro, mas Mac só vai nos deixar começar os trabalhos no laboratório depois dos testes. (Algo a ver com chances e oportunidades justas, blá-blá-blá.)

A menos que algum aluno do primeiro ano tenha crescido em uma plataforma de petróleo ou em um navio militar, incluir um novo integrante à equipe significa que vou ter que passar pela dor de cabeça de dar mais um curso de Introdução à Soldagem. Ser o capitão tanto da equipe de robótica quanto da de futebol já seria complicado sem estar inscrito em seis disciplinas avançadas *e* trabalhando no meu formulário de admissão antecipada no MIT — fora que, além disso, as pessoas esperam que eu seja sociável. Sei que cabe a mim lidar com o estresse de incluir um novo membro à equipe, então nem preciso dizer que estou apreensivo com isso desde que as aulas começaram.

A sra. Voss parece estar dando uma bronca na novata ali fora, o que acaba me distraindo por um instante. Não que eu me importe, mas a sra. Voss é bem rigorosa, pelo menos até onde me lembro das aulas de biologia do primeiro ano. Reparo que Jamie Howard também está olhando pela janela e, alguns segundos depois, tira discretamente o celular do bolso. Acho que ela é amiga da novata; é sua Parceira de Transferência, ou sabe-se lá qual o termo. Não acompanho as atividades extracurriculares de Jamie, que são praticamente todas as que existem. Talvez ela esteja mandando mensagem para perguntar o que está acontecendo.

Minha mente viaja de novo, desta vez de volta à novata. Quem começa numa escola nova no último ano? Que droga. Tudo bem que eu sinto como se conhecesse todo mundo aqui desde quando ainda usava fralda — e *todo mundo* me conhece —, então, naturalmente, mal posso esperar para ir estudar do outro lado do país e conhecer gente nova, para variar. Mas será que ela não tem amigos? Não tem uma vida? Eu brinco que odeio Dash pelo menos 53% do tempo que passamos juntos, mas mesmo assim. É melhor do que ter que conhecer um novo Dash.

— ... locidade da bola, Luna?

Percebo que Mac está esperando que eu diga alguma coisa.

— Hum? — pergunto, voltando ao planeta Terra.

— Que fatores você usou — repete Mac — quando calculou a velocidade da bola?

Ah.

— Aceleração, distância e tempo.

Molezinha.

— Obrigado pela gentileza de nos agraciar com sua acuidade mental, Luna — diz Mac, seco. — Mais alguém gostaria de opinar sobre Chad?

Até que ela não é feia.

(Estou falando da novata. A sra. Voss tem, tipo, quarenta anos, então com certeza não é a ela que me refiro.)

— Muito bem, dividam-se em grupos de quatro — ordena Mac, batendo palmas. — Vamos lá, mexam-se.

Fácil. Seremos Dash, Emmett, Kai e eu. Do outro lado da sala, Jamie não tem escolha a não ser deixar Justin se juntar ao grupo que formou com Lora e Neelam... Eita. Aposto que elas gostariam de ter mais uma garota na turma neste exato momento.

— Você viu? — pergunta Dash, me acotovelando enquanto arrasto uma banqueta para fora da mesa do laboratório.

— Ai... *vi*, Dariush...

— Não é como se não fossem ideias válidas — diz Emmett, cuja mãe quer que ele namore uma bela garota chinesa ou Neelam. Depende de quem virar médica primeiro, segundo a mãe dele, e nenhum de nós sabe como explicar a ela que nada do que fazemos tem a menor relação com medicina.

— Você chegou a ouvir essas ideias supostamente "válidas"? — Kai pergunta para Emmett em tom sarcástico, deixando cair os livros em cima da mesa. Tanto ele quanto Emmett têm pais insanos cuja obsessão pelas notas dos filhos só se iguala à obsessão pela pessoa com quem eles vão acabar se casando.

— Não — murmura Emmett, na defensiva —, só estou dizendo que *podem* ser...

— Tá, beleza, mas não é uma questão de opinião. Teo e eu o projetamos dessa forma *de propósito*...

— Mãos à obra, garotos — diz Mac, materializando-se mais uma vez para nos calar. — Foco. Entenderam?

— Claro — respondo.

Lá fora, a sra. Voss e a novata somem bem a tempo de eu dar uma olhada superficial no exercício que Mac deixa na minha frente.

Mais velocidade! Que alegria.

É só mais um dia na escola, como sempre.

Dois
Apuros

Bel

— **Então — diz a sra. Voss.** — Sua catapulta.

— Humm... sim? — respondo, decidindo bancar a inocente. Aprendi que é sempre melhor não tentar adivinhar o que está prestes a dar errado. É tipo não dizer a um policial a velocidade com que você estava dirigindo quando ele te manda parar, só por precaução. Ou algo assim. (Sei lá, foi Jamie quem me ensinou isso.)

— Muito bem, Isabel, olha só — diz a sra. Voss com um suspiro, o que nunca é um bom sinal. Não há nada como um pouquinho de intimidade inventada (*Olha só, somos todos amigos aqui!*) para fazer algo parecer inevitavelmente terrível, e só minha mãe me chama pelo primeiro nome inteiro. — Acho que nós duas sabemos que você não se esforçou tanto quanto poderia nesse projeto.

—Ah, hum. Bom...

Eu me interrompo e, em vez de terminar a frase, simplesmente... fico quieta. Parece a única atitude lógica a se tomar, na verdade.

A sra. Voss me lança um sorriso estranho e meio torto, sabe-se lá por quê.

— Quais ciências você estudou na sua escola anterior? — ela me pergunta.

É uma pergunta esquisita, mas tudo bem.

— Biologia e química?

— Você está me perguntando ou me dizendo?

Argh.

— Desculpa, estou te dizendo. Biologia e química.

— E como você se saiu nessas matérias?

— Ah, hum. Passei com dez nas duas.

— Mas você não cursou nenhuma ciência avançada?

— Eu... não curto muito ciências.

— E matemática?

Eu franzo a testa.

— Você quer saber se estudei matemática, é isso?

Ela me dá mais um meio sorriso.

— Isso. Que matérias de matemática você cursou?

— Hum, álgebra e pré-cálculo. Agora estou fazendo cálculo.

— E como você se saiu nessas matérias?

— Fiquei com nove em álgebra, acho? — O meu segundo ano foi estranho; eu namorava um fracassado que me fez ficar de castigo por pelo menos quatro vezes antes de eu finalmente terminar com ele. — Mas fiquei com dez em pré-cálculo.

— Você está cursando cálculo avançado agora?

— Hum... não, só cálculo comum — respondo. (*Essa conversa tá estranha, né?*)

— Então você também não curte matemática? — a professora me pergunta, e eu acho que ela está... brincando?

— Acho que não — respondo, soando incrivelmente pouco convincente.

— Ah — comenta a sra. Voss antes de mudar de assunto, ainda bem. — Então me diga uma coisa, Isabel: você já chegou a pensar no que quer fazer na faculdade?

Ah, meu Deus, essa pergunta não. Será que podemos voltar a falar das minhas notas? Na minha antiga escola, eu era considerada uma das boas alunas — ou seja, uma daquelas alunas cujos pais não precisavam ser chamados regularmente —, o que me garantia o feliz privilégio de ser esquecida.

— Bom, estou pensando em estudar... — O que será que vai fazê-la me deixar em paz? — Arquitetura? É, sim, arquitetura — digo, baixinho. — Eu curto, sabe. Arte e essas coisas.

— Arte e essas coisas? — repete ela.

— Bom, hum... — Preciso me lembrar de registrar essa conversa no meu diário de sonhos na categoria "pesadelos".

Quer dizer, o que eu deveria falar? Ninguém que eu conheço tem "hobbies" ou "interesses" nem faz nada além de "sair", o que costuma envolver comer batata frita de graça nos restaurantes ou ficar num estacionamento conversando sobre por que fazer qualquer coisa é ridículo. Tenho certeza de que Jamie tem todo um discurso ensaiadinho a respeito das razões filantrópicas pelas quais ela quer se preparar para cursar direito, mas não é como se eu *amaaaaaasse* confraternizar com idosos ou qualquer outra forma de serviço comunitário de que devemos gostar no nosso tempo livre. Na maioria das vezes, gritam comigo por fazer uma bagunça quando deixo meus lápis jogados ou me expulsam quando tento pegar as ferramentas do meu irmão emprestadas. (Minha mãe acha que eu sou inquieta, mas, na verdade, só faço o possível para não atrapalhar ninguém.)

— Gosto de construir coisas — consigo dizer do nada, já que a sra. Voss está claramente esperando uma resposta. — Por diversão. Construí minha escrivaninha a partir de uma máquina de costura velha que encontrei numa loja de antiguidades — comento, e então, felizmente, pego no tranco. — Tipo, até que não soldo *mal*? A escrivaninha foi o meu primeiro projeto de verdade, que não envolveu construir uma caixa ou algo bem simples. Ah, e às vezes eu ajudo meu irmão com o carro dele. Não curto muito carros, mas é interessante.

Paro de falar por um instante, mas, como a sra. Voss aparentemente ainda espera que eu chegue a uma grande conclusão, sigo em frente.

— Também passei pela fase das facas por um tempinho — digo antes de me dar conta de que ela pode me encaminhar para alguma espécie de psicóloga escolar ou algo parecido se eu parar por aí. — Não é que eu *curtisse* facas — me apresso para explicar —, só gostava de construí-las. Meu pai tem uma carpintaria e uma forja caseira. Ele é empreiteiro amador, como costuma se chamar, então acabo usando as coisas dele. Ou usava, de qualquer maneira, antes de ele…

Fico quieta. Por mais que eu não queira falar do meu futuro, quero *menos ainda* falar do divórcio dos meus pais.

— Desculpa — digo, piscando repetidas vezes. — Qual era a pergunta mesmo?

Por algum motivo completamente inimaginável, a sra. Voss sorri para mim.

— Sua catapulta — diz ela. — É brilhante.

Hummmm, é o quê?

— Ah. Eu, hum. Não estava esperando isso…

— Não posso te dar um dez, já que você deveria ter feito um relatório que consistisse em um pouco mais do que um diagrama rabiscado — ela diz com algo que eu poderia jurar que é um sorrisinho malicioso —, mas, como sua catapulta tem a melhor relação peso/potência, posso te dar um...

Ela faz uma pausa para pensar, cantarolando baixinho.

— Sete.

— O quê?

A pergunta deixa a minha boca com muito mais desespero do que eu pretendia.

— Desculpa — eu me corrijo rapidamente. — Eu não quis... eu só...

Ela espera de braços cruzados.

— Sem querer ser grosseira — digo em um tom de voz que minha mãe definitivamente consideraria grosseiro. — Mas acho que, levando em conta que minha catapulta teve o melhor desempenho da turma, eu deveria tirar uma nota um pouquinho melhor do que um... — Caramba, fico enjoada só de pensar. — Sete.

— Existe outra opção — diz a sra. Voss, e minha pulsação, que acelerou consideravelmente diante da ideia de contar para minha mãe que tirei sete em um trabalho, não parece exatamente aliviado. Não tenho tempo para fazer outro projeto, e se eu tiver que escrever uma redação ou algo do tipo...

— Quero transferir você — diz a sra. Voss, interrompendo minha espiral de pensamentos frenéticos. — Para outra turma de física. A turma de física avançada, para ser mais exata.

Eu congelo.

— O quê?

— Eu vou ter que ver com o sr. MacIntosh — acrescenta ela —, mas também quero que você faça um teste para a equipe de robótica.

— Você está brincando, né? — Tenho a sensação de que estou olhando para ela boquiaberta. — Robótica? Isso é algum tipo de punição?

— De forma alguma. Isso — diz ela, exibindo meu rolinho de fita — é engenhoso. É tão sagaz que eu até teria achado que você colou se eu não soubesse muito bem que você fez esse trabalho hoje de manhã.

Hoje à tarde, mas é um detalhe irrelevante.

— Sra. Voss — imploro a ela —, peço mil desculpas por ter me esquecido do trabalho, mas…

— Veja bem. — Ela fecha a cara por um instante. Já tinha ouvido falar que ela era durona, mas é a primeira vez que vejo com meus próprios olhos. Diante da transformação, quase engulo a própria língua. — Isabel, você é brilhante — ela me adverte. — Brilhante *demais*. Você vai desperdiçar esse talento se continuar na minha turma, quando sei do seu potencial de brilhar em outro lugar. Já pensou em se inscrever em programas de engenharia mecânica?

Minha mente é tomada pelo branco da iluminação industrial e dos jalecos de laboratório brilhantes.

— Engenharia?

— Você poderia construir coisas — diz ela. — O que você quisesse. Daria para construir.

Fórmulas matemáticas absurdas piscam diante dos meus olhos. Só de pensar nisso, sinto uma urticária dominar meu corpo do nada.

— É só que eu… não sou o tipo de garota que curte matemática e ciências, sabe?

— Isso não existe — diz ela, e ninguém (*ninguém*, certamente *nenhum professor*) já tinha sido tão desdenhoso comigo antes. — É evidente que você tem talento para construir coisas, Isabel. Não existe isso de ter uma mente boa para um assunto ou para outro. Você tem uma mente que *funciona*, e funciona muito bem. Então trate de usá-la.

— Mas...

— Vou recomendar sua transferência imediata para a turma de física avançada do sr. MacIntosh — avisa ela. — Sei que ele mantém turmas pequenas. Vai ter uma vaga para você.

Não acredito que isso está acontecendo. Não sou que nem meu irmão Gabe; eu tiro notas boas, claro, porque minha mãe me mataria se não tirasse, mas não corro atrás disso.

— Mas, sra. Voss...

— O mundo não é muito justo com garotas inteligentes — comenta ela. — Na maioria das vezes, ele vai tentar forçar você a caber numa caixinha. Mas peço que não dê ouvidos para esse tipo de coisa. — Ela olha para a minha catapulta e, como estou meio que sem palavras e não sei para onde direcionar minha confusão, olho para o mesmo lugar. — Se eu estiver forçando você a fazer algo de que não gosta, Isabel, é só me avisar. Mas se você só estiver hesitando porque duvida das suas habilidades, então peço, do fundo do coração, que você se arrisque.

Ela olha para mim e me sinto estranhamente abalada, mas não desvio o olhar do rolo de durex roubado.

— Você pode fazer isso? — a sra. Voss me pergunta.

— Eu... — tento responder, e então me atrapalho no mesmo instante. — Bom, eu... é...

— Você pode fazer isso? — repete ela. — Não estou perguntando se você vai conseguir — acrescenta. — Estou perguntando se você *pode*.

Ah, meu Deus, não. Ah, não...

— Posso — respondo, que nem uma idiota. — Sim, posso fazer isso.

— Ótimo. — O sorriso da sra. Voss se ilumina antes de ela limpar a garganta, feliz da vida. — Eu realmente odiaria ter que te dar uma nota sete — observa.

— Ah — respondo, franzindo a testa —, você tava falando sério?

A professora me olha de um jeito que me lembra a minha mãe.

— Sim, Isabel. Você precisa de fato *fazer* o trabalho, o que tecnicamente você não fez.

— É — admito, me encolhendo de vergonha. — E, hum. Em relação à... *robótica*...

— Sim, é bom você separar um tempo para isso essa semana.

Ah, que ótimo! Era tudo o que eu queria: mais trabalho de escola. Já passei boa parte da noite passada tentando ignorar o vídeo do desafio do pincel de maquiagem no qual minhas amigas "se esqueceram" de me incluir. ("A gente só imaginou que você estivesse ocupada, mas com certeza temos que sair na quinta!!", disseram elas, como se eu realmente pudesse ir para Van Nuys num dia de semana sem tomar um esporro.)

— A equipe vai querer ver algum tipo de esquema — prossegue a sra. Voss —, e eu espero que você dedique um pouco mais de tempo a isso do que dedicou à catapulta. Os testes vão ser na sexta à tarde.

— Legal — digo, desolada.

A professora põe a mão no meu ombro num gesto de solidariedade, o que é irônico, já que tudo isso é obra dela.

— Vou te ajudar com o que você precisar — ela me garante. — Se você não gostar, não tem problema nenhum, você tentou. Mas se *gostar*...

Ela para de falar e dá de ombros, me encaminhando de volta para a sala de aula.

— Se gostar, então nós duas ficaremos satisfeitas de saber que eu estava certa — termina ela, e reviro os olhos, cedendo aos meus impulsos anárquicos adolescentes e grunhindo bem alto enquanto entramos.

Teo

Dash
sou só eu ou isso é bem fácil

Teo
é fácil

Dash
ok, claro

Dash
mas o mac não tá tipo

Dash
testando a gente?

Dash
ou tipo

Dash
sei lá

Teo
como o mac estaria testando a gente

Dash
sl tô só perguntando

Dash
deixa

Teo
não, quero saber

Teo
eu realmente queria saber

Teo
pra dizer a verdade tô morrendo
de vontade de saber

Dash
ok o negócio é o seguinte

Teo
maravilha, lá vem

Dash
digamos que o mac esteja... recrutando
pessoas para uma sociedade secreta

Teo
até aí tudo bem

Dash
e essa é uma daquelas situações em que a gente deveria saber que tem alguma coisa rolando

Dash
tipo, esses não são os droides que estamos procurando

Dash
esse tipo de coisa

Teo
total

Dash
e aí provavelmente tem um código secreto?

Dash
em algum lugar por aqui

Teo
tipo no exercício?

Dash
aham

Teo
maneiro maneiro então cadê o código?

> **Dash**
> sl

> **Dash**
> só sei até aí

> **Teo**
> blz você não me convenceu nessa mas chegou perto

— Teo!

Eu levanto a cabeça quando minha mãe me chama de outra parte da casa; provavelmente da academia, no andar de baixo. Aparência é muito importante para ela, e ela me diz isso com muito mais frequência do que eu gostaria. Como sempre diz, "minha aparência é meu trabalho", então nem preciso dizer que estou bastante familiarizado (talvez até demais?) com os exercícios rigorosos e a rotina de cuidados com a pele em dez etapas que a revista *Self* consideraria "atualíssima" e "exclusiva". Confesso que é de dar um nó na cabeça.

> **Dash**
> ok mas acho que estou no caminho certo

> **Teo**
> vai trabalhando nisso aí

> **Teo**
> já volto

Desço correndo as escadas e deslizo pelo corredor até dar de cara com minha mãe usando um daqueles espelhos esquisitos por onde o personal trainer a orienta através do reflexo. Indicadores em tempo real, streaming, a coisa toda. Realidade aumentada é uma viagem, cara. A bicicleta ergométrica com TV e tudo também está por aqui, em algum lugar. Provavelmente atrás do aparelho de Pilates.

— Teo — diz ela, ofegante. — Já arrumou tudo para amanhã?

— Mãe, já disse que não posso ir amanhã.

— O quê? Mas você ama Vail.

— Não é Vail, é Denver, e é apenas mais uma das convenções do papai. — Meu pai, que também se chama Mateo Luna, é o fundador de uma das empresas de software mais bem-sucedidas da história, então ele fala em várias convenções da área. Com todos os programadores que tentam vender seus próprios aplicativos para ele o dia inteiro; até nas pausas para o café parece que você está em um episódio de *Shark Tank*.

— Tenho um lance na sexta — lembro a minha mãe. — Não posso perder.

— É o quê? Um jogo? Já?

— Isso é só na semana que vem. Na sexta tem os testes de robótica.

— Aquela nerdice? Você ainda está participando disso?

— *Mãe.* — Ela está brincando, mas, ao mesmo tempo, de alguma maneira, não pensa no que meu pai faz como nerdice, o que é meio que hilário. Claro, os aplicativos que ele faz agora são populares entre influenciadores e celebridades, mas ele começou escrevendo códigos, como eu.

— Que foi? — diz ela, jogando o rabo de cavalo úmido para trás. — Os nerds estão em alta agora, meu bem…

— Mãe, eu realmente não posso ter essa conversa com você de novo — digo em meio a grunhidos, e ela dá uma piscadela, aproveitando a oportunidade para me importunar, como sempre.

— Você não pode tirar o fim de semana de folga? — pergunta ela, enxugando o pescoço.

— O fim de semana, sim, mas a sexta-feira, não.

Sexta é dia dos *testes*. Sei que a minha mãe tenta, mas ela meio que parece incapaz de entender que eu praticamente *sou* a equipe de robótica. Faço parte do grupo desde o primeiro ano e, olha, sem querer ser metido em relação a isso, mas praticamente todos os bons membros da equipe só entraram porque eu os recrutei. Os outros — Kai, Emmett, Dash e até o Justin, que pelo menos é bom de solda e acaba compensando as outras falhas de personalidade — só participam porque, desde que comecei a me envolver com ele, o time de robótica da Academia Essex tem sido o que todos tentam derrotar. No ano passado, chegamos até a ganhar o campeonato nacional. Então, diferente de outras escolas, na nossa é maneiro fazer parte do clube de robótica.

— Bem, não posso deixar você aqui sozinho, meu bem. Acho que o guia diz algo sobre isso. — Minha mãe adora mencionar de brincadeira um guia para pais que não existe, o que é basicamente um jeito disfarçado de se referir à criação convencional de filhos. (Eu amo minha mãe, mas os pormenores da maternidade tendem a ser difíceis para ela.)

— Eu vou ficar bem — garanto a ela. — Vou ficar aqui para conduzir *testes de robótica*. Você está mesmo com medo de eu ir para esbórnia ou algo do tipo?

— Os jovens ainda vão para a esbórnia? — comenta ela, pensativa. — Tinha certeza de que, a essa altura, vocês já tinham progredido para algo mais interessante.

— Ninguém vai para esbórnia nenhuma — lembro a ela.

— Mas é isso que estou falando. Nada de esbórnia.

— Teo. — Ela balança o dedo. — Você está bancando o espertinho comigo?

— Com você, mãe? Jamais.

Ela suspira e, em seguida, enxuga um pouco do suor da testa.

— Você sabe que te adoro — comenta em tom sério.

— Sim, eu sei.

— Provavelmente até demais.

— Sim.

— E nós dois sabemos que você está mentindo. — Por mais que se distraia facilmente, descuidada minha mãe com certeza não é. Para fins de eficiência, desenvolvemos um sistema em que, se eu for aprontar alguma, devo honrar as pré-condições dela: primeiro, fazer tudo em casa, onde a segurança é reforçada e as chances de eu perder um membro são minimizadas; e, em segundo lugar, não assistir a nenhuma das suas séries sem ela. Na verdade, essa regra não está relacionada a outra, mas já está arraigada na minha cabeça.

— Estou te oferecendo a chance de não ter nada a ver com o que pode acontecer — lembro a ela. — Não é melhor se a gente simplesmente... cooperar?

Ela me lança um olhar de advertência afetuosa.

— E o papai disse que não tinha problema se eu viajasse no sábado — acrescento, o que é verdade.

Embora o relacionamento que tenho com meu pai não seja tão... progressista, suponho, ele tem mais motivos do que minha mãe para considerar os testes de robótica uma questão de importância fundamental. Mesmo no nível de sucesso que ele alcançou — uma fase da carreira em que a maioria dos CEOS já teria fugido para suas ilhas particulares ou sucumbido ao inevitável vício em golfe —, Mateo Luna ainda seleciona a dedo suas equipes de tecnologia; até os terceirizados e os consultores temporários. Em poucas palavras: a supervisão zelosa corre nas minhas veias. (No bom jargão corporativo; ele sempre pede meu feedback sobre determinados assuntos e nunca me liga ou manda mensagem, ele faz uma *call*. Sinergia!)

— Ah, então tudo bem — fala minha mãe. Isso já é suficiente para tranquilizá-la, como eu suspeitava. Afinal de contas, meu pai que é o linha-dura. — Mas a vovó vai passar aqui para ver como você está, ok?

— Tudo bem. — Isso não é um problema. Em geral, a mãe da minha mãe, que mora em Beverly Hills, aprecia três coisas na vida: alta gastronomia, dizer o que pensa e Chanel pós-Lagerfeld. Assim como minha mãe, ela é mais culturalmente judia ("judia até a página dois", como minha mãe gosta de falar) do que estritamente comprometida com a Bíblia; na verdade, ela ficaria ofendida se eu não me esforçasse para reforçar meu status entre meus colegas, puramente por uma questão de obrigação social. Já a minha *abuela*, a mãe do meu pai, vive em Miami e gosta de comida caseira, dizer o que pensa e uma dose saudável de culpa católica. Talvez isso explique por que minha mãe e eu estamos dando voltas ao redor de um assunto que eu não conseguiria nem começar a discutir com meu pai.

— Bom, então é isso — diz minha mãe, estendendo a mão para acariciar minha bochecha. — Você vai para a sua pequena convenção nerd e eu te encontro no aeroporto de Vail cedinho no dia seguinte.

— Denver.

— Oi?

— Denver, mãe, não Vail.

— Isso, isso. — Por um instante, ela parece distraída, depois abre um sorriso inesperado, como um clarão repentino. — Como é que fui ter um garoto tão inteligente, hein? — ela pergunta com uma risadinha, bagunçando meu cabelo. — E bonito também.

— Eca — digo com um grunhido, e ela me cutuca.

— Vai fazer seu dever de casa — ordena em voz alta quando me viro de costas. — Isso está no guia.

— É, faz sentido — digo, voltando para deixá-la me dar um beijo na bochecha antes que ela peça aos gritos para a Siri tocar sua playlist de pop alternativo dos anos 2000 para treinar.

— Vamos pedir comida tailandesa no jantar? — pergunta ela por cima dos primeiros acordes de "Teenagers".

— Por mim pode ser — grito em resposta, subindo os degraus de dois em dois e deixando a porta se fechar atrás de mim. No meu celular tem umas oito mensagens novas de Dash dando continuidade à teoria da conspiração e uma mensagem de Kai aflito com o design de Neelam.

Argh, Neelam. Não é como se ela fosse ruim no que faz nem nada disso, mas eu já sei o que é necessário para vencer. Já participei do campeonato nacional três vezes, e ela, duas. Digito algo genérico para Kai dizendo para ele não se preocupar, mas é claro que ele vai, e então volto à minha conversa com Dash.

> **Teo**
> pois é parece sério

> **Teo**
> então, festa na minha casa
> sexta à noite depois dos testes?

Dash
boooooa

Dash
tô dentro

Três
Pressão

Bel

A quinta-feira chega resplandecente, com o canto dos pássaros e o florescer de uma calamidade iminente. Uma força paranormal aperta o botão de soneca do meu despertador (claro que não fui eu, definitivamente foi um fantasma) e, então, um par agressivo de sapatos do meu irmão Luke — abandonado perto da porta com uma negligência típica, em conformidade com as leis e costumes de nossa casa em que calçados não entram — faz meu dedão do pé bater diretamente na coleção de *Coisas de Porcelana que Não Usamos* da minha mãe. Naturalmente, reajo gritando algo profano que Luke nem chega a ouvir, porque enquanto *eu* estou flertando perigosamente com o atraso, *ele* nem sequer acordou ainda. Vai ser um choque se Luke tiver saído da cama antes de eu voltar da escola. Se bem que, se ele sair, vai ser só para bagunçar meu perfil da Netflix, então meio que não tem como ganhar nessa situação, de qualquer maneira.

As coisas não melhoram. No final da manhã, mais ou menos uns trinta colegas de turma se juntam ao coro do meu sofrimento, soltando risadinhas em harmonia quando recebo uma convocação oficial da Academia Essex para comparecer à sala da sra. Voss pouco antes do almoço.

— Muito bem. — A sra. Voss desliza uma folha de papel por cima da mesa, alegremente alheia aos movimentos bruscos de Jamie do nosso ponto de encontro de sempre, lá no corredor. A porta da sala se fecha e, então, restamos apenas eu, os perigos da mortalidade e a sra. Voss. — Ontem à noite recebi uma resposta do sr. MacIntosh em relação aos testes de robótica de amanhã. Parece que você só precisa baixar esse software — diz ela, batendo uma unha sem esmalte ao lado de uma das instruções — e depois projetar e executar uma simulação de queda de ovo. Você sabe o que é isso?

— Hum, acho que sim. Sei — respondo, me contorcendo um pouco na cadeira. Nunca fui muito boa em nada que envolvesse softwares ou computadores e não faço a menor ideia do que uma queda de ovo possa ser além de, claro, deixar cair ovos. Mesmo assim, tenho medo de que ela tente me explicar se eu disser que não sei, e prefiro descobrir por conta própria. É sempre melhor fazer papel de trouxa sem ninguém ver, na minha opinião.

A sra. Voss me lança um olhar minucioso, como se soubesse que estou mentindo, mas, felizmente, segue adiante.

— O importante é tentar — diz ela, sem mais delongas. — Você tem os instintos certos, Isabel. Você tem interesse. Aprender as habilidades só tem a acrescentar. — Ela faz uma pausa, me olha de novo e pergunta: — Você tem trabalhado nas suas inscrições para as faculdades?

Desde ontem? Ha-ha, *não*. Ontem passei boa parte do dia batendo boca com Luke sobre ele ter ou não comido meu iogurte (coisa que ele COM CERTEZA ABSOLUTA FEZ), até cair no sono em cima do livro que eu deveria estar estudando para a aula de inglês.

— Claro — minto sem peso na consciência.

— Já pensou mais a respeito da engenharia?

— É, mais ou menos. — Quer dizer, andei pensando muito em como meus antigos amigos nunca vão me deixar em paz se eu me juntar à equipe de robótica da escola. Ou qualquer equipe, ou clube. Ou se eu fizer qualquer coisa de propósito, e nem estou falando do lance da robótica. ("Humm, estamos em *Los Angeles*", Sabrina disse para Cristina certa vez, quando ela queria fazer um teste para o musical de primavera. "Você pode simplesmente ser descoberta, começar um vlog ou qualquer outra coisa sem precisar passar essa vergonha na frente da *escola inteira*.")

— Bem, pense nisso como uma oportunidade de experimentar. Para ver se gosta. — Ela abre um sorriso discreto para mim. — Você nunca vai saber se não tentar, certo?

— Total — respondo, e até eu mesma sei que isso me faz parecer uma idiota.

Sei que a sra. Voss provavelmente tem razão, mas não consigo deixar de lado a sensação ameaçadora de medo em relação a tudo isso. Não é que eu odeie experimentar coisas novas, mas saber que vai ter uma plateia assistindo caso eu me dê bem ou fracasse me deixa muito desconfortável. Sempre achei mais fácil me ater a coisas nas quais eu já sei que sou boa.

Robótica… definitivamente não é uma dessas coisas.

Dos meus dois irmãos, só um poderia ser considerado convencionalmente bem-sucedido. Num primeiro momento,

Luke parecia bem promissor, graças ao sorriso de modelo, o braço de arremessador e a série de corações partidos que desfilavam por nossa cozinha no que parecia ser uma demonstração semanal. Mas o meu segundo irmão, Gabe, é o favorito da minha mãe. Quem olha para o aspecto físico dele, esquelético e alto demais, não imaginaria uma coisa dessas, mas, no que diz respeito às qualificações para o papel de Filho Favorito, Gabriel Maier já chega com o pé na porta. Enquanto Luke está com a gente no momento e "tirando um tempo" de um semestre depois de ter rompido o ligamento cruzado anterior (ou seja: atualmente, ele está num período de liberdade condicional acadêmica do time de beisebol da Universidade da Califórnia em Fullerton), Gabe está no segundo ano em Dartmouth. Além disso, tem dupla especialização em ciência da computação e em pré-medicina e a universidade faz parte da *Ivy League*. Preciso dizer mais alguma coisa? Claro, não é tão difícil ser um peixe grande no nosso lago — Luke em especial gosta de brincar que nós dois somos "o lado burro da família" ou "asiáticos que deram errado" (porque somos metade filipinos), o que é meio estereotipado e minha mãe detesta —, mas mesmo assim. É inegável que esses são os pré-requisitos para a vaga de filho favorito nos padrões de qualquer cultura. Gabe é a personificação dos sonhos da minha mãe — e, é claro, talvez meu irmão só tenha se apegado aos livros por terem rido da cara dele durante sua primeira temporada de beisebol infantil até ele desistir dos esportes (quem riu foi o Luke, óbvio). De qualquer maneira, Gabe sempre foi o crânio, Luke, o atleta e eu...

A garota, acho. E garotas não costumam gostar de robôs.

Mas, por outro lado, se eu não conseguir entrar para o time, não preciso esquentar a cabeça, né?

Diante dessa percepção tão oportuna, uma onda de alívio me toma. Quer dizer, vamos falar sério, não existe a menor chance de mais alguém me querer nessa equipe. Não tenho o menor conhecimento de sistema CAD ou o que quer que seja esse software. Nem *quero* estar aqui. E, repetindo, sou uma garota.

Então, pois é, não tenho chances de ser aceita. Mas pelo menos ninguém vai poder dizer que não tentei, né? Para ser mais específica, a sra. Voss não vai poder dizer isso.

— Obrigada — digo a ela, repentinamente alegre.

Ela retribui o sorriso.

— De nada, Isabel.

Argh, ainda odeio *isso*, mas pelo menos a janela de perigo oficialmente já passou. Eu me viro para sair e lanço um olhar de desculpas para Jamie através do vidro.

Quando estou prestes a abrir a porta, a sra. Voss me chama de novo.

— Desculpa, mais uma coisa...

Eu me preparo e me viro para ela.

— Sim?

— Você não gosta de ser chamada de Isabel? — a sra. Voss me pergunta com toda a seriedade do mundo.

— Ah. Hum. — Pisco os olhos, surpresa, porque eu não tinha noção de que dava para notar como morro por dentro toda vez que alguém me chama pelo nome inteiro. — Bom, é, eu meio que odeio. Prefiro Bel.

A sra. Voss me responde com um leve aceno de cabeça, tipo como minha mãe faz quando quer que eu sente direito.

— Comece dizendo isso na sua primeira aula de física avançada amanhã — aconselha a professora. — Marque seu território, Bel. Não deixe que os outros a ultrapassem.

Ela volta a atenção para os trabalhos em cima da mesa e abro a porta da sala, fingindo uma lenta queda como se tivesse acabado de ser jogada para fora.

— Meu Deus, como você é dramática — diz Jamie com uma risada. — O que foi isso?

— Servidão por contrato — digo, e Jamie revira os olhos, me puxando para o pátio para almoçar.

— Ainda é melhor do que ser reprovada na matéria da Voss, né?

— Será? — rebato em dúvida, mas Jamie está escandalizada demais com a ideia de reprovação para tratar isso como qualquer coisa que não seja um pedido de ajuda. — *Caramba*, Jamie, só estou brincando, sério...

— A Lora está na turma de robótica — ela me lembra, recuperando-se do momento de pânico em relação ao meu próprio futuro. Lora é uma das melhores amigas de Jamie, embora até o momento eu só tenha falado com ela a sós uma vez: quando fomos ao banheiro com Jamie e tivemos que esperar juntas na fila. — Se tudo der errado, você pode andar com ela. E amanhã a gente vai estar na mesma turma de física — acrescenta Jamie, radiante só de pensar.

— Verdade — reconheço. — Não estou nada ansiosa, mas pelo menos você vai estar lá.

— Não é tão ruim — garante Jamie. — E você é melhor em matemática do que eu.

Reviro os olhos.

— Isso não passa de um boato sem o menor fundamento.

— Será? Ah, foi mal, Teo, não tinha te visto...

Jamie esbarra em Teo Luna enquanto me escolta para o almoço, mas ele está tão distraído que só levanta o olhar. Hoje ele voltou a usar a camisa de botão de sempre, que provavelmente escolheu porque tem esse tom Verde Capitalista que realça o seu bronzeado. Teo Luna me olha como se estivesse confuso por eu ainda existir, então, é claro, faço uma saudação militar para ele antes de Jamie voltar a me arrastar.

— Bom, isso foi *muito* maneiro da sua parte — murmura ela, sarcástica, me dando uma cotovelada nas costelas. — O que tá rolando entre você e o Teo?

— O que tá rolando? Nada — digo, porque, ao contrário do bando de calouros cochichando lá de longe, não sou *eu* que estou olhando fixamente para ele. — Nem conheço ele.

— Aparentemente, ele vai dar uma festa amanhã à noite. — Jamie mexe timidamente no cabelo, como se de repente tivesse se lembrado de que o tem. Minha primeira impressão desta escola foi Jamie (que se mostrou hiperentusiasmada em relação a mim desde o início, apesar de eu não ter chegado nem *perto* de estar acordada o suficiente para a energia dela) parecendo um catálogo ambulante de uma loja de grife, com sua saia midi plissada e o cardigã comprido. Parecia uma aluna de cursinho da costa leste, exceto pelo cabelo natural, que ela sempre prende com um acervo aparentemente infinito de lenços que a mãe dá de presente. Lembro de ter pensado que a gente se daria bem porque o gosto dela para lenços combina com meu gosto para todo o resto.

— Teo Luna é do tipo que dá festas? — pergunto com ceticismo. — Eu sempre imaginei que esse arquétipo do ensino médio fosse um mito nessa escola.

— Não, não é o tipo de festa que você está pensando. É só uma galera do time de futebol e de robótica, e quem sabe mais algumas pessoas legais, sei lá. Mas a gente vai, então prepare-se — diz Jamie, usando seu tom de voz de Futuros Empreendedores dos Estados Unidos. — Ele mora lá na Mulholland, junto com todas as outras celebridades reclusas.

Embora eu não considere Teo Luna uma celebridade reclusa, morar em Beverly Hills até que explicaria por que ele é tão popular.

— Acho que podemos ir, se você quiser.

Não é como se eu tivesse coisa melhor para fazer; a ideia de vagar sem rumo pela Target com meus amigos da outra escola meio que perde o apelo quando penso que tenho que pegar a hora do rush para chegar lá.

— A casa dele é *imensa*, Bel. Imensa. Ouvi dizer que ele tem um fosso.

— Hum, tá?

— Além do mais, a casa tem toda uma importância arquitetônica.

Sério, ela é ridícula.

— Não sei se isso é razão para ir a uma festa, mas…

— Aimeudeus, oi! — diz Lora, abrindo um sorriso radiante quando nos aproximamos da mesa em que ela está sentada. — Guardei lugar para vocês.

— Eu estava ainda agora falando com a Bel da festa do Teo — comenta Jamie, bufando na cadeira ao lado de uma das outras garotas e me lançando um olhar incisivo para sugerir que eu me sente ao lado de Lora. Acabo obedecendo, porque a missão dela é evidente. — Você também vai, né, Lo? — acrescenta Jamie.

Lora faz que sim.

— Não esquenta, é uma festinha simples — garante ela, abrindo um sorrisão de orelha a orelha para mim. Lora é loira, tem olhos azuis e é absurdamente alegre, o que acho cativante, mas, ao mesmo tempo, um mistério total. — E, de qualquer maneira, você deveria mesmo conhecer o pessoal da equipe. Estou tão feliz que você vai participar do teste para robótica!

Olho feio para Jamie, como quem diz "por que você contou pra ela?", e Jamie me responde com um sorriso tipo "aimeudeus, Bel, não é nada de mais, PARA com isso". Lora, que ainda está esperando eu responder alguma coisa, não hesita por um segundo sequer até eu me virar para ela e dizer aquilo que imagino que ela esteja esperando:

— Total! — respondo, e me contorço de vergonha por dentro, porque já é a segunda vez hoje que faço um péssimo uso da palavra "total".

Que fique claro: não é que eu não goste de Lora, da sra. Voss ou de Teo Luna, que sequer conheço. Só sinto que todo mundo aqui já tem a vida inteira programada. Até Lora, a garota de ouro com olhar inocente, é secretamente implacável; na equipe de robótica, ela trabalha como gerente de negócios e mídias sociais, e planeja estudar relações públicas na USC — não *espera* estudar, como uma pessoa normal, mas *planeja*.

Todo mundo nesta escola tem planos, por isso todo mundo quer que *eu* tenha planos, e acabo me sentindo tão pressionada pelas boas intenções de todos eles que sinto uma necessidade constante de me deitar por uns bons cinco minutos antes de tentar de novo.

— Não precisa se preocupar — comenta Lora, estendendo a mão para apertar rapidinho meu antebraço. — No início é bem intimidador, mas a equipe de robótica é uma família. Somos muito próximos e, para ser sincera, é superdivertido. Confia em mim, não é tão assustador quanto parece.

— Confio em você — garanto a ela e, quando pego meu almoço, solto um grunhido ao perceber que Luke roubou meu iogurte mais uma vez.

Teo

— Se eu tiver que trabalhar outra vez com o Akim no novo robô de sete quilos, vou gritar — murmura Kai, olhando feio para o que quer que a mãe dele tenha preparado de almoço para hoje.

— O que é isso? Kimchi? — pergunta Emmett, olhando de relance do outro lado da mesa.

— É, sei lá — responde Kai de mau humor, empurrando o pote de plástico. — Vou pegar um burrito ou algo do tipo. Vocês vêm?

— Nem pensar, cara. Me dá isso aqui — diz Dash, que no mesmo instante estende a mão para pegar o almoço de Kai. — O kimchi da sua mãe é bom pra cacete.

Eu levanto as mãos, deixando o caminho livre para Kai jogar o pote para Dash. Quando Kai se levanta, grunhindo para que Emmett o acompanhe, nosso outro amigo Jake me dá um chute no pé.

— *Ai*, cacete…

— Por favor, me diz que você não está planejando falar de robótica durante todo o nosso horário de almoço — implora Jake, e Andrew dá um jeito de concordar com um gesto de cabeça, apesar de estar com o nariz enfiado em sua enorme garrafa d'água. — Se você for começar tão cedo, eu juro, não vou dar conta de durar até o campeonato nacional. Vou entrar em combustão espontânea.

— É o Kai, não sou eu — lembro a eles. — Vocês sabem que ele surta por qualquer coisa.

— Ele é temperamental — acrescenta Dash, que está com a boca cheia de kimchi. — Não tem o que fazer.

— Vamos falar da sua festa, então — sugere Jake, e reviro os olhos, embora Andrew finalmente tenha emergido de seu galão de hidratação. (Ele é campeão estadual de natação. Sei lá se uma coisa tem a ver com a outra, mas é isso aí.)

— Não tem muito o que discutir — digo, porque não estamos em nenhum filme esquisito com alunos de ensino médio que quebram coisas e transam na cama dos pais dos outros.

Para começar, meu pai tem um sistema de segurança bizarro que pode trancar boa parte da casa a partir da minha impressão digital, e, além disso, não estudo com nenhum idiota. Sou quase obrigado a dar essas festas para que as pessoas possam matar a curiosidade de saber como um famoso CEO do ramo da tecnologia vive. Se eu não desse festa nenhuma, todo mundo me acharia um babaca metidão e se ressentiria de mim, tipo o garoto cujo pai ganhou um Oscar ou algo parecido. (Sei lá, não ligo para filmes.)

— A Elisa vai? — pergunta Andrew, otimista. — Ouvi falar que ela está solteira de novo.

— Boa sorte com isso — murmura Jake para ele com uma risada. — A Kate disse que já faz semanas que ela vem insinuando um interesse pelo Luna.

— Olha, não dou a mínima — comento, com a intenção de afirmar o óbvio: não tenho tempo nem energia para ficar especulando o que Elisa Fraticelli quer de mim. Ela não seria a primeira pessoa a decidir que sou um bom investimento. — Só imaginei que teríamos motivos para comemorar amanhã, considerando que tudo corra bem com os testes de robótica — prossigo. E, por "correr bem", o que quero dizer é não aceitarmos ninguém novo e podermos andar com as mesmas pessoas de sempre.

— Testes? — repete Kai, ressurgindo atrás de mim com um rosnado. — Nem me fala...

— Isso — observa Jake, olhando feio para mim — foi totalmente culpa sua.

Eu levanto as mãos num gesto de rendição.

— Olha, eu não queria tocar no assunto, tá? O importante é que a gente pode ir lá pra casa logo depois. E você não ia comprar seu almoço? — lembro a Kai, que dá de ombros.

— A fila está grande demais — diz ele, jogando-se de volta na cadeira. — Mas, sério, em relação aos testes...

— Ah, que *timing* perfeito, eu estava prestes a ir me jogar no mar agorinha — comenta Jake quando a namorada, Kate, acena para ele do outro lado do pátio. Ele se levanta da mesa e grita "Tchau-tchauuuu" por cima do ombro enquanto Andrew o encara como alguém que queria estar no lugar do amigo.

— Tchau — diz Dash, que acabou de comer o kimchi. Ele desliza o pote vazio na direção de Kai e acrescenta: — A gente não vai falar dos testes. Esse assunto faz você parecer aquela moça gritando com o gato.

— É o quê? — pergunta Kai, embora Dash tenha razão: ele está idêntico ao meme daquela mulher do *Real Housewives* (não morro de orgulho dessa referência de cultura pop, mas minha mãe ama maratonar esses programas). — Mas a gente precisa falar disso, sério mesmo. Como uma simulação de queda de ovo vai nos ajudar a saber se uma pessoa sabe ou não construir um robô?

— Kai — responde Emmett com um suspiro —, pela milionésima vez, serve para avaliar habilidades básicas...

Meu Apple Watch vibra no pulso e olho para baixo.

— Olha, se resolvam aí entre vocês. Tenho que ir — aviso, desativando o alarme do meu calendário.

— Ir aonde? — questiona Dash, que costuma saber tudo que faço a cada momento do dia.

— Outro lugar — respondo.

— Posso ir com você? — pergunta Andrew, cheio de esperança.

— Não — rebato, jogando a mochila por cima do ombro. — Tá bom, até mais tarde — digo com um aceno de despedida, e depois sigo deliberadamente rumo à biblioteca antes de desviar para a secretaria assim que saio do campo de visão deles.

Que fique claro que, geralmente, as reuniões com o meu orientador não são grande coisa, mas essa reunião em particular tem conotações estranhas. As únicas vezes em que tenho que ir à secretaria é para preencher formulários de permissão e receber prêmios, então isso é algo que prefiro manter em segredo.

— Teo, oi — diz meu orientador quando bato no batente da porta. — Pode sentar.

— Oi, sr. Pereira — respondo enquanto ponho minha mochila no chão, perto dos pés. — Olha, se essa reunião for por causa das minhas inscrições...

— Não é por isso — diz Pereira —, mas por que não começamos com esse tópico? Como andam as inscrições?

— Já terminei — respondo, e Pereira parece surpreso.

— Todas?

— Bom, só tinha, tipo, umas cinco além do MIT — explico. — E não foi nem um pouco difícil escrever uma redação falando sobre como eu sempre quis estudar lá.

As outras universidades — Stanford, Caltech, Michigan, Berkeley e Carnegie Mellon — são basicamente um plano B em comparação.

— Ah — diz Pereira, como se eu tivesse desvendado algo profundamente revelador sobre meu desenvolvimento como ser humano. — E como anda o futebol?

— Bem. — A maioria de nós pratica algum esporte além de estudar robótica. Por incrível que pareça, Dash está no time de futebol americano. — Sou capitão sênior esse ano.

— Parabéns! Tenho certeza de que seus pais estão muito orgulhosos de você.

— Estão, sim. — Minha mãe com certeza está, embora provavelmente preferisse que eu fosse quarterback ou algo do tipo. Os nossos interesses não costumam coincidir muito.

— E está indo tudo bem na robótica?

— Está, a equipe parece bem forte esse ano.

— Ótimo. E as coisas em casa?

Arregalo os olhos.

— Desculpe, o quê?

— Está tudo bem na sua casa? Com seus pais, sua família...?

— São só os meus pais, e está tudo bem — digo, meio na defensiva, apesar de me esforçar ao máximo para não deixar transparecer. — Eles não são divorciados, nem estão brigando nem nada. Estão ótimos.

— Eu não estava insinuando o contrário — garante Pereira. — Só quis perguntar no caso de existir algum assunto que você queira abordar.

Ok, eu sabia. Tinha mesmo algo estranho nisso tudo.

— Que assunto eu ia querer abordar? — pergunto, sem rodeios.

Pereira me dá uma olhada antes de se inclinar para a frente.

— Veja bem, Teo, não quero fazer com que você se sinta desconfortável, mas alguns dos seus professores parecem achar que você se sobrecarregou esse semestre. Você é capitão dos times de futebol e de robótica, entupiu seu cronograma de disciplinas avançadas com pouquíssimos intervalos...

— Foi o Morgan, não foi? — pergunto firmemente.

— Sr. Morgan — Pereira me corrige.

— *Sr.* Morgan — repito, sem me preocupar em ser educado. — Foi só uma redação.

— Não existe essa de "só" quando se trata de uma redação, Teo. As palavras têm muito poder — diz Pereira, me passando uma cópia da minha redação de literatura inglesa avançada. — As suas não são exceção.

Toda essa situação é ridícula.

— Ele queria que a gente escrevesse sobre mitologia. Só fiz o que foi pedido.

Pereira pega a redação, na qual nem encostei, e lê em voz alta:

— *O peso dos céus que Atlas carrega nos ombros como punição por ter liderado os Titãs contra os deuses é, em muitos aspectos, semelhante à situação de qualquer líder que deve arcar com as consequências da responsabilidade pessoal...*

— Eu não estava querendo dizer que *eu* era o Atlas — eu o interrompo, frustrado. — Estava só... O exercício pedia para escolher um mito e explorar os temas...

— E você escolheu Atlas — diz Pereira, soltando a redação para olhar para mim.

—Achei interessante. Atlas é um cientista e...

— E você também.

— Sim — respondo, aborrecido —, embora a invenção da astronomia não seja mérito meu. E, de qualquer maneira, só achei interessante esse cara que gostava de matemática e de estrelas ter acabado com o fardo de carregar tudo...

— "Ter acabado com o fardo" — repete Pereira. — Interessante escolha de palavras.

Reprimo um grunhido de frustração. Eu odeio literatura, do fundo da minha alma.

— Estou bem — comento, pegando a redação. — E tirei nota máxima no trabalho.

— Sim, eu sei — diz Pereira. — É uma redação excelente.

— Obrigado. Desculpa, tenho que... sabe como é. Futebol — arrisco de modo confuso, gesticulando em direção à porta. — Escola e tudo mais...

— Teo — diz Pereira com um suspiro. — Você sabe que é só um garoto, né?

Não existe nada que eu odeie mais do que ouvir que sou só um garoto.

— É, obrigado — respondo, e então dou meia-volta para sair do escritório, amassando a redação nas mãos.

Quatro
Queda

Teo

Todo mundo grunhe quando abro a porta da sala de aula com força.

— Ah, tá — digo, revirando os olhos. — Até parece que vocês têm algum lugar melhor para estar.

— É sexta-feira, já passou das quatro da tarde e ainda estamos na escola — observa Akim com irritação. — Literalmente qualquer lugar seria melhor do que aqui.

— Olha, já disse que tive... esquece, deixa pra lá. — Mal tive tempo de tomar banho depois do treino de futebol, que foi uma loucura; uma série de corridas, exercícios de agilidade e basicamente tudo que se imagina que um sujeito clinicamente desequilibrado faria, o que talvez seja meu caso. Tenho responsabilidades extras nos papéis de capitão e de meio-campo (Kai, que joga como lateral, conseguiu sair de fininho mais cedo para chegar a tempo à nossa sala, enquanto os atacantes faziam alguns exercícios adicionais), então todo mundo claramente está irritado por ter precisado me esperar.

— Todos os candidatos já chegaram? — pergunto, vendo que horas são. Só cheguei sete minutos atrasado, mas, a julgar pela cara deles, parece até o fim do mundo.

— Você não os viu no corredor? — pergunta Neelam, usando o tom de voz especial que reserva para os momentos em que acha que alguém está fazendo papel de idiota. Geralmente eu.

— Eu estava com pressa. — Essa é claramente uma batalha perdida. — Olha, deixa pra lá, só mandem o pessoal entrar.

Eu me jogo numa cadeira na fileira da frente ao lado de Dash, que está rolando a tela do Instagram e vendo perfis de comida. Quando o cutuco, ele toma um susto tão grande que parece até que o acordei de um coma.

— Preparado? — pergunto a ele.

— Hum? Ah, estou, claro.

Uma meia dúzia de pessoas entra na sala e chego a reconhecer algumas. Lora já conectou o notebook ao projetor e, felizmente, está botando ordem na casa e mandando alguns dos calouros que parecem mais perdidos abrirem suas contas da Essex.

— Olá, pessoal! — diz ela, abrindo um sorriso tão alegre que vários candidatos relaxam. (Por isso ela é nossa gerente de negócios.) — Então, se vocês puderem... ah, oi, Bel! — ela meio que guincha quando uma atrasada entra às pressas, parecendo aflita.

— É, hum. Oi, Lora — diz a novata, que, na verdade, se chama Bel, como descobri mais cedo. Ela fez questão de frisar o apelido na aula de física avançada, quando Mac a chamou de Isabel. "Então, desculpa, sr. MacIntosh? Prefiro que me chamem de Bel", disse ela, e então logo tratou de acrescentar: "Tipo *bel canto*, não Bela, a princesa." Eu não fazia a mínima ideia do que ela estava falando, mas Mac respondeu com um trocadilho, como sempre. Percebi que Bel não achou graça.

Ela está usando as joias diferentonas de sempre — a de hoje é um colar feito de contas de madeira esculpida que fazem barulho quando ela se senta. O cabelo não está preso com aqueles elásticos que todas as garotas (e minha mãe) parecem usar ultimamente. Em vez disso, vejo uma caneta esferográfica despontando do penteado.

— Você quer abrir seu e-mail ou algo do tipo? — pergunta Lora, que a espia por cima da cabeça de um estudante do primeiro ano que, aparentemente, é incapaz de se lembrar da própria senha. (Esse aí já está fora.)

— Hummmmm, não? — diz Bel, limpando a garganta. — Não... agora não.

Que resposta estranha. Franzo a testa e Dash se inclina na minha direção.

— Essa garota está em todo lugar hoje — comenta ele, num tom de voz nada típico.

Dou de ombros e Lora dá início aos trabalhos.

A tarefa é bem mais básica do que qualquer coisa que precisaríamos criar para a equipe, mas, como temos muitos candidatos para analisar, essa é a maneira mais fácil de ver quem realmente sabe o que está fazendo logo de primeira. A simulação é simples: o software foi pré-programado (por mim) para aplicar a mesma quantidade de força a cada ovo que liberar, e a construção projetada pelo candidato fará com que o ovo quebre (ovos são obviamente superfrágeis) ou não. "Quebrar" ou "não quebrar" é uma forma bem fácil de saber se alguém é capaz de construir alguma coisa, então, a partir daí, podemos determinar pontos adicionais por sofisticação.

Se é que existe alguma sofisticação a ser descoberta, algo de que duvido.

Lora me apresenta como líder da equipe e, em seguida, lê em voz alta uma lista de nomes em ordem alfabética, começando por um aluno do primeiro ano cujo sobrenome é Abbasi. O ovo dele não quebra, mas fica suspenso em uma espécie de cubo que não parece capaz de suportar mais pressão. Pode ser um projeto preciso, se ele usou o menor número possível de material para o ovo sobreviver apenas à altura exata da queda, ou pode ser um design medíocre. Como a gente não estabeleceu nenhum limite de como o objeto deveria ser construído, não estou convencido de que seja a primeira opção. De qualquer maneira, não acho que ele seja necessário para a equipe.

Dou uma espiadinha em Bel, porque ela parece estar prestando muita atenção à projeção da queda do ovo. A princípio, pensei que estivesse semicerrando os olhos, mas depois noto que está franzindo a testa. Ela arranca uma página do caderno, fazendo uma barulheira, e então começa a traçar esboços, o que faz algumas pessoas virarem a cabeça por um breve instante.

Os dois ovos seguintes quebram. O terceiro modelo, em um formato estranho de tenda, é esmigalhado com o impacto, embora o ovo em si tenha sobrevivido. A essa altura, Bel parou totalmente de prestar atenção, e agora Dash também, porque está encarando a folha de papel dela. Outro ovo cai e eu nem percebo.

Quando chegamos a sete ovos, basicamente ninguém mais está prestando atenção. Todo mundo está ocupado bisbilhotando o que quer que Bel esteja fazendo na mesa dela, então, por fim, me levanto aborrecido e me dirijo ao lugar onde ela está sentada.

— Ei, posso dar uma olhada nisso aí? — pergunto, e então Bel levanta a cabeça.

Caramba, que olhos enormes. São grandes e castanhos, e ela está usando um pouquinho de delineador de glitter, acho. É impossível ter uma mãe que nem a minha e não entender o básico de como os cosméticos funcionam. Mas, além disso, dá para ver uma leve camada de sardas ao redor dos olhos, como se fossem constelações distantes.

Pela cara dela, Bel parece ter se esquecido da minha presença, o que é... interessante. Na maior parte das vezes, as pessoas olham para mim como se esperassem que *eu* não tivesse me esquecido *delas*.

—Ah, bom, eu não... — Ela se interrompe quando giro o papel mesmo assim e olha diretamente para ele. — Terminei — ela conclui com irritação na voz.

— Bom, você está distraindo todo mundo — informo a ela, mas, assim que olho mais de perto o que Bel desenhou, paro de escutar na mesma hora qualquer que venha a ser sua defesa.

Então, eu disse que uma simulação de queda de ovo é algo bem básico, né? Não há muitas maneiras de torná-la interessante, mas o desenho de Bel é... bom. Não, é mais do que isso, é *maneiro*. Ela basicamente projetou aqui, ao vivo e a cores, uma nave espacial na qual o ovo está aninhado no centro de um triângulo muito bem-construído e envolto em uma espécie de foguete futurista. Bel se deu ao trabalho de desenhar a visão frontal e a lateral e, de cima, noto que ela criou deliberadamente um padrão de cata-vento com asas pequenas.

Em termos de física, se ela deixasse esse objeto cair, ele giraria rapidamente, convertendo energia cinética translacional em energia rotacional. Em termos simples: cairia mais devagar e chegaria ao chão com menos força. Mesmo que o foguete não fosse suficiente para proteger o ovo, o esforço para amortecer a queda ao permitir que ele gire muito provavelmente daria conta do recado.

Além do mais, ela desenhou o ovo como um ovo dourado de desenho animado. Tem brilho e sombreado para destacar a profundidade, o que torna esse desenho mil vezes mais interessante do que qualquer outro que vi hoje.

— Lora — digo, levantando a cabeça e me afastando com o desenho enquanto Bel tenta, sem muito entusiasmo, me alcançar, como se quisesse arrancar o papel das minhas mãos para fazer mais mudanças. — Peraí — digo para Bel e, em seguida, me viro para Lora, que parece cem por cento confusa. — Você pode abrir meus arquivos de criação no software de desenho? É só iniciar um novo projeto.

— Hum? Sim, claro...

Ela tecla algumas coisas e, depois, me entrega o notebook. Eu o pego das mãos dela e me sento com o desenho de Bel, montando as dimensões no software para executar uma nova simulação.

— Ah, então, Teo — diz Lora, no tom de voz que usa quando está tentando ser prestativa —, temos mais alguns candidatos que precisam testar a queda do ovo, então...

— Espera só um segundo. — Termino de programar o desenho de Bel no computador e inicio a simulação. Ouço alguns sussurros enquanto os outros olham para o que fiz, então observamos o foguete de Bel fazer exatamente o que a física sugere que deveria: desacelerar e deslizar pouco antes de pousar inclinado de lado, enquanto o ovo segue intacto.

— Tá bem, todo mundo pode ir embora — aviso, levantando a cabeça. — É Bel, né?

Ela arregala os olhos para mim.

— O quê?

— É o seu nome, né?

— Não... Quer dizer, sim, mas... — Ela para de falar. — Eu estava só...

— Eu disse que vocês já podem ir — digo, sem a menor paciência, aos outros, que estão amontoados à minha volta para espiar o desenho de Bel mais de perto. — Obrigado, a gente manda um e-mail caso precise de alguma coisa.

— Você não pode simplesmente tomar uma decisão sozinho, Luna — explode (quem mais poderia ser?) Neelam. — Ela nem fez a tarefa. Você fez? — Neelam exige saber, virando-se para Bel, que arregala os olhos de novo.

— Bom, eu estava... Quer dizer, só fiquei sabendo dos testes ontem...

— E o Luna acabou de executar a simulação toda em menos de cinco minutos — comenta Neelam, curta e grossa, e até eu percebo que ela está sendo especialmente grosseira com Bel. — A gente escolhe um projeto simples por um motivo. E, Luna — diz ela, virando-se para mim de modo agressivo —, ela está no último ano... Você está no último ano, não é? É, ela está no último ano — prossegue Neelam, que mal espera a resposta de Bel antes de retomar a fala. — Não faz sentido. No ano que vem nenhum de nós vai estar mais aqui. Precisamos discutir as implicações disso pelo bem da equipe.

— Então tá, é o seguinte — digo, fazendo um gesto para que Lora acenda as luzes. — A simulação dela é a melhor. É criativa, bem-projetada, complexa e funciona. Por acaso você sabe trabalhar com metal? — pergunto a Bel. Essa parte é relativamente fácil de aprender, mas suspeito que ela já tenha alguma ideia de como fazer as coisas funcionarem. Depois de toda uma vida participando de oficinas caras de engenharia e três anos de robótica competitiva, já percebi que as pessoas que sabem fazer projetos assim costumam ter uma noção de como colocá-los em prática.

— Ah, no geral eu sei — responde ela, sem muito entusiasmo.

— É uma pergunta de sim ou não — digo.

Ela me olha irritada.

— Tá, então sim, eu sei.

Eu sabia.

— Viu? — digo a Neelam, que cruza os braços por cima do peito. — A gente precisa de alguém com habilidades práticas.

— Luna, obviamente você não está levando em conta…

— Olha só, já tomei a minha decisão. Se você fizer questão, a gente pode escolher um dos alunos do primeiro ano para nos acompanhar. Hum, você aí — digo, apontando para o calouro que fez a simulação de queda de ovo mais segura em termos estruturais.

— Teo? Desculpa — Lora me interrompe com jeitinho —, mas só temos verba suficiente para um novo membro, então…

— Ah, foi mal — digo ao aluno. — Ano que vem você vai tirar de letra.

— *Luna* — fala Neelam, bufando. Mas, antes que ela possa continuar, já estou virado para o resto da sala.

— Olha, vamos resolver isso democraticamente — sugiro a eles, pois é a solução perfeita. Nós recrutamos um novo membro, como Mac tanto insistiu, e *boom*: ela já sabe desenhar. Como um bônus, ela não é tão fora da casinha assim nem fedorenta. Não que eu me importe, mas Bel é até bem bonita. — Todo mundo aqui é a favor da entrada da Bel na equipe?

Lanço um olhar incisivo para Dash, que, milagrosamente, está prestando atenção.

— Aham — responde ele.

— Estou com Teo — diz Emmett.

— Eu também — anuncia Kai.

Um por um, todo mundo da equipe levanta a mão a meu favor. Lora, que ainda está parada ao lado do interruptor, olha para Neelam como quem pede desculpas, mas, logo em seguida, sorri para Bel.

— Com certeza sou a favor da entrada da Bel — diz Lora, parecendo satisfeita.

— Então está decidido — digo a Neelam. — Bel, hum. Qual é o seu sobrenome?

Tenho a impressão de que tudo se desenrolou rápido demais, porque Bel parece completamente atordoada.

— Maier — ela consegue dizer.

— Bel Maier. — Eu me levanto, oferecendo a mão, e ela a aperta, hesitante. — Bem-vinda à equipe de robótica — digo, e sei que soa meio formal, mas até eu mesmo ouço o orgulho na minha voz ao pronunciar as palavras. A robótica é a coisa mais importante da minha vida e eu escolhi Bel. Eu a *escolhi*. Quero que ela saiba que isso é importante.

Mas tenho quase certeza de que ela não sabe, pois, a julgar pela cara da Bel, parece que ela quer rastejar para dentro de um buraco e morrer.

— Ah, maneiro, valeu — responde ela, e depois solta minha mão para forçar um sorriso, mas parece prestes a vomitar.

Bel

> **Jamie**
> meu deus bel a lora acabou de me contar

> **Jamie**
> que incrível, estou tão feliz por você!!!
> você deve ter impressionado
> o teo de verdade

> **Jamie**
> e tipo isso é bem difícil, então parabéns

> **Jamie**
> agora você com certeza vai na festa, né??

Será que existe uma palavra em tagalo para "opa, eu acidentalmente me dei bem quando tinha toda intenção do mundo de fracassar"? Sei que existe uma para quando algo é tão fofinho que a gente sente vontade de morder ("gigil", uma das quatro palavras que eu conheço), então é mais do que justo supor que é uma língua mais competente do que o inglês no que diz respeito às fragilidades humanas.

> **Bel**
> argh

> **Bel**
> tá

> **Jamie**
> !!!!!!!! ok LEGAL

> **Jamie**
> fala pra sua mãe que você vai dormir na minha casa e eu te busco daqui a uma hora

> **Jamie**
> QUE DIA ÓTIMO

Amo essa garota, mas, no momento, ela está me sufocando. Respiro fundo algumas vezes e perambulo até a garagem do nosso complexo de apartamentos para encontrar a única pessoa reconhecível da minha antiga vida e que, por acaso, não tem o menor interesse em nada que eu faça.

Meu irmão.

— Oi — digo a Luke, que está trabalhando no carro dele.

Recentemente, ele só tem feito isso ou jogado algum tipo de videogame em que se mata as pessoas numa falsa guerra mundial, o que acho que provavelmente é pior, por mais que o carro de Luke esteja destruindo a camada de ozônio. (Será que existe alguém que, tipo, monitora o conteúdo violento desses jogos? Morro de medo do que isso possa estar fazendo com o cérebro já bastante questionável do meu irmão.)

— Fala — cumprimenta ele, sem um pingo de ironia, e então prossegue: — Que roupa é essa?

— Isso? — Olho para o look que usei na escola hoje. Estou com uma das minhas saias favoritas, que encontrei num bazar beneficente e que sempre achei muito Romântica (com R maiúsculo) porque é esvoaçante. Minha mãe diz que fico com cara de "provinciana", ou "taga bukid", o que não significa nada para mim. — É uma saia, Luke.

— Parece uma roupa que Tita Carmen usaria — diz ele, o que é muito grosseiro. Tita Carmen poderia até usá--la como capa de sofá, talvez, mas não *vestiria*. Isso exigiria muita desenvoltura, algo que passei a vida inteira cultivando.

— O que você acha que as pessoas usam em festas por aqui? — pergunto, forçando uma sinceridade, porque eu *adoraria* saber o que meu irmão considera estiloso. Ele tira os olhos do que quer que esteja instalando, o que chuto ser alguma novidade no sistema de som.

— Umas roupas meio de vadia? — diz Luke, e então acrescenta: — Pega o adaptador do chicote elétrico pra mim?

— Dá pra parar de ser tão heteronormativo? — rebato, revirando os olhos, e então, depois de pegar a peça que ele está procurando, digo: — Quer que eu conecte no conversor de saída?

— Quê?

— *Vadia* é superofensivo.

— Não, eu estava falando da outra coisa.

— Ah, o conversor de saída.

— É, pega isso. E, aliás, eu disse *meio* de vadia — comenta ele, empaticamente. — Não é a mesma coisa.

— Ainda assim é nojento. — Estendo a mão para onde ele está removendo o excesso de fios. — Você precisa de um adaptador de antena para isso.

— É, está ali. — Luke aponta com o queixo, um gesto que minha mãe odeia, e pego o pequeno conversor enquanto ele conecta a fiação do rádio.

Luke e eu nem sempre nos damos bem, mas tem sido até tranquilo conviver com ele nos últimos tempos, o que é estranho. Para começo de conversa, não sobra tempo para minha mãe gritar comigo por falar palavrão ou por me esquecer de limpar minha sujeira quando ela está ocupada pegando no pé de Luke para ele deixar de ser preguiçoso e voltar para a escola. (E, aliás, ele é mais bagunceiro do que eu.)

Além do mais — e esse é um aspecto mais complicado —, nem sempre consigo conciliar a vida como é agora e como era antes. Às vezes, eu acordo e preciso me lembrar de que o último ano da minha vida aconteceu mesmo, o que é uma droga, ou então vou dormir me sentindo triste sem nenhum motivo, o que realmente é uma droga. Não tenho vontade de conversar sobre isso porque das duas, uma: ou as pessoas não entendem ou, caso entendam, acabam sentindo pena de mim, o que faz com que eu me sinta ainda pior.

É bom ter alguém para quem não preciso explicar nada, por mais que a pessoa em questão não pare de comer meus lanchinhos.

— Então... eu entrei para a equipe de robótica — arrisco, em caráter experimental, pois ainda não sei como me sinto em relação a isso e, por alguma razão, Luke é sempre uma prova de fogo a que gosto de recorrer.

(E, mais uma vez, não tenho mais ninguém para contar.)

— O quê? — diz Luke.

— Robótica — repito.

— Toma cuidado com os robôs — responde ele, sem tirar os olhos do carro, que é mais velho do que nós dois juntos.

— Ouvi falar de dois robôs que uma empresa de software criou — diz Luke —, e, tipo, cinco minutos depois, eles começaram a falar numa língua secreta e os caras tiveram que desligar tudo antes que as máquinas conspirassem para aterrorizar a terra.

— Hum, tá, tem muitas camadas nisso aí que você falou — digo. Luke definitivamente tem jogado videogame demais desde que trancou o semestre. — Mas acho que não preciso dar consciência aos robôs nem nada disso. Só, tipo, braços e essas coisas, imagino.

— Então você só vai construir coisas?

— Aham?

Ele enxuga a testa com a manga.

— Você curte muito isso, né? — diz Luke, dando de ombros. — Você vivia me pentelhando enquanto eu trabalhava com o papai desde que tinha, sei lá, uns dez anos.

— Talvez. — Certamente é verdade, mas o que mais eu poderia fazer? Nossa mãe é uma enfermeira que trabalha várias horas por dia, e existe um limite de macramé a ser feito antes de acabarem as plantas que precisam de suporte. — Mas nunca construí nada sozinha.

— Não é uma equipe?

Uma equipe composta por Teo Luna e seus minions, pelo que vi hoje.

— Eu… acho que sim? Mas…

— Quer dizer, parece meio tosco, né? Mas o Gabe faz umas paradas muito mais bizarras, então tanto faz — diz Luke, e essa parece ser sua opinião final sobre o assunto.

— Verdade — respondo com um suspiro. — Bom, então tá, tô indo pra uma festa, acho. Não conta pra mamãe.

— Ela vai trabalhar até tarde — diz Luke, ligando o carro para testar o novo som. Na mesma hora, os graves saem tão altos que mal consigo ouvir o que ele diz em seguida, mas acho que é algo do tipo: "Se você chegar em casa umas dez, duvido que ela perceba."

— Eu estava pensando em dormir na casa da Jamie, minha amiga? — grito por cima do som do Kid Cudi.

— Tá, tanto faz — diz Luke.

Beleza, acho que a conversa acabou, então. O volume está alto demais e um dos vizinhos com certeza vai reclamar.

— Só não faz nenhuma besteira — grita Luke quando dou as costas. — Ou faz. Sei lá.

— Que conselho ótimo, Luke, obrigada — grito de volta, e então decido vestir meu jeans de pássaros assim que voltar para o nosso apartamento.

Mais ou menos um ano atrás, eu queria uma calça jeans muito legal que tinha dois pardais delicados costurados na parte da frente, mas minha mãe insistiu que era cara demais. "Qualquer um conseguiria fazer isso aí", disse ela em seu típico tom de "me poupe". Então, como concluí que eu era tão boa quanto o "qualquer um" desse cenário, implorei ao meu pai para que me levasse a uma loja de artesanato depois que ele voltasse do trabalho.

Além dos patches de pássaro, acabei comprando um monte de coisa. Meu pai me ensinou a usar uma ferramenta para inserir na calça uns círculos de bronze pequenininhos chamados ilhós, então peguei um jeans velho, abri as laterais, prendi os ilhós em cada lado das costuras rasgadas e depois as amarrei de novo com fitas de veludo. Agora tenho uma calça jeans com pássaros *e* veludo que custou, tipo, quinze dólares — garanto que esse *não* era o preço daquela calça lá da loja. Além do mais, tive um ótimo dia com meu pai, o que não acontece mais com muita frequência.

Ou nunca.

— Ah, meu Deus, que calça *linda*! — exclama Jamie quando entro no carro dela.

— Ah, isso? Estava esquecida no meu armário — comento. E é uma baita mentira. A verdade é que acho essa calça a coisa mais legal que eu tenho, então, por mais que minha camiseta seja um top básico de alguns anos, estou me sentindo muito bem. — Você está linda.

— Obrigada. — Ela abre um sorriso radiante. Jamie está usando uma calça skinny preta e uma camisa de botão amarrada na frente, mas, como sempre, estou particularmente encantada pelo lenço que ela está usando como faixa. O de agora tem fios de lantejoulas (eu sou louca por coisas brilhantes.)

— E aí, o seu dia foi bom? — Jamie me pergunta enquanto liga o rádio.

— Ah, estou feliz de estar na turma de física avançada com você, pelo menos. — Inclino a cabeça para trás com um suspiro quando a música que começa a tocar é animada e contagiante. Gosto de achar que tenho um gosto excêntrico para a maioria das coisas, mas gosto de Taylor Swift também. Sou humana, afinal de contas.

Jamie ajusta o colar com um sorriso e espera o tempo certinho antes de entrar na ciclovia para virar no sinal. ("Não tenho o menor interesse em ser parada por um guarda", disse ela certa vez num tom de voz sombrio, e eu obviamente não tentei argumentar. Há um motivo para ela querer ser advogada.)

— O Mac é ótimo, né? — comenta Jamie, para jogar conversa fora.

— Ah, hum. Acho que sim — respondo, porque, na verdade, eu não achei o "Mac" nada ótimo. Ele me pareceu bem desesperado. Além disso, que tipo de adulto responde por "Mac"? — Não é como se a sra. Voss fosse ruim nem nada disso. Eu gostava dela.

— Bom, ela obviamente gosta de você — diz Jamie. — Você é tipo a pupila dela.

Fecho a cara.

— Talvez ela só me quisesse fora da turma.

— Ah, fala sério. — Jamie cantarola a música que está tocando, empolgada demais para lidar com as minhas incertezas, e, depois do refrão, ela se vira para mim com um sorriso de orelha a orelha. — Ah, meu Deus, a gente vai para a festa do Teo Lunaaa! — ela meio que grita, meio que canta, e é fácil ficar entusiasmada quando a vejo bem ali, sentada ao meu lado, o retrato da alegria adolescente.

No instante em que terminamos a subida da estrada sinuosa do desfiladeiro para o portão particular de Teo — "Ele me mandou uma mensagem com a senha para entrar", conta Jamie, se gabando e me cutucando para procurá-la no celular dela —, eu meio que entendo a comoção, já que dá para ver a casa dele lá de longe como a droga de um palácio. Eu observo a casa pelo olhar de empreiteiro do meu pai, admirando o paisagismo e o design supermoderno e descolado, mas, desde a entrada (muito íngreme!) da garagem, já consigo ver figuras bebendo em copos vermelhos no que parece ser um terraço.

— Uau — digo ao descer do banco do carona. Vejo mais alguns carros na garagem, em sua maioria Jettas e Civics novos, tipo o carro de Jamie, mas nada chega nem perto de ser tão chique quanto a casa.

— Pois é, o pai dele é uma espécie de gênio — diz Jamie, parando ao meu lado para olhar para a casa. — E a mãe dele era uma supermodelo. Acho que ela agora é influencer, tipo a Gwyneth Paltrow.

— A Gwyneth não ganhou um Oscar? — (Minha mãe a adora.)

— Ganhou? — pergunta Jamie, dando de ombros. — Achei que ela tivesse começado com o *The Goop Lab*.

— Não é da sua época — digo solenemente. Depois, Jamie ri e me arrasta para dentro da casa.

Não sei muito bem o que espero encontrar quando ela abre a porta, porque, verdade seja dita, ainda não sei o que pensar de Teo Luna. Por um lado, ele é essencialmente o líder de um esquadrão de idiotas que o idolatram, e, depois de observá-lo durante a aula de física avançada hoje, fiquei com a impressão de que talvez ele saiba disso. Teo é obviamente o aluno favorito de Mac e com certeza não é burro, mas é bem mimado — acho que não dava para ser muito diferente, né? Com uma casa dessa e pais desses. Dito isso, ele também é meio que... caladão.

A *não ser* quando está coagindo todo mundo a me incluir na equipe, então voltamos à estaca zero.

Fiquei sem palavras na hora e acho que continuo assim. Até que foi maneiro ver Teo tão seguro de que eu era a pessoa certa para o grupo, mas também foi bem difícil ignorar a maneira como ele encurralou aquela garota, Neelam, que deveria ser sua colega de equipe. Ele a interrompeu em todos os momentos possíveis e nem chegou a me perguntar se eu queria ou não fazer parte do time.

Desconfio que Teo Luna não esteja acostumado a pedir a opinião das outras pessoas em geral.

Falando no diabo...

— Ah, oi — diz Teo, materializando-se enquanto Jamie e eu seguimos o coro de vozes da entrada da casa gigantesca (meu pai ia *morrer* se visse) até o pátio dos fundos, que dá para uma vista distante do oceano. As outras pessoas parecem estar bebendo cerveja de um barril que foi montado no quintal, mas Teo está com uma daquelas garrafas de água chiques na mão.

— Que bom que pôde vir, Howard — diz ele a Jamie, bancando o anfitrião nato. Depois, se vira para mim. — Oi. Quer ver um negócio?

— Eu? — Chego a sentir Jamie *zumbindo* de curiosidade ao meu lado, mas tenho medo de me virar para ela e começar a rir. — Ah, claro?

— Legal. Quer beber alguma coisa? — pergunta ele, e entra na cozinha sem esperar para ver se vou atrás. Dou de ombros para Jamie, que diz "Meu Deus do céu" sem emitir nenhum som, ao mesmo tempo em que Lora corre até ela, então me viro com um suspiro e aperto um pouco o passo para alcançar Teo.

— Não. Eu… tô bem. Acho.

— Acha?

Jamie não é a única que se comove ao me ver sozinha com Teo, mas, se ele nota alguma coisa na forma como todo mundo está de olho na gente (a maioria de olho em mim e sem acreditar), não admite. Em vez disso, ele para com a mão na geladeira, parecendo esperar que eu mude de ideia.

— Tenho cerveja, White Claw, refrigerante…

— Tem Coca Diet? — pergunto.

— Hum, *tem* — responde ele, num tom de voz meio brincalhão, e pela primeira vez sinto que talvez ele realmente só esteja tentando ser legal. — Minha mãe não vive sem a Coca Diet dela. Temos também Dew Diet, Dr. Pepper Diet, Red Bull zero açúcar…

— Ah, uau. Dr. Pepper Diet, então, acho — digo, e então ele assente, tirando uma lata da geladeira e jogando-a para mim. — Tão luxuoso... — comento, dando um tapinha no topo da lata antes de abri-la. — Ninguém nunca tem Dr. Pepper Diet em casa assim, de bobeira.

— Você sabe que refrigerante diet faz muito mal, né? — diz ele, e dá de ombros, o que acho que é uma tentativa de... ser humilde? Ou então ele está implicando comigo. Pelo jeito como olha para mim, é difícil saber. (É um olhar intenso, como se estivesse concentrado em mim e só em mim, o que, estranhamente, não é horrível.)

— É, mas estamos numa festa — brinco em resposta, tomando um gole significativo. — Uma vez no antro do vício, siga o exemplo das serpentes.

Ele franze a testa.

— Isso é uma citação de alguma coisa?

— Não. — Ooopa, esqueci que preciso disfarçar minha esquisitice até que as pessoas me conheçam melhor. — Desculpa, o que você queria me mostrar?

Teo volta a cruzar seu castelo e faz um gesto para que eu o siga depois de apontar o dedo para uma tela sensível ao toque na parede.

— Só preciso pegar com Dash. Ei, vocês viram Dash? — ele grita para uns caras que estão jogando videogame. (Tenho certeza de que nem preciso dizer isso, mas a sala de estar é *ENORME*. Tipo, a TV é do tamanho do meu apartamento inteiro.)

— No terraço — respondem os dois garotos em uníssono.

— Imaginei. Vem — Teo diz para mim antes de subir os degraus de dois em dois, então acho que não tenho escolha a não ser segui-lo. Mas, atrás de mim, ouço um papo murmurado entre os dois caras:

— Deve ser algum lance aí de diversidade.

— Bom, você sabe o que Teo fala sobre perspectiva.

Ah. Então acho que não fui só eu a notar que eu era a única garota nos testes de hoje.

Algum tempo depois, chegamos ao terraço que vi da entrada da garagem, e reconheço alguns rostos da turma de física avançada. Eles me olham de cima a baixo antes de retomarem suas conversas, e Teo puxa de lado o cara que deve ser Dash. Ele é mais alto do que Teo, tem a pele mais escura e o cabelo um pouco menos bagunçado, mas eles ainda se parecem e vestem o mesmo estilo de roupa, como se tivessem as mesmas fotos salvas no Pinterest. Dash tem um olhar distante e uma risada alta e descontraída, que Teo interrompe ao arrastá-lo até mim.

— Ei, você ainda está com o esquema salvo no seu iPad, né?

— Aham, está bem aqui, ah... EI, CADÊ O MEU IPAD? — berra Dash, me assustando. Teo já parece acostumado.

— Aqui — fala um garoto da minha turma de educação cívica, tirando o iPad de cima de uma mesa alta e entregando-o para Dash.

— Ah, boa! — diz o garoto, feliz da vida, como se não tivesse acabado de fazer exigências explosivas. — Toma — diz ele, entregando-o a Teo, e depois olha para mim. — Oi.

— Oi — consigo responder com um sorriso, porque Dash me lembra um filhote de dogue alemão, mas então percebo que Teo está me cutucando.

— Então, o negócio é o seguinte: existem robôs de tarefas e robôs de combate. Os robôs de tarefas são para os novatos com menos experiência, não precisa se preocupar com eles. — É assustador pensar que sou considerada alguém *experiente*, mas tudo bem. — Os robôs de combate fazem exatamente o que diz o nome: eles têm armas e lutam. Existe o robô de sete quilos e o robô de 55 quilos, mas é muito mais caro construir um de 55 do zero, então vamos ter que trabalhar com o que temos. Felizmente, no ano passado só perdemos uma rodada, então os danos foram mínimos. — Ele me olha rápido, procurando alguma evidência de compreensão, depois parece decidir que meu silêncio é irrelevante. — O robô de sete quilos é o que vamos construir do zero.

— Tá — consigo dizer. Teo está muito na zona de conforto dele, o que me deixa bem ciente tanto do meu desconforto supremo quanto da curta distância que nos separa. O pôr do sol é belíssimo do alto das colinas, o que é uma baita distração, mas ele parece acostumado com a visão, como se fosse só um ruído de fundo. Uma brisa acaricia seu cabelo até ele jogá-lo para trás, passando os dedos pelos fios e protegendo os olhos.

— Enfim, é isso que temos até o momento em termos de projetos de construção — diz ele, e, óbvio, faz um total de cinco segundos que estou na equipe de robótica, então naturalmente vamos continuar falando de robótica. *Aqui.* No meio de uma festa. — Só queria que você tivesse uma noção do que vamos fazer durante o ano. Temos quase certeza de que a St. Michael's vai usar o mesmo robô que eles usaram no ano passado, então... Ah, foi mal, eles são os nossos principais rivais — explica Teo, nomeando o que provavelmente é uma escola católica só para garotos sem levantar a cabeça —, e, enfim, no ano passado o robô deles era basicamente só uma caixa de metal sólido com um centro de gravidade bem baixo. Mas era um trambolhão, e superlento.

Olho de relance para o esboço do robô que Teo claramente projetou.

— Isso é uma garra?

— Isso, para vir de cima para baixo, assim...

Ele demonstra, gesticulando como se fosse uma daquelas garras de máquina de venda automática.

— Enfim, direção e estratégia agressivas contam pontos, e a gente costuma ter um bom desempenho nesses quesitos, mas os juízes são meio esquisitos em termos de design. Foi a única área em que não ganhamos ano passado.

Não estou prestando muita atenção, porque tem algo me incomodando no esboço à minha frente.

— O que é isso aqui na parte de baixo? — pergunto a Teo, apontando para o que quero evidenciar. — Lâminas giratórias? Tipo um helicóptero?

— Isso. Bom, idealmente seria...

— Não vai funcionar.

A voz atrás de mim — que me faz dar meia-volta, embora mais ninguém note — pertence a Neelam, a garota que discutiu com Teo nos testes de robótica hoje e que agora se separou do grupinho com quem estava conversando para (aparentemente) escutar minha conversa com ele. Na verdade, ela faz algumas matérias comigo, mas a gente nunca conversou. Nem hoje tivemos uma interação de verdade, e, nesse momento em particular, ela continua sem olhar para mim.

— A distribuição de peso está errada, Luna — diz Neelam —, e a placa de circuito...

— Vai funcionar — retruca Teo, sem paciência. — Podemos aperfeiçoar e, como já falei com você, algumas coisas são simplesmente melhores. Ela usa espaços para programação — cochicha ele comigo em particular, o que, é claro, não significa nada para mim, mas é meio hilário ele me ver como parte da própria conspiração. Teo ainda está perto de mim, o que imagino que irrite Neelam ainda mais.

— Olha só, você não precisa me escutar em termos de programação, mas pelo menos não nos faça perder tempo com um design ruim — Neelam diz a Teo categoricamente. — *Eu*, pessoalmente, não quero passar os próximos três meses da nossa vida tentando fazer uma coisa impraticável funcionar antes de você finalmente admitir que é desnecessário.

— Não é *desnecessário* — rebate Teo, claramente irritado. — É óbvio que a gente precisa de uma arma, e no ano passado...

— Ano passado a gente deu sorte. *Esse* ano...

— Hum, oi, foi mal — interrompo, e Dash, que não fez nada até agora além de assentir em concordância com Teo, olha para mim e me encoraja a continuar.

— Então, hum, Neelam está certa... essas dimensões não vão funcionar — digo, dando um zoom nas lâminas giratórias. — Não que não possam ser *feitas* para funcionar — acrescento rapidamente, porque Teo estreita os olhos no mesmo instante diante da perspectiva de me ouvir criticando a ideia dele —, mas a, hum... como se diz? Tipo, sabe — falo desconfortavelmente, tentando lembrar do que meu pai já me contou a respeito desse tipo de coisa. — A força, ou o que seja, para que isso cause algum estrago só vai acabar completamente com as lâminas, e aí vamos ficar sem arma nenhuma.

— O nome é torque — diz Neelam.

— É, isso — respondo, meio constrangida pela forma como ela está me fazendo parecer uma idiota só porque não consegui pensar na palavra certa na hora. — E, enfim, parece que Neelam só está tentando te explicar isso, então talvez, se você escutasse...

— Não preciso que você me defenda — Neelam rebate antes de olhar feio para Teo. — E eu disse que ela não tinha experiência o suficiente.

Em seguida, ela se afasta e eu arregalo os olhos, totalmente perplexa. Achei que eu estava sendo legal, não? Caramba, o povo dessa escola é *tão esquisito*.

— Olha — digo, soltando o ar. Então me viro para Teo e tento deixar essa situação de lado —, é só...

— Eu realmente discordo — ele me diz, sem tirar os olhos da tela. Então faz algum tipo de bruxaria no software e evoca uma simulação da garra em ação, seguida pelas lâminas giratórias. — Está vendo? Não vamos ter nenhum problema com velocidade nem peso, e quando você a usa para atacar outro robô...

— É, mas acho que você está se esquecendo de levar em consideração a probabilidade de impacto. Quer dizer, com os dois robôs em movimento, os fatores são diferentes, certo? E se a lâmina fizer um movimento que não esteja num ângulo direto? — Eu toco a tela e no mesmo instante me sinto mal por ter deixado minhas impressões digitais ali, mas dane-se. — Se ela acertar um golpe que não seja de impacto direto... tipo, se alguma coisa atingir a borda da lâmina, sabe? Ela vai só quebrar.

Mas, em vez de executar a simulação do jeito que eu sugeri, Teo fica encarando a tela.

— Você disse que tem problemas com design, né? — eu o lembro, tentando soar positiva.

Depois de uns cem anos, Teo finalmente olha para mim.

— É, bom, é um longo processo — diz ele, e sua voz soa diferente. — E, olha só, Neelam tem razão ao dizer que você precisa aprender a falar sobre esse tipo de coisa — acrescenta, e depois se afasta. — Provavelmente você vai precisar dar entrevistas no campeonato nacional, para defender o nosso design. E não é como se a gente pudesse deixar Justin falar.

Teo e Dash prendem o riso como se isso fosse algo obviamente hilário, mas estou bem menos preocupada em ficar de fora das piadinhas internas do que com as outras coisas que ele acabou de dizer. Por exemplo: ele vai mesmo *me* criticar quando tudo que fiz foi dizer por que a arma não vai dar certo? Estamos numa festa, sabe? Achei que a gente só tivesse vindo aqui para ver quem vai ficar bêbado e se jogar na piscina do museu que é a casa de Teo Luna.

— Olha — arrisco um tom diplomático —, eu não quis mesmo te ofender...

— Não estou ofendido. — Ele bate a capa do iPad e o entrega a Dash no instante em que Jamie e Lora aparecem atrás de mim.

— Estão falando sobre o quê? — pergunta Jamie, que está bebendo refrigerante alcoólico com um canudinho ecológico de metal que eu sei que vive na bolsa dela.

— Nada. Foi mal, tenho que ir. Esqueci que Andrew está me esperando lá embaixo para substituir ele — diz Teo, sem olhar diretamente para Jamie nem para mim. — Dash?

Dash passou quase o tempo todo em silêncio, mas assente quando Teo o convoca.

Quando os dois se viram para sair, fico meio exasperada (e bem incomodada), então vou atrás deles.

— Se o outro robô tem um... — Como ele chamou mesmo? — Um centro de gravidade tão baixo, então por que se dar ao trabalho de perfurá-lo? Só, tipo... — Faço um movimento com as mãos, como se estivesse virando uma panqueca imaginária. — Não é como se ele fosse capaz de reagir mais rápido do que você conseguiria causar mais estragos, certo?

Teo congela e não diz nada. Não sei se é porque não expliquei direito — o que é justo, não expliquei mesmo — ou se é algo mais pesado do que isso, tipo irritação. Ou talvez antipatia pura e simples.

— Isso seria hilário, na verdade — comenta Dash, e Teo olha para ele revirando os olhos.

— Tá bom, a gente se fala na segunda — diz Teo. — Ou, sabe, mais tarde. Divirta-se — ele acrescenta por cima do ombro e, com isso, tenho quase certeza de que a breve obsessão dele por mim acabou.

— Eita — sussurra Jamie, olhando fixamente para Teo e Dash enquanto eles murmuram coisas entre si corredor abaixo. — O que você fez, matou o cachorro dele?

Faço uma careta.

— Insultei a masculinidade dele, acho.

— Argh — diz Lora, dando tapinhas no meu ombro. — Bom, não esquenta, ele vai mudar de ideia. Teo gosta de pessoas que se equiparam a ele.

— Que se equiparam a ele — resmungo — ou que *concordam* com ele?

Lora me lança um olhar empático. Enquanto isso, Jamie contribui bufando de um jeito bem arrogante para menosprezá-lo.

— Todas nós sabemos que o ego masculino é notoriamente frágil. Até os bonitinhos são uma causa perdida — observa com um gole lamentoso, nos lembrando de que ela não *gosta* de garotos. (Só sente atração por eles, infelizmente.)

— Está tudo bem, gente — garanto a elas, já que tanto Lora quanto Jamie parecem estar me inspecionando em busca de traumas. — Esse não é meu primeiro dia na turma de Introdução à Masculinidade. Meus irmãos são iguaizinhos. — Nos mundinhos nichados de esportes e matemática, mas ainda assim. — Eu vou ficar bem.

— Claro que vai — afirma Lora com firmeza. Com tanta firmeza que, por meio segundo, quase chego a acreditar que não tem nada de mais.

Mas o que eu não quero admitir para nenhuma das duas é que com certeza estou magoada. O menosprezo de Teo foi humilhante e desdenhoso. Neelam falando mal de mim na frente de todo mundo foi vergonhoso e uma falta de educação. Eu nem tinha certeza de que estava qualificada para participar de um clube de robótica, e agora que estou duvidando (e bota dúvida nisso) de mim mesma, me sinto... Bom, sem querer ser um fiasco em termos de vocabulário, mas... *mal*. Seria pedir muito que Neelam me defendesse quando Teo estava claramente sendo um babaca? Eu a defendi. Será que ela simplesmente... me odeia?

A julgar pela forma como está me ignorando totalmente ao lado das próprias amigas, acho que sim.

O que é uma droga, porque, se for mesmo o caso, então essa coisa da qual eu nem queria participar para início de conversa vai fazer meu ano ser bem, bem longo.

Cinco
Ferramentas

Bel

Após as primeiras reuniões da equipe de robótica, que acontecem duas vezes por semana, fica bem claro que, por mais que Teo tenha tomado a decisão unilateral de me incluir no time, ou ele se arrepende disso ou ainda precisa superar o fato de eu ter dito que o robô não funcionaria direito. Ele não dá nenhuma explicação do que está fazendo — só deixa Dash ou um dos outros amigos o abordarem enquanto manuseia o software de robótica ou as placas de circuito — e, além disso, não falou nada sobre quão pouco Mac, o professor que presumi que fosse passar a maior parte das explicações, de fato ajuda a equipe. Mac só dá umas rápidas passadinhas para ver se alguém precisa de alguma coisa ou para emitir sons entusiasmados em reação aos designs de Teo, mas é bem óbvio que a equipe de robótica é Teo Luna.

O que basicamente significa que a turma inteira me odeia. Dá para sentir na maneira como eles de repente ficam tensos e começam a murmurar entre si quando chego perto para fazer alguma pergunta, ou na forma como trocam olhares incertos quando ofereço ajuda. É quase como se eles tivessem uma placa escrito CLUBE DO BOLINHA na porta da sala e eu tivesse deixado de notar quando estava sendo glorificada no dia dos testes. Que trouxa.

Tento ajudar Neelam, que parece ter se concentrado nos robôs de tarefas porque é a única coisa que Teo não microgerencia (ele é bom demais para esse tipo de robô), mas ela ainda me acha uma idiota ou algo do tipo.

O pior é que ela é igualzinha em sala de aula. Lora e Jamie parecem aliviadas por eu ter aparecido para completar o grupo de laboratório delas, composto pelas quatro únicas garotas da turma de física avançada, mas Neelam não. *Ela* parece achar que só estou aqui para me aproximar de Teo, o que é totalmente irritante. Se eu estivesse aqui por causa dele, será que a essa altura já não teria percebido que meus esforços eram inúteis e caído fora? Por mais que ela me ache incompetente em termos de física, *isso* seria um milhão de vezes mais idiota.

— Ei, quer ajuda com isso aí? — arrisco, enquanto Neelam examina a parte que coube a ela dos cálculos que precisamos fazer para o nosso exercício. Dividimos o trabalho em quatro partes, mas acho que, sem querer, peguei a mais fácil.

— Por quê? — diz ela, sem levantar a cabeça. — Você acha que eu não sei fazer?

— O quê? Não — respondo, perplexa. — Só achei...

Eu me interrompo, porque, verdade seja dita, não tenho certeza de como a insultei.

— Só estava tentando ajudar — murmuro para Neelam, que me olha feio.

Ironicamente, Ravi escolhe esse exato momento para fazer a Lora uma oferta idêntica à nossa esquerda.

— Posso dar uma olhada, se você quiser — diz ele, e Lora expira agradecida, dando a folha de respostas para o garoto.

— Obrigada. Mas não sei se os números estão certos — comenta ela com uma careta. — Não consegui enxergar direito o quadro.

Nossa mesa é a mais distante, o que não é inconveniente só para Lora. Mac parece passar boa parte do tempo checando o grupo da frente — ou seja, Teo —, porque a mesa deles é a que fica mais perto da do professor. Coincidência ou não, os resultados dos exercícios de Teo costumam ser melhores, porque ele — ou mais provavelmente Dash, Kai ou Emmett — só precisa fazer cara de confuso por meio segundo que Mac já vai logo levantando para responder às perguntas deles. Na parte de trás da sala, precisamos contar uns com os outros. É como o Velho Oeste, mas com muito menos riscos e sem disenteria (até onde eu sei).

— Está vendo? — digo a Neelam, apontando para Ravi. Lora não deu um piti por ele ter se oferecido para ajudar.

Em vez disso, Neelam aperta o lápis com mais força.

— Você acha que alguém já perguntou ao Ravi se *ele* precisa que confiram os números dele? — ela sibila para mim. — Ou ao Teo?

— Literalmente não faço a menor ideia — resmungo, magoada, mas, enquanto respondo, percebo que estou mentindo.

Não existe a menor chance de alguém já ter deixado de confiar implicitamente em tudo que Teo Luna faz. Depois, percebo que Ravi também não pede ajuda de Lora, o que me deixa ainda pior. Já não consigo deixar de lado a vergonha que foi ser ignorada por Teo na festa, e agora isso? Não faço ideia de onde guardar todos esses sentimentos horríveis, que parecem só se acumular no meu peito até eu mal conseguir encontrar espaço para respirar.

Faço questão de não falar muito durante a reunião da equipe de robótica nesse dia, o que não é tão difícil. Lora é minha única amiga e atua como gerente de negócios, não engenheira, então é fácil evitar os assuntos relacionados a design e software enquanto fico sentada ao lado dela. Neelam já deixou claro que eu não tenho o vocabulário necessário para falar desse tipo de coisa, e não tenho energia para discutir com Teo como ela faz, então basicamente faço o que me pedem até encerrarmos o dia.

Mais tarde, a ficha cai com força: nenhum dos garotos acha que sou capaz de construir alguma coisa. Eles não dizem isso em voz alta, mas dá para notar que pensam que eu não sei o nome de nenhum dos equipamentos quando me pedem para passar para eles. Emmett chegou até a me perguntar se eu queria ajuda com o exercício de dinâmica na aula — o que parece uma oferta bem gentil, mas tanto eu quanto ele estávamos na sala, assistindo à mesma explicação. A princípio, digo a mim mesma que é só porque, às vezes, algumas pessoas precisam de mais ajuda que outras, ou porque Mac não parece gostar de mim, mas, depois de algum tempo, tenho que me forçar a admitir que não é bem isso.

Eu sei o que é. Eles nunca vão confessar — talvez nem se deem conta —, mas Emmett e os outros olham para mim e automaticamente presumem que devo estar tendo dificuldades com o conteúdo porque sou uma garota, o que me deixa ainda mais triste de ter pisado na bola com Neelam *de novo*.

Sinceramente? Física é fácil.

Difícil é ter vontade de ser invisível o tempo todo.

* * *

Jamie
como foi??? melhor???

Bel
hoje ninguém pareceu sentir
uma repulsa explícita por mim

Jamie
!! já é um avanço, né??

Bel
estava mais para uma extrema antipatia tácita

Jamie
☹ ah fala sério

Bel
tá bom tá bom talvez eles não me odeiem

Bel
mas dá pra sacar que o teo tá começando a se
arrepender da decisão de me colocar na equipe

Jamie
TODOS eles votaram a favor da sua entrada na equipe, b

Jamie
não foi nenhum acidente bizarro

Bel
não, foi o teo

> **Bel**
> e a patotinha dele

> **Jamie**
> bom, você sabe que eu amo falar mal de homens

> **Bel**
> verdade, ama mesmo

> **Jamie**
> amo mt mt

> **Jamie**
> mas a questão é que eles não hesitaram em te escolher, né?

> **Jamie**
> então eles não são idiotas totais

> **Bel**
> tá brincando, né? me colocar nessa equipe é a coisa mais burra que eles poderiam ter feito

> **Bel**
> eu não sei absolutamente nada

— Ei — diz Luke, invadindo meu quarto enquanto aparece o "digitando..." embaixo do nome de Jamie. — Quer fazer alguma coisa?

— Com você? Não — respondo, sem nem tirar os olhos da tela.

> **Jamie**
> levanta a cabeça, princesa

> **Jamie**
> você só tem que mostrar pra eles que é brilhante e criativa e inteligente pra cacete!!

> **Bel**
> ô!

> **Bel**
> aham deixa comigo

— Sério — diz Luke. — Por favor?

Ele nunca pede *por favor*, então, naturalmente, fico desconfiada.

— Por quê?

— Não posso contar. Carro.

Não somos os irmãos mais próximos do mundo, mas até eu entendo que o carro de Luke é um espaço seguro pra gente. Não, mais do que isso: é um espaço *sagrado*. Durante alguns anos, assim que tirou a licença, ele me levou para a escola de carro, e aquelas foram as únicas conversas que tivemos com um pingo de conteúdo. Então, Luke dizer "carro" agora é o equivalente a Jamie me enviar uma mensagem de sos.

— Tá bom — digo com um suspiro. De qualquer maneira, a alternativa seria trabalhar nas minhas inscrições para as universidades, algo que eu preferiria não fazer, é claro. É o dever de casa que meu orientador me passou, e ele parece não compreender que "não sei onde quero estudar" e "não sei o que quero estudar" não são exatamente embasamentos geniais para uma carta de apresentação espetacular.

No carro, Luke fica um tempo em silêncio, me instruindo a achar uma playlist no celular dele antes de conectá-lo ao sistema de som *bastante* desproporcional, que nós dois sabemos que é novo até demais em comparação com o restante do carro. Ele sai da garagem e vira à direita, como sempre, depois escolhe a esquerda que nos leva a um passeio sem rumo pelas ruas residenciais.

Então, por fim, diz:

— Então, sobre o papai.

Ah, caramba, lá vem. Apenas a pessoa em quem venho tentando não pensar pelos últimos seis meses. Olho fixamente para a coleção infinita de edifícios pela qual passamos, desejando ter tido a ideia de negociar alguma sobremesa como recompensa por essa confissão misteriosa dentro do carro.

— Sim? — Talvez eu possa convencê-lo a comprar aqueles pães de taro que a gente vivia tendo que esconder do Gabe.

— O papai me arrumou um emprego para o outono. Talvez por mais tempo. — Luke batuca o volante no ritmo de uma *diss* do Pusha T que ele adora. (Eu não entendo a origem da maioria das tretas do rap, mas acho todas meio poéticas? É tudo vagamente shakespeariano para mim; guerras de sangue, traições e tudo mais... o que não vem ao caso.)

— Espera — digo, franzindo a testa. — Você encontrou com ele? Com o papai?

Luke muda de posição no banco do motorista.

— Sim. Bom...

Ele limpa a garganta.

— Então, você não tem dezoito anos ainda — diz Luke, devagarinho —, mas eu já tenho vinte e um.

— Sim, e…?

— E… — Ele claramente está bem desconfortável. Não que eu esteja gostando do rumo da conversa, mas bem que eu queria que ele fosse direto ao ponto. — Então, sabe, o papai tem bastante espaço, e se eu for trabalhar para ele…

— Você vai trabalhar para *ele*? — interrompo, porque Luke não tinha especificado esse detalhe.

— … se eu for trabalhar para ele — repete Luke —, é mais fácil.

— Mas a mamãe — começo a protestar, e então me calo.

De uma hora pra outra, minha fome passou.

— Eu sei. — Luke olha por cima do painel, contemplando o sinal vermelho bem à nossa frente. — Mas, sinceramente, Ibb… a mamãe quer que eu seja algo que eu não sou. — Luke é o único que me chama de Ibb, que vem de Ibb-el, o jeito como ele me chamava quando eu era bebê. É péssimo ouvir esse apelido agora que ele talvez (provavelmente) me abandone.

Faço uma careta.

— Mais parecido com o Gabe, você quer dizer.

— É. Bom, é, basicamente. — Luke leva a mão à boca e eu volto a pensar em como ele se parece com nosso pai.

Eu não me pareço muito nem com nosso pai, nem com nossa mãe.

— Então você vai se mudar? — Olho para minhas mãos.

Não é como se Luke e eu passássemos muito tempo juntos ou trocássemos mais do que meia dúzia de palavras por conversa, mas a ideia de voltar para casa e não o encontrar jogando videogame ou trabalhando no carro dele na garagem do nosso condomínio de repente me atinge de tal maneira que não consigo mais respirar. O que eu vou fazer agora, enquanto deveria estar escrevendo cartas de apresentação para as universidades e minha mãe não está em casa? Quando Luke foi para a faculdade, era diferente. Na época, fiquei aliviada, provavelmente porque sabia que ele voltaria. Mas agora já não tenho mais tanta certeza.

— Eu preciso conversar sobre isso com a mamãe. Mas, é, acho que sim. — Ele vira de lado e olha para mim. — Você está tranquila com isso?

— Se eu estou *tranquila*, Luke? Não, não estou tranquila. — Eu não fazia ideia de que podia me sentir tão sozinha só porque o chato do meu irmão mais velho vai se mudar do apartamento em que ele nem deveria estar morando, para início de conversa. — Quer dizer, eu obviamente odeio nunca mais ver o papai, e agora…

Solto o ar, sem saber o que dizer agora que estou sendo obrigada a pensar na única coisa em que tenho tentado não me concentrar: o fato de que meu pai e minha mãe são duas entidades separadas agora. O divórcio foi horrível e complicado, fez meu pai gritar e minha mãe chorar, e a situação me levou a ver os dois como desconhecidos.

— Você sabe o que o papai fez — comento. Ninguém vai dizer isso em voz alta, mas eu sei que a separação foi culpa do meu pai, o que é difícil. É muito, muito difícil reconhecer uma pessoa como a vilã da vida de outra quando você sabe que ama as duas.

Luke contrai os lábios.

— Eu sei.

— E você está tranquilo quanto a isso?

— Claro que não. Mas, nessas circunstâncias…

— Que história é essa de *circunstâncias*? — insisto, porque, até onde sei, minha mãe não mudou de ideia e meu pai certamente não *des*-ferrou com tudo.

— Quer dizer... — Luke se remexe desconfortavelmente no assento e mantém uma das mãos fixa na parte de cima do volante. — É pra gente ficar puto com ele pra sempre? Tipo... o papai está cancelado, fim de papo?

Pensar nisso me machuca.

— Não, mas...

Engulo em seco, incapaz de concluir a frase.

— Faz alguma diferença passar seis meses ou seis anos sem falar com ele? — Luke me pergunta. — Em algum momento vamos ter que superar isso e seguir em frente.

— Mas a mamãe... — lembro a ele, titubeando.

Luke faz uma careta para mim.

— Mas o papai — diz ele.

Depois disso, nenhum de nós sabe o que falar.

Por mais que eu saiba que meu pai machucou minha mãe — e por mais que eu *saiba* que ele deveria ter se esforçado mais para impedir que a gente fosse embora —, várias vezes ainda sinto vontade de vê-lo mais do que qualquer outra pessoa no mundo. É uma situação esquisita em que a lealdade à minha mãe me impede de atender o telefone, mas aí a lealdade ao meu pai abre um buraco no meu peito. Eu sou a Bel de hoje por causa dele. Agora que ele foi embora, onde é que coloco todas as coisas a meu respeito que eu imaginava como sendo dele?

Para Gabe, foi fácil dar as costas para o papai. Foi fácil até para o Luke, o braço-direito do meu pai, ir embora com a gente quando a mamãe se mudou, porque estávamos todos no mesmo time, ou era o que eu pensava, embora Luke claramente tenha ressalvas persistentes.

— Você pode me visitar sempre que quiser — arrisca Luke quando o sinal abre.

Ah, tá bom. Claro.

— É só que ele não tenta me forçar a nada, sabe? — prossegue Luke, que ainda não reconheceu que essa é obviamente a coisa mais idiota que já ouvi na vida. — A mamãe quer que eu seja contador público ou médico ou algo do tipo e, cara, não dá. Por que é um crime tão grande eu não gostar da faculdade? Eu só quero construir coisas e viver ao ar livre.

Mas é claro que meu pai diria ao Luke que ele não precisa ser nada. Eles sempre foram farinha do mesmo saco, resmungo por dentro — mas aí tento me lembrar de que estou sendo injusta.

Eu sei que Luke sente saudades do papai mais do que qualquer um. Sei que Luke só está tentando fazer o que considera melhor. Sei que ele lembra nossa mãe do papai, de quem ela está com raiva, e isso dificulta ainda mais as coisas para os dois. Sei que nada disso diz respeito a mim.

Mas será que um dia vai?

Fecho os olhos e expiro, tentando processar os fatos. Eu sei que estou mais chateada com as circunstâncias da saída de Luke do que com a ausência dele. Se ele fosse só voltar para a faculdade, será que eu ficaria brava? Claro que não. Mas isso...

Como última tentativa, levo em conta que vai ser legal voltar a ter uma geladeira cheinha de iogurte.

— Se é isso que você quer, Luke, então fico feliz por você — respondo, porque sinto que talvez a pior coisa que eu possa fazer no momento é chorar ou ficar chateada. Pior ainda: acho que não surtiria efeito nenhum. Ele parece aliviado, e começa a cantarolar a música que está tocando. Dá para perceber que se sente melhor (que escolheu acreditar nas palavras que estou dizendo, por mais que a gente saiba que eu mesma não acredito).

Sinceramente, demarcar o próprio território é muito difícil. Queria que a sra. Voss tivesse me ensinado como fazer isso antes de me transferir para a turma de física avançada.

Teo

— **Concentra, Luna!**

O suor escorre entre meus olhos e só consigo pensar numa coisa: *ai*. Minhas pernas estão ardendo, assim como meus pulmões. Está um forno aqui fora, faz quase quarenta graus nessa parte infernal do Valley, então dá para ver o calor subindo do gramado e senti-lo secando a garganta. Odeio os treinos da tarde.

Concentra.

O meio-campo que não consegui alcançar (um aluno do segundo ano que provavelmente não passou metade da noite em claro trabalhando em esquemas de robô) leva a bola até o gol e, felizmente, erra o chute, mas meu atraso de meio segundo acaba funcionando a meu favor. Estou no lugar certo quando a bola bate na trave e volta. Eu me viro para mirá-la com segurança campo acima e me preparo para correr com tudo — apesar de estar quase sem bateria — quando Marcus Ferrar, nosso ímã de faltas residente, me acerta de cabeça. Não consigo frear a tempo e acabo recebendo todo o impacto com força no esterno, o que me deixa temporariamente sem ar.

— Estamos num treino, Ferrar, não em Esparta! — grita o técnico.

Eu queria que a gente pudesse desempatar o jogo no pênalti. Funciono bem sob pressão. Nem todo mundo é capaz de carregar o jogo inteiro nas costas, mas eu consigo lidar com isso. Quando sou só eu e o que realmente quero, o mundo inteiro fica em silêncio.

Infelizmente, vai ser só uma cobrança de falta. Lanço a bola para onde Kai está esperando e ele começa a correr enquanto o técnico grita para que eu siga em frente. Como se eu já não soubesse.

Concentra.

No fim das contas, consigo marcar o gol, embora eu sinta cãibras tão fortes nas pernas que elas parecem até que vão desabar.

— Ei — diz Marcus, vindo atrás de mim depois do treino. — Você está bem?

— Eu? Estou ótimo — respondo. — Como está a cabeça?

— Já esteve pior. — Ele sorri para mim. — Você vem? A gente vai comer comida mexicana.

Só de pensar em burrito, já quase sinto o estômago roncar.

— Não, tenho que voltar para a reunião de robótica — respondo, e Marcus dá de ombros.

— O azar é seu — diz ele para mim, correndo de costas.

Eu sei, eu sei. Por mais que seja uma ótima ideia, prefiro mil vezes ter um segundo título nacional de robótica e uma vaga no MIT a um burrito.

Atravesso o campus, esperando usar a chave do laboratório de robótica que Mac me deu para quando eu fico depois da aula. O laboratório está cheio de equipamentos caros — uma placa de circuito por si só custa pelo menos dez mil dólares —, mas ele já me viu trabalhar tantas vezes que confia que não vou fazer besteira.

Para minha surpresa, ele ainda está aqui.

— Olha, Bel, você está se saindo bem com o conteúdo de física avançada — diz Mac, e eu fico fora do campo de visão deles, parando na pequena terra de ninguém entre a sala de física e o laboratório de robótica. — Mas robótica é um esporte de grupo. Se você quiser se dar bem por aqui, vai ter que aprender a trabalhar em equipe.

Fico esperando a resposta de Bel, mas ela não diz nada. Nada que eu consiga ouvir, pelo menos.

— Eu não estou tentando te colocar em uma posição ruim — diz Mac. — Precisei ter a mesma conversa com Neelam quando ela começou. Você precisa aprender que todo mundo na equipe quer que você se dê bem.

— Tá — diz Bel, num tom de voz fraco e monótono, igual a quando eu disse que ela era minha escolha para a equipe. — Sim, eu entendo.

— Que bom! Excelente — responde Mac, então agito as chaves de propósito, para que eles saibam que estou aqui. — Luna, é você? — grita ele, e fecho a porta atrás de mim com força, dando a entender que acabei de chegar.

— Aham, acabei o treino agora — grito de volta.

Mac se materializa na esquina.

— A Bel está aqui terminando um exercício — diz ele, gesticulando por cima do ombro. — Mas vou sair daqui a uns quinze minutos.

— Eu posso trancar tudo, se quiser — garanto a ele. — Não vou usar nada importante.

Mac dá de ombros.

— Você sabe as regras: nada de fogo, nada de muito peso, nada de coisas pontiagudas…

— Apenas software — digo a ele com a mão no peito. — Palavra de escoteiro.

— Luna, eu já sei que você nunca foi escoteiro — retruca Mac com um suspiro, fingindo irritação, mas dá uma risadinha quando entra na sala de aula.

Conecto os meus fones da Bose com cancelamento de ruído e inicio o software de design, testando algumas das mudanças que andei esboçando antes que Neelam tente criar confusão comigo amanhã. Recebo uma mensagem de Dash quase no mesmo instante, algo a ver com uma sobremesa de nacho que ele acabou de inventar, mas ignoro.

Então, alguém me dá um tapinha no ombro e eu pulo de susto.

— Caramba, desculpa, oi — diz Bel, recuando um passo depois que eu me viro para ela. Antes que eu possa pausar o Skrillex que escuto exclusivamente enquanto escrevo código, ouço bem de longe ela dizer algo como: "… algum tipo de doença de foco extremo?"

Afasto totalmente os fones.

— O quê?

— Deixa pra lá — murmura Bel. Hoje ela está com um delineado de glitter roxo e brincos diferentes em cada orelha; um é uma lua crescente pendurada, o outro é uma espada pequenininha, tipo uma adaga. — Acabei de terminar meu exercício. O Mac queria que eu te avisasse na hora que eu fosse embora.

— Tá — respondo, e então me viro para recolocar os fones, mas Bel não sai do lugar. — Mais alguma coisa? — pergunto a ela.

Ela fica em silêncio, olhando para a tela do meu computador, e solto um suspiro alto.

— O que foi?

Ela hesita por pelo menos trinta segundos antes de dizer:

— Não acho que isso dê uma solda muito forte.

— O quê?

— Meu pai já teve que fazer algo do tipo uma vez. Qualquer pressãozinha de nada e vai desmoronar tudo. — Ela aponta para a parte do meu design a que se refere. — Mas está maneiro — diz ela, e então se afasta.

Tenho toda a intenção do mundo de deixá-la ir embora, mas algo dentro de mim sente uma necessidade urgente de mantê-la por perto.

— O que você faria? — pergunto, e ela congela onde está.

— Hummm. Quer dizer, eu precisaria pensar.

Bel se vira para olhar minha tela de novo e fico com a impressão de que ela está mentindo. Acho que ela sabe *exatamente* o que faria, mas claramente não planeja compartilhar as ideias comigo. De repente, sinto vontade de tê-la deixado ir embora.

É isso que está fazendo com que eu me arrependa da decisão de escolhê-la para a equipe. Não é como se Bel não fosse inteligente, é só que ela não diz nada nunca. Tenho a sensação de que, por dentro, ela tem todo um monólogo pronto sobre o quanto detesta minhas ideias, mas, até onde eu sei, Bel não está disposta a desenvolver ideias próprias.

— O Mac está certo, sabe? — comento. — Somos uma equipe.

Ela me lança um olhar irritado.

— Agora você vai me dar palestrinha também?

— Não é como se tivesse vindo do nada.

Ela contrai a boca.

— Ele é um bom professor — digo. — Se você precisa de ajuda, é só pedir.

— É isso que você acha?

O tom de voz de Bel é inesperadamente ríspido, o que me faz arregalar os olhos.

— Como assim?

Ela me encara.

— Você já teve que pedir alguma coisa ao Mac?

— O quê?

— Não, nunca teve — ela mesma responde. — E, sim, talvez seja porque você é mais inteligente ou mais talentoso, ou talvez não. Talvez ele tenha decidido de cara que não ia deixar você ficar para trás. De qualquer maneira, você não percebe, né? Que, para você, as coisas são mais fáceis. Que você não precisa pedir por nada, tudo cai do céu.

Isso me parece um comentário injusto, mas me sinto levemente frustrado quando percebo que não consigo pensar em nada que refute diretamente o argumento dela.

— Se você estiver tendo dificuldade com o conteúdo, se não estiver conseguindo dar conta de acompanhar a equipe de robótica...

— Não estou tendo dificuldade nenhuma — rebate ela.

— Tá, tá bom, eu estava só...

— A solda está fraca — ela me diz, aproximando-se de repente da tela, furiosa. — Você não pode simplesmente juntar duas peças assim, de qualquer jeito, e esperar que fiquem juntas. Se quiser que algo seja forte, precisa de uma base sólida.

— Tá, tudo bem — cedo, porque está na cara que ela só quer brigar comigo. — Você me viu trabalhando nesse design semana passada. Por que não disse alguma coisa antes?

— Pra quê? Pra você me ignorar que nem faz com a Neelam? Pro Mac me dar uma lição de como se trabalha em equipe? — Ela bufa. — Não, muito obrigada. Você já deixou bem claro que minhas contribuições não são desejadas.

— Do que você está... — Eu me interrompo quando me dou conta de que ela deve estar falando da sugestão que fez para o design do robô na minha festa, se é que dá pra chamar uma mímica ambivalente de sugestão. — Tá bom, em primeiro lugar, não sei se aquilo conta como uma *contribuição*...

— Ah, fala sério — murmura ela, mexendo sem parar no brinco de espada. — Você entendeu o que eu estava falando!

Entendi mesmo, mas não estou a fim de discutir isso de novo agora.

— A gente não ignora ninguém, a gente só... — Não adianta ter essa conversa. Está bem claro que ela não vai me dar ouvidos. — Olha, só projeta algo básico hoje à noite e aí fazemos uma votação amanhã — digo. — Se você acha que o problema sou eu, então vamos ver o que todo mundo acha.

Ela fecha a cara de novo.

— Tá, tanto faz — responde.

Entendo isso como um sim e me afasto.

Se eu estivesse um pouco menos irritadiço, faria questão de notar como ela está diferente agora em relação a um minuto atrás. Era assim que Bel ficava enquanto desenhava, e eu não a via daquele jeito desde o dia em que se juntou à equipe. Enquanto gritava comigo, suas bochechas estavam vermelhas, os olhos estavam arregalados e ela parecia, tipo, *viva* — essa versão da Bel é bem mais interessante do que a de agora. Por mais que eu não esteja exatamente empolgado com nada do que ela está dizendo.

Pego meus fones para recolocá-los quando, de repente, Bel explode:

— É muito ridículo você ser tão babaca comigo só porque eu vi problemas no seu robô. Achei que fosse isso que você queria. Caso contrário, por que se dar ao trabalho de incluir alguém na equipe? Você estava só procurando gente nova para concordar com você o tempo todo? Porque, vai por mim, você não precisa disso.

Por sorte, estou de fone, então, por mais que eu tenha ouvido tudo que Bel disse, dá para fingir que não. Espero até ter certeza de que ela foi embora antes de tirá-los de novo, remoendo algo que acredito ser frustração.

Ou talvez culpa.

A verdade é que Bel tem razão. Tenho sido meio babaca com ela, *sim*, e é porque ela viu problemas no meu design (*vê* problemas, aparentemente, já que, embora não tenha sido tão coerente, não há como negar que ela já me criticou duas vezes a essa altura), mas a questão não é com ela, não de verdade. Só é difícil enxergar defeitos em algo a que você se dedicou tanto. Acaba me levando a questionar a mim mesmo, algo que não estou acostumado a fazer.

Porque ela está certa. Todo mundo concorda comigo. Inclusive eu mesmo.

Começo a sentir dor de cabeça, provavelmente de encarar uma tela por tanto tempo, então desligo o programa, tranco o laboratório e vou até meu carro. Percebo que só restam alguns no estacionamento e reprimo um bocejo, repentinamente exausto.

Eu gosto de me ocupar. Gosto de estar no comando. Gosto que as pessoas confiem certas coisas a mim — o gol da vitória, as chaves do laboratório de robótica —, então, sim, está me enlouquecendo um pouquinho perceber que Bel não confia. Eu sinto que ela me considera um babaca presunçoso, o que não sou. Ou acho que não sou.

No mínimo dos mínimos, eu tento não ser. (Não tento?)

Mas aí dirijo até minha casa fechada por portões, subo o longo caminho de entrada para chegar à mala que ainda não desfiz desde a volta da viagem a Denver com meus pais e penso: ah, talvez ela só não consiga me enxergar por trás de tudo isso. Ou, na verdade, talvez eu não tenha me dado ao trabalho de me mostrar a ela.

— Como foi o futebol? — pergunta meu pai quando entro na sala vindo do saguão. Não estou acostumado a vê-lo no sofá, então sua presença ali me assusta por um segundo. Ele é sempre um pouco formal, como se estivesse posando para uma entrevista imaginária da *Forbes*, e tudo nele parece intencionalmente selecionado, dos cabelos grisalhos nas têmporas (a revista *GQ* o chamou de "coroa enxuto de Silicon Beach" no ano passado) aos punhos dobrados das mangas.

— Foi bom — digo com descaso. Ele é uma figura distinta demais para uma conversa fiada sobre o que fiz no treino hoje. — Cadê a mamãe?

— Foi para uma noitada com as amigas. Você ganhou? — pergunta ele, e então olha para baixo quando o celular vibra uma, e depois duas vezes.

Não adianta explicar que foi só um treino, demoraria mais do que a conversa em si. Ele vai ter uma ligação para atender ou um e-mail para enviar a qualquer momento.

— Ganhei.

Ele volta a levantar a cabeça e assente.

— Que bom. E a escola?

— Tudo bem.

O celular vibra de novo.

— Só bem?

Dou de ombros.

— Tirei dez no meu trabalho sobre política americana.

— E física? — pergunta ele, franzindo a testa para a tela.

— Até parece que o Mac me daria menos do que dez — respondo sem pensar, antes de me lembrar, de repente, da cara da Bel.

Você já teve que pedir alguma coisa ao Mac?

É o tipo de coisa que Neelam teria dito. Só que, se fosse Neelam falando, eu a teria ignorado.

Pra você me ignorar que nem faz com a Neelam?

Droga. Odeio isso. Ela tem razão, e a culpa é minha.

— O que houve? — questiona meu pai, gesticulando para o meu semblante. — Algo vai mal na escola? Já disse, se você quiser que a gente te arrume um professor particular...

Pisco para afastar o olhar surpreso de decepção da Bel e nego com a cabeça.

— Não preciso de um professor particular, pai. Minha média é 4.3. Estou bem.

— Harvard não costuma se contentar com "bem", Teo.

— Eu... — Eu me interrompo antes de lembrá-lo (de novo) de que não vou me inscrever para Harvard. Não sei de onde vem essa mania dos pais de quererem que os filhos estudem em Harvard, mas, para um cara que estudou em uma universidade estadual com bolsa, meu pai não está imune a isso. — Eu não estou tendo nenhum problema na escola, pai. Estou com nota máxima em todas as matérias.

— Isso se eu conseguir terminar o livro que estamos lendo para a aula de inglês: *O Inferno de Dante*.

(O que até que combina muito bem com o momento, já que as coisas andam infernais.)

— Bem, estamos apenas no início de outubro — diz meu pai. — Espero que você já não esteja ficando para trás.

Faço que sim com a cabeça, nada surpreso. De acordo com o TechCrunch, meu pai é um cara conhecido no mercado por sua "eficiência implacável", um resquício da experiência inicial que ele teve como uma das poucas pessoas não brancas num curso dominado por gente branca. Mateo Luna não aceita erros, porque não pode se dar ao luxo de cometê-los, e todo o esforço que teve que fazer para subir na carreira faz com que ele não tenha muita paciência para quem não faz sua parte.

Eu me viro em direção às escadas, pronto para vestir um moletom e relaxar, quando meu pai me chama de novo.

— Você sabe que eu só quero te preparar, né? — diz ele. — A sua situação vai ser diferente da minha, filho. Você é filho do Mateo Luna. As pessoas esperam coisas de você.

— Eu sei, pai.

— Isso significa que as coisas vão ser mais fáceis, mas também mais difíceis.

— Eu sei.

— Você não pode se acomodar por causa do seu nome.

— Não vou me acomodar.

Ele me analisa por um minuto e, em seguida, assente.

— Está com fome?

Ah, é. Estava quase me esquecendo.

— Estou, na verdade.

— Sua mãe deixou um pouco da comida tailandesa de ontem na geladeira para você — diz ele enquanto se levanta. — Preciso atender uma ligação de um possível investidor de

Osaka. Me faz um *call* se precisar de alguma coisa — acrescenta, me dando um tapinha no ombro e caminhando lentamente pelo corredor até chegar no escritório.

Eu o observo se afastar e depois sigo em direção à geladeira, reconsiderando meus planos enquanto coloco um pouco de noodles no micro-ondas.

Estava pensando em tentar dormir cedo hoje, mas, em vez disso, acho que vou voltar ao *Inferno*. Meu pai tem razão: não quero fazer besteira tão cedo, e as pessoas esperam grandes coisas de mim.

Eu, mais do que ninguém, também espero.

Seis
Segredos

Bel

Em um primeiro momento, eu não tinha planos de ver Luke nem meu pai tão cedo. Minha mãe claramente está chateada com a mudança de Luke — os dois passaram *horas* brigando até ele finalmente ir embora furioso — e a última coisa que quero é dar a ela mais um motivo para se estressar.

Mas aí Teo Luna decidiu bancar o difícil e eu precisava de ferramentas que a minha mãe não tem, entããããão... vou precisar que *alguém* me ajude a projetar uma arma para a votação da equipe amanhã. Por mais que seja só Teo sendo Teo, não pretendo me provar inepta mais uma vez.

Uma coisa que ninguém te conta sobre pais se separando é como é estranho parar na entrada da sua própria casa e bater na porta da frente. Ou na porta que um dia já foi minha, de qualquer maneira, antes da minha mãe resolver que uma cidade novinha em folha e uma nova mensalidade exorbitante seriam um ambiente melhor para mim, a única filha que ainda mora com ela. ("Poderia ser pior", comentou Jamie quando contei a ela por que tinha mudado de escola. "Ela poderia ter matriculado você numa escola para mímicos, sei lá", ela observou, o que, acredite se quiser, não foi um comentário tão útil assim.)

— Bel — diz meu pai quando abre a porta, parecendo surpreso. Ele tem o riso fácil e um sorriso enorme; as covinhas que puxei dele ficam logo visíveis, e o choque de me ver não demora a se transformar em afeto. — Não sabia que você vinha.

Começo a brincar com as minhas chaves.

— Eu deveria ter ligado primeiro?

— O quê? Não, meu bem, eu só quis dizer... deixa pra lá. — Agora ficou claro de onde veio meu hábito de não concluir frases. — Entra — diz ele, recuando um passo. Ele está vestindo a mesma calça jeans de sempre e uma camiseta desbotada; é uma vermelha que ele usa desde que eu era criança. Posso praticamente sentir o cheiro da minha infância em meio ao tecido — uma mistura de serragem e do amaciante de gardênia da minha mãe.

E só então lembro que minha mãe não lava mais as roupas dele.

— Na verdade, o Luke está por aí? — pergunto, sem saber se devo entrar na casa. Parece menos desleal se eu ficar do lado de fora... ou, pelo menos, não *ali dentro* de forma geral, onde eu me tornaria cúmplice de tudo que meu pai faz sem minha mãe. — Eu só precisava usar umas ferramentas dele no galpão.

— Ele não está — diz meu pai lentamente —, mas eu posso te ajudar. Se você quiser.

Ele parece otimista e eu me sinto péssima. Eu deveria ir embora, né? Deveria dar no pé.

(Mas ou é isso ou... não, é só isso. Já passei meia hora tentando descobrir como se usa o software de design em casa e não faz nenhum sentido para mim, então...)

— Tá bom — respondo. — Tá, tudo bem. Obrigada.

— E aí, no que vamos trabalhar? — pergunta meu pai, fechando a porta ao sair. Talvez ele tenha imaginado que eu não quero andar pela casa, porque, em vez disso, atravessamos o jardim lateral para chegarmos ao galpão nos fundos.

— É... um projeto para a escola — respondo, sem querer me aprofundar no fato de que eu fiz a coisa menos Bel Maier de todos os tempos e topei me juntar à equipe de robótica. Meu pai provavelmente botaria a mão na minha testa e perguntaria se estou me sentindo bem, um gesto paternal com o qual não tenho condições de lidar agora. — Preciso construir alguma coisa que possa, tipo, ficar embaixo de outra. E depois virar de cabeça pra baixo.

— Para a escola, sério? Caramba — comenta meu pai, balançando a cabeça. — Eles têm levado essa história de educação STEM muito a sério agora, hein?

— É, parece que sim — digo, como se também estivesse incrédula com a loucura que virou a academia.

— Quanto tempo você tem para trabalhar nisso?

— Ah, bem... já é, tipo, pra amanhã.

Meu pai arqueia a sobrancelha.

— Bel.

Ah, caramba, ele já sacou que eu ando aprontando.

— Hum?

— Andou procrastinando, é?

— Ah. É. — Eu forço uma risada de alívio, já que deixar tudo para o último minuto com certeza é uma explicação mais Bel do que a verdade. (Ver também: catapultas.) — Bom, achei que já tivesse tudo de que precisava, mas...

— Não esquenta, não adianta se chatear agora. Mas espero encontrar os componentes de que você precisa. — Ele acende as luzes do galpão e abre uma das enormes gavetas de metal. — Está pensando em algo hidráulico?

— Na verdade — começo a explicar, e, como estou falando com meu pai, simplesmente digo a ele o que não tinha muita certeza de como dizer a Teo Luna. — Estou pensando que de repente a gente pode conectar um sensor elétrico para fazer dar certo. Um sensor de movimento de porta de garagem, ou algo assim. Desse jeito, quando alguma coisa chegar perto, o treco vai automaticamente deslizar para baixo e aí, sabe. Virar.

Meu pai inclina a cabeça para o lado e assente.

— Pode funcionar. Peraí, vamos ver o que temos por aqui.

Hidráulica não é tão complicado quanto parece. Na verdade, nada é tão complicado depois que você divide o tema em suas partes fundamentais, mas a hidráulica em especial parece muito mais complexa do que de fato é.

Basicamente, os sistemas hidráulicos empurram o fluido (normalmente óleo) através das válvulas para um cilindro, e essa pressão determina o que você deseja que seu mecanismo faça. Se você força algum aspecto para baixo, como o fluido só tem uma direção para ir, ele vai empurrar outra coisa para baixo.

A maioria das pessoas não tem um pai que tem cilindros de compressão de bobeira dentro de casa, mas o meu é diferente dos outros.

— Presta atenção nas bolhas de ar, não pode ter nenhuma — diz ele. Meu pai já me fez "sangrar" coisas antes, o que significa garantir que não haja ar no fluido hidráulico de um carro ou de um freio de bicicleta. Se houver bolhas de ar no óleo, a pressão acaba sendo exaurida comprimindo essas bolhas, e não para realizar o objetivo do sistema hidráulico.

— Isso é bem difícil para um dever de casa de ciências — comenta meu pai enquanto me observa esboçando minha ideia para o design. Só que, em vez de me questionar, ele diz:

— Melhor pôr a mão na massa.

A certa altura, Luke aparece, fazendo sons surpresos por um segundo antes de sumir com a carteira do papai e depois aparecer de novo com uma pizza. Ele faz muito barulho mastigando e fala de boca cheia, murmurando sobre a medida de PSI adequada para fazer a parte hidráulica dar certo até o celular dele tocar e ele ir embora de novo.

— Que tal? — pergunto a meu pai, mostrando a ele o lugar onde prendi uma haste de pistão dentro do cilindro.

— Parece bom — responde papai, me entregando a válvula que ele montou com base no esboço que eu desenhei. — Então seu plano é empurrar o cilindro para estender o pistão?

— Isso. E mudar a direção para retraí-lo. — Faço uma espécie de mímica do que estou querendo dizer. — Aí, se eu tivesse um sensor elétrico...

— Ah — diz ele, assentindo—, ele mudaria a válvula direcional por conta própria, entendi...

Mas, quando Luke volta, papai e eu sentimos a energia do ambiente azedar.

— Ela precisa ir pra casa — anuncia Luke, sem olhar para mim.

— Não posso — digo a ele, impaciente. — Ainda estou trabalhando no...

— Ibb. Agora — diz Luke.

Papai se vira bruscamente para mim.

— Você não contou à sua mãe que vinha? Bel, já é mais de meia-noite. Ela deve estar morrendo de preocupação.

Eu me contraio depois de perceber que me esqueci de coisas como tempo, hora de ir para a cama e meu celular.

— Bom, ela não está mais preocupada — diz Luke firmemente. — Agora só está com raiva.

Ótimo. E eu nem consegui terminar o que precisava fazer.

— Bom, então tá — digo. — Vou só... terminar isso outra hora.

— Não é pra amanhã? — questiona meu pai no exato momento em que Luke me pergunta:

— Isso é praquele clube de robótica que você falou?

— Espera, clube de robótica? — repete meu pai. — Desde quando você fala sobre um clube de robótica? Ou de *qualquer* clube?

— Não, eu não... Olha, a mamãe está me esperando — digo, pegando a bomba hidráulica e as peças que ainda tenho que montar. — Desculpa, outra hora eu explico.

No trajeto para casa, penso muito em por que não expliquei logo ao meu pai que isso era algo que eu estava fazendo... bom, por diversão, basicamente. Acho que é porque ele poderia ter feito perguntas demais, ou então achar que sou igual ao Luke — que prefiro passar tempo com ele e não com a mamãe. Eu realmente não quero que ele pense isso. Foi mais fácil deixá-lo acreditar que era uma espécie de emergência escolar.

Quando chego em casa, espero levar uma bronca, mas minha mãe mal fala comigo.

Bom, não exatamente. Ela diz quatro palavras.

— Vai para a cama.

Depois, ela vai para o quarto dela e bate a porta na minha cara. É um daqueles clássicos casos de decepção materna e eu me sinto péssima, mas, ao mesmo tempo, fico feliz por ela não ter pedido que eu me explicasse. Sinto que, a cada dia que passa, tenho menos interesse em explicar qualquer coisa às pessoas.

Acho que, enquanto trabalhava no meu sistema hidráulico hoje, senti que era a primeira vez em semanas — quem sabe em meses — que não parecia haver um peso enorme e invisível esmagando meu peito lentamente.

> **Luke**
> vc ta morta?

> **Bel**
> não

> **Luke**
> que pena

Reviro os olhos.

> **Bel**
> espero que você não esteja
> jantando pizza toda noite
> na sua toca dos solteiros

> **Luke**
> estou na fase de crescimento

> **Bel**
> nojento

Ele me manda um *gif* de um cara todo cheio de veias se flexionando.

> **Bel**
> repito, NOJENTO

> **Luke**
> é sua toca dos solteiros tb

> **Luke**
> vc pode vir aqui se empanturrar cmg
> e com o papai sempre que quiser

Acho que ele está tentando ser legal, mas, no momento, isso só faz com que eu me sinta estranhamente deprimida e excluída.

Aposto que minha mãe sentiu a mesma coisa quando descobriu onde eu estava hoje à noite.

> **Bel**
> te amo mãe

> **Bel**
> desculpa não ter te contado aonde eu ia

> **Bel**
> por favor não fica brava comigo

Espero alguns segundos, me perguntando se ela já dormiu.

> **Mamãe**
> Te amo, hija.

> **Mamãe**
> Mas se você fizer isso de novo, vou confiscar sua chave do carro e encolher seu moletom favorito na máquina.

> **Bel**
> pesado, mas justo

> **Mamãe**
> Vai dormir.

> **Bel**
> ok

> **Bel**
> boa noite mãe

No dia seguinte, Jamie me aborda no instante em que chego à escola.

— Vai ter prova surpresa de física avançada — diz ela, parecendo extremamente aflita. — Lora estava fazendo alguma coisa de robótica hoje de manhã e viu as folhas de resposta na mesa do Mac.

— E aí ela já sai tirando conclusões? — pergunto, mas, quanto mais penso a respeito, mais me parece provável que a gente tenha prova. Acabamos de completar uma unidade e Mac não nos disse qual vai ser o próximo laboratório, então talvez seja um momento oportuno para avaliar nossas habilidades questionáveis.

Eu gostaria de ter ido dormir quando minha mãe mandou. (Não foi o que eu fiz. Bomba hidráulica etc.)

— Eu estou *ferrada* — diz Jamie, cuja faixa de cabelo *tie-dye* é alegre demais para uma declaração tão apocalíptica. — Passei a noite em claro trabalhando nos meus argumentos para o júri simulado. E o Mac *mal* nos dá pontos por trabalho, então, se eu não gabaritar essa prova...

— Você vai entrar em combustão espontânea? — chuto.

— ... não vou tirar dez na matéria, e vou perder minha chance de ser oradora de turma e aí não vou passar pra Stanford, e não vou conseguir cursar direito, e vou apenas MORRER — lamenta ela, então eu a pego pelo braço e reviro os olhos.

— Beleza, a gente pode estudar na hora do almoço — ofereço. — Eu te ajudo, prometo, e tenho certeza de que a Lora não vai achar ruim estudar mais um pouquinho...

Eu me distraio momentaneamente quando vejo Teo Luna passar com Dash, que está todo animado discutindo alguma coisa com um amplo movimento das mãos. Dash acena para mim e para Jamie, parando no meio da frase enquanto Teo levanta a cabeça.

Por um instante, acho que Teo vai me dizer alguma coisa, e minhas palavras se embolam num nó na garganta. Mas ele só afasta o cabelo dos olhos, abre um meio sorriso para alguma coisa que Dash disse e nos cumprimenta com um aceno de cabeça antes de se afastar.

— ... então tá tudo bem — concluo de modo pouco convincente, não que faça alguma diferença. Jamie já está sacando a calculadora e fazendo as contas do número mínimo *exato* de pontos que ela precisa marcar nessa prova para manter sua média insana.

Que fique claro que eu me preocupo, sim, com as minhas notas. É óbvio que me importo, mas é difícil ficar obcecada com isso quando nem tenho certeza de que vai fazer diferença a longo prazo. Quer dizer, será que uma nota dez em educação cívica é mesmo uma exigência para o que quer que eu faça da vida? Isso supondo que eu *descubra* o que quero fazer da vida, o que já é muito mais difícil de pensar do que vale a pena.

Por sorte, eu entendo de movimento de projéteis, que é o assunto da prova (se ela existir). Claro, Teo deve achar que estou tendo dificuldade, mas, na realidade, é bem simples. Mac favorece os garotos — sem se dar conta, acho, e de maneiras sutis, tipo dar a eles a melhor mesa de laboratório ou conferir como estão se saindo com mais frequência, ou até chamar Kai em um canto para dizer que ele pode ter um resultado melhor quando Lora, que tirou a mesma nota, não recebeu nenhum discurso motivacional depois da aula, e, logo, não melhorou como Kai. Ontem, pensei que se eu tentasse conversar com Mac depois da aula sobre nosso exercício, conseguiria convencê-lo de que a questão não é sermos menos capazes. Mas, em vez disso, só consegui deixá-lo na defensiva, provavelmente porque ele já acha que eu não faço questão de colaborar com a equipe.

Saber que Teo claramente entreouviu a palestrinha que Mac me deu ontem em resposta é vergonhoso, mas, pior ainda, é frustrante. Sinto que tudo que eu faço só reforça a crença do Teo de que não sei o que estou fazendo — algo em que ele *realmente* acredita, considerando a forma como me dispensou quando destaquei tudo isso para ele no laboratório de robótica. O mais injusto de tudo é que, quanto mais Teo suspeita de que não pode confiar em mim para fazer as coisas direito, mais Mac parece acreditar nisso.

Às vezes acho que *eu* também estou começando a acreditar um pouquinho nessa ideia.

Pelo resto do dia, não consigo superar esse sentimento de frustração, porque, depois da aula (e depois da prova surpresa, que realmente não valeu o pânico todo), dou uma passada na sala da sra. Voss.

— Ah, Bel — diz ela, tirando os olhos de algo muito nojento que presumo ser para a aula de biologia. — Eu estava para te procurar.

— Economizei seu tempo — respondo e, depois, procuro minha bomba hidráulica dentro da mochila. — Então, entrei pra equipe de robótica...

— Sabia que você conseguiria — diz ela, de um jeito quase presunçoso.

— ... e só queria te mostrar isso aqui. Por nenhum motivo especial, acho — murmuro, de repente me sentindo boba, mas a sra. Voss balança a cabeça.

— Me mostra — pede ela.

Incrível como duas palavrinhas às vezes podem ser tão certeiras.

— Então, o ar do compressor vai aqui para pressurizar o sistema — explico, mostrando a ela a peça direcional que determina para onde o ar vai. — Estou supondo que exista um que eu possa usar no laboratório de robótica... mas enfim, aí o ar entra no cilindro e move essa peça. E depois, quando vai para o outro lado, o pistão volta para dentro.

— Bel, que trabalho incrível — Ela dá uma olhada na bomba e assente. — E aí, o que você imagina que a bomba vai fazer?

— Bom, idealmente, vou poder conectá-la a algo elétrico, tipo um sensor de movimento, então, sempre que um robô adversário se aproximar, ele vai deslizar automaticamente para fora. — Demonstro com a bomba. — Aí a bomba hidráulica vai permitir que ele passe por baixo do outro robô e o vire de cabeça para baixo.

— Muito criativo, Bel. O que o sr. MacIntosh disse?

— Ah, ainda não mostrei para ele — admito, e ela franze as sobrancelhas.

— Você construiu isso sozinha?

— Bom, meu pai e meu irmão ajudaram bastante — respondo. — Assim que meu pai me deu as peças, só fiz um esboço.

— Você projetou isso, Bel. Não é pouca coisa. — A sra. Voss me devolve a bomba. — Tenho certeza de que o resto do grupo vai ficar muito animado ao ver do que você é capaz.

— Espero que sim. — Guardo a bomba de volta na mochila. — Mas, enfim, eu só queria te contar que, sabe... — Limpo a garganta, de repente me sentindo desconfortável. — Me diverti construindo isso.

Ela abre um sorriso de quem já sabia.

— E?

— E… o quê?

— E você já andou pensando mais sobre a sua graduação? Engenharia elétrica, mecânica e civil podem envolver projetos dessa natureza — comenta ela, apontando para a bomba guardada na minha mochila.

— Ah. Quer dizer, sim — respondo. — Tá bom.

Ela franze os lábios.

— Isso não é uma resposta, Bel.

— Bom, não vou basear o resto da minha vida numa bombinha hidráulica — digo a ela, acidentalmente passando para um tom de voz meio mal-humorado. — Não sei nem o que o resto da equipe vai achar.

Eu me preparo para ouvir mais argumentos, mas ela se limita a dar de ombros.

— Justo — diz a sra. Voss. — Mas ainda vale a pena pensar a respeito, não acha? Você tomou uma baita iniciativa. Foi muito além de um esqueminha básico. Estamos falando de algo que você construiu, Bel, você pode se orgulhar disso.

Por um segundo, imagino que seja possível acreditar nela. Chego até a achar que talvez ela tenha razão.

— Obrigada, sra. Voss — digo, e do nada sinto que seria idiotice não dar ouvidos ao que ela está me falando. Que motivo ela teria para mentir? Não é como se meu sucesso na vida fosse lhe render um bônus ou algo assim. Quer eu estude em Harvard ou caia no Grand Canyon durante o recesso de primavera, o salário dela será o mesmo. — Vou pensar nas minhas inscrições para a faculdade.

Mas, infelizmente, minha sensação de conquista não dura nem a tarde inteira.

Teo

Pensei que a Bel fosse rodar um esquema no software. Foi o que *falei* para ela fazer, mas, em vez disso, ela tira uma bomba hidráulica de dentro da mochila, a conecta a uma válvula de compressão e basicamente constrói parte de um robô de tarefas na nossa frente.

— Então, isso — diz ela, direcionando o ar da válvula de compressão para liberar a haste de pistão. — E aí ele iria, tipo, virar.

Para alguém que acabou de criar algo legitimamente complexo, ela mal é capaz de reunir entusiasmo o bastante para formular frases completas.

— Você está falando de usar um sensor para operar... um braço pneumático, é isso? — pergunto.

Bel arregala os olhos para mim.

— Estou — diz ela, pouco convincente.

— Do tipo que trabalha com ar sob pressão — explico, porque me parece que talvez ela não saiba o que é *pneumático*.

— Isso. — Agora ela é muito mais enfática, então certamente não sabia o significado até eu explicar.

— Ah. Bom. Então tá. — Sinto que minha reação deveria ser bem mais positiva, visto que ela desvendou a complexidade de algo que eu mesmo venho tentando projetar. É evidente que isso me economiza muito tempo e esforço. — Obrigado.

A essa altura, tenho cem por cento de certeza de que Bel é muito mais inteligente do que parece, ela só finge que não. Ou, sei lá... não é como se ela estivesse *atuando* nem nada, mas com certeza tem algo que não está batendo em relação à participação dela nessa equipe. Eu já a vi repassando detalhes da aula de movimento de projéteis com Jamie e Lora, então é claro que ela entende bem os conceitos, e já vi os esboços dela. Então, qual é o problema?

Antes que eu consiga chegar a qualquer tipo de conclusão, Neelam me corta.

— Então você está só se exibindo?

— O quê? — Bel se vira para ela com cara de cachorro sem dono.

— Teo falou que a gente ia votar para escolher o design. Aí você vai e... o constrói? — pergunta Neelam. — Sem consultar ninguém da equipe?

— Bom, achei que seria mais fácil p...

— Mais fácil pra quem? Pra você?

Para seu entendimento: esse é um comportamento bem típico da Neelam. Provavelmente ela está pensando o mesmo que eu, mas, *ao contrário* de mim, ela parte direto para o ataque, o que não é exatamente uma demonstração de Como Fazer Amigos e Influenciar Pessoas.

O resto da equipe está acostumado. Bel, por motivos óbvios, não está.

— Qual é o sentido de projetar um esquema se posso construir um? — rebate Bel, e dois membros da equipe do segundo ano trocam um olhar significativo. — Não estou vendo você sugerir nada.

Neelam estreita os olhos.

— Eu tenho várias ideias. Você nunca perguntou.

— Em que momento eu deveria *perguntar*? O desenho do Teo não ia funcionar, então eu só...

— Ei, ei, meninas, vamos respirar fundo e nos acalmar — intervém Mac, interrompendo a conversa lá do outro lado da sala. Ele costuma ficar trabalhando na mesa durante as reuniões de robótica, mas o conflito entre Bel e Neelam parece tê-lo tirado de sua solidão habitual.

— Não estamos *nervosas* — retruca Bel. — Emmett e Kai batem boca o tempo todo. A gente só está conversando.

— Tá, tudo bem, vamos tentar nos entender, certo? — fala Mac. — Vamos discutir o problema como adultos.

O olhar de Mac procura o meu e ele olha para mim como quem diz: "Ai, ai, mulheres, né?"

De repente, odeio ser a pessoa para quem ele escolheu direcionar esse olhar.

— Bel — digo depressa. — Está bem maneiro. E gosto da ideia do sensor de movimento. Mas, já que não está cem por cento finalizado, você ainda pode projetar um esquema completo, né? A gente pode fazer uma votação na semana que vem. Assim, Neelam também pode sugerir uma ideia — comento, me virando para ela.

— Ótima ideia, Teo, obrigado — diz Mac, mas tanto Bel quanto Neelam olham para mim como se quisessem que eu fosse engolido pelo chão, então acho que não resolvi da melhor maneira.

Depois da reunião, acabo correndo atrás de Bel, que está praticamente voando em direção ao próprio carro.

— Ei — grito atrás dela, mas ela me ignora. — Ei, Bel, fala sério, eu já dei uns mil sprints hoje....

— *O que foi?* — explode ela ao se virar para mim, o que acaba assustando nós dois.

— Desculpa, eu só...

— Desculpa — diz Bel na mesma hora, e depois olha para baixo. Ela está usando um par de sapatos tipo Doc Martens que parecem bolas de discoteca e meias até o joelho com estampa de pugs, então, de repente, não consigo pensar em mais nada além de pugs.

— Que meia maneira — comento.

— É, pois é. — Bel puxa o próprio cabelo. — Ela é boba e eu amo.

— É mesmo. — Meio que não consigo conter a risada, e ela levanta a cabeça ao mesmo tempo em que revira os olhos.

— Posso ajudar?

— Eu só... entendo esse sentimento... — Paro de falar. — Não fica com raiva.

Ela arqueia a sobrancelha.

— Não posso prometer nada.

— Tá, beleza, bom... Acho que você não sabe usar o software — digo categoricamente. — Imagino que seja por isso que não usou o para o dia do teste nem para o esquema hidráulico. — Ela abre a boca para argumentar, mas trato logo de dizer: — Não estou te julgando, eu entendo. É tedioso e requer prática. Mas posso te ajudar, se você quiser.

— Por quê?

Eu provavelmente deveria estar aliviado por ela estar falando de uma forma coerente, mas, pelo tempo que já passei a observando (isso não soou do jeito que eu queria, mas... quer saber? Esquece), percebi que ela só tem dois modos: superagressiva ou superpassiva.

— Porque eu quero que essa equipe dê certo — respondo. — Porque quero que a gente ganhe.

— E você acha que estou prejudicando a equipe?

— Não, eu só...

— Você não gosta da minha postura? Eu não sei trabalhar em equipe, é isso? Então me expulsa logo. — Ela contrai os lábios.

— Não, Bel, me escuta...

— Se eu não sou boa o suficiente pra sua preciosa equipe de robótica...

— Bel, para de falar por *um segundo* — resmungo, mas, a essa altura, o restante da equipe já foi começando a chegar no estacionamento atrás da gente. Nós dois sentimos o olhar de todos eles concentrados na gente, então Bel destranca o carro dela com uma careta e abre a porta do lado do carona.

— Entra aí — diz ela.

— O quê? Eu tenho um carro, está bem al...

— Entra — repete ela. — O carro é um espaço seguro.

— Bel, se isso for, tipo, um sequestro...

— É um espaço seguro — diz ela com firmeza. — Sem julgamentos.

Beleza, que seja.

— Tá bom.

Eu me sento no banco do carona e ela dá a volta para o lado do motorista, abrindo a porta com força e se acomodando. O carro da Bel é um Subaru antigo, o que é meio fofo. É um carro para aventureiros, mas não consigo imaginar de forma alguma esses Doc Martens cheios de brilho sendo funcionais na natureza selvagem.

— Desembucha — diz Bel.

Sinto que, agora que estamos no carro, ela não vai me interromper, mas também tenho a impressão de que não está a fim de ouvir nada parecido com o que Mac ou Neelam já disseram. Ela põe as mãos no volante e eu também mantenho o olhar fixo à frente, como se estivéssemos dirigindo para algum lugar.

— Às vezes é bem difícil — digo a ela, decidindo ser sincero, coisa que quase nunca sou. Não que eu seja mentiroso; é só que, normalmente, as pessoas não querem ouvir esse tipo de coisa de mim.

Mas ela disse que não haveria julgamentos, então decido acreditar nisso.

— A escola é um peso — digo, expirando. — O futebol é um peso. Tentar arrumar tempo para fazer trabalho voluntário, ter uma vida social, ter um emprego e ainda tirar notas boas... tudo isso é um peso. Passar o tempo todo tentando... tentando não estragar tudo... me deixa exausto. Tem toda uma pressão para planejar um futuro, sabe? E, tipo, *que* futuro? — pergunto, de repente agitado. — O planeta está basicamente desmoronando. A política não presta. Além disso, existem coisas como, sei lá, o racismo? Eu sinto que tenho muita consciência do que preciso honrar, mas, ao mesmo tempo, o que acontece se eu decepcionar todo mundo? Tipo, eu sei, eu venho de uma família rica e isso faz de mim uma pessoa de privilégios, mas também sinto uma culpa enorme. E, sim, sou um homem e tem todo o lance do feminismo e, tipo, é só...

Beleza, estou divagando. Ela não diz nada.

— Gosto de construir robôs — consigo dizer, e era disso que eu estava tentando falar, na verdade. — É uma atividade que me faz feliz. É importante para mim. Os únicos momentos em que realmente gosto de quem eu sou são aqueles em que estou tentando fazer alguma coisa funcionar.

Silêncio.

— Eu realmente te acho inteligente e criativa, Bel. Mas também acho que você não sabe tanto quanto outras pessoas da equipe. O que não é culpa sua — acrescento logo —, mas é uma *equipe*, então é claro que vou conferir como você está se saindo. Isso não quer dizer que eu não te ache boa o bastante, só quer dizer que quero que você seja, já que está na minha equipe. Já que somos colegas de equipe.

Passo um tempão encarando minhas mãos e me perguntando se consegui falar alguma coisa com sentido. Mas, quando resolvo dar uma espiada na Bel, ela está olhando para mim, e a luz do estacionamento ilumina metade do seu rosto e os cabelos que caem por cima do ombro.

— Que discurso mais esquisito — comenta ela suavemente. — Você chegou a dizer que se sente estressado por causa do racismo?

— Disse, você não se sente assim? — pergunto. — E acho que as mudanças climáticas são bem nocivas para a psique coletiva da nossa geração.

Bel leva a mão à boca e, por um segundo, imagino que esteja chorando, mas percebo que ela está é rindo.

— Meu Deus do céu — diz ela. — Meu Deus do céu. Meu. Deus. Do. Céuuuu.

— Tá bom, pode parar — resmungo. — Não tem graça...

— Meeeeu Deusssss do céuuuuuu...

— Olha, eu vi você ajudando Jamie hoje — digo a ela, me virando no banco para encará-la.

— Viu, é? — Ela parece desconfiada, o que acho absurdo. Não é como se eu a estivesse stalkeando no meio do *pátio*, onde as pessoas costumam *almoçar*. Se, por acaso, reparei que ela estava explicando como os projéteis funcionam, não passa de uma coincidência.

— Sim, eu vi — confirmo —, e você é muito boa nisso, Bel. Você está no lugar certo, vai por mim. Você é mais do que boa o bastante. Só precisa entender mais umas coisinhas, e então a gente vai poder construir algo excelente. Prometo.

Bel enrola o cabelo no dedo e desvia o olhar de mim por um segundo.

— Será que você pode só... não contar isso à Neelam? — diz ela, se encolhendo, e no mesmo instante confirmo minhas suspeitas: não sou o único a fazê-la duvidar de si mesma, embora eu ache que não tenha sido muito solidário até agora. — Tipo, não tenho medo dela, nem nada — acrescenta Bel às pressas, provavelmente por ter percebido a cara que eu fiz. — Eu só queria muito que ninguém soubesse que preciso de ajuda. Tudo bem? — Ela me lança um olhar muito sincero de súplica.

— Ei, eu entendo — garanto a Bel. — Neelam não é muito minha fã também. Eu não confiaria meus pontos fracos a ela. Ela viria toda de Idos de Março pra cima de mim.

— Você acha que ela te esfaquearia no chão do Senado Romano?

Se existe alguém capaz disso, esse alguém é Neelam. O que é quase um elogio, aliás.

— Acho que é melhor não pagar pra ver.

Bel solta um resquício de risada e balança a cabeça.

— Eu tentei — confessa ela por fim, com o semblante culpado. — Tentei fazer o esquema no software, mas eu simplesmente... não entendo aquilo.

— Não é muito intuitivo — admito. — Até meu pai diz que a experiência do usuário deixa a desejar.

— Eu fico totalmente perdida — comenta Bel, melancólica.

— Bom, você não está perdida — digo a ela. — Você tem as ideias. Está muito claro que sabe botar elas em prática. Você só precisa acrescentar mais uma ferramenta na sua caixinha.

— E por acaso você é uma ferramenta? — pergunta ela, arqueando a sobrancelha.

— Eu sou *a* ferramenta — eu a corrijo.

Ela sorri e, por um segundo, sinto uma mudança atmosférica entre a gente. Só um tremorzinho, tipo um 3.0 na escala Richter. Uma ideia louca passa pela minha cabeça: este carro tem cheiro de garota e, provavelmente, Bel tem o mesmo cheiro. Se eu me inclinasse só um pouco para a frente, só alguns centímetros, então talvez eu pudesse descobrir.

Mas Dash bate na janela, os tremores secundários param e nós dois pulamos de susto.

— Ei — diz ele, me chamando aos gritos do outro lado do vidro. — Me dá uma carona?

— Foi mal, ele é uma criança — comento com Bel. Assim que abro a porta, Dash enfia a cabeça para dentro.

— E aí — diz ele para Bel.

— Oi — responde ela.

Uma longa e desconfortável pausa se segue.

— Ok, tchau — interrompo o momento, empurrando a cabeça de Dash para fora do carro e saindo junto. — Então, hum…?

— Me dá seu celular — pede Bel, lembrando-se do nosso acordo e estendendo a mão por cima do assento. — Pode me mandar uma mensagem quando você chegar em casa.

— Ah, sim, ótimo — respondo. Bel digita o próprio número e me devolve o celular. — Até mais.

— Tchau. — Ela acena com os dedos para Dash e dá partida no carro, afastando-se.

— O que foi isso? — pergunta Dash. — Foi tipo...? Você sabe.

Ele faz uma careta romântica e apaixonada para mim e eu o empurro com um grunhido.

— Eu só ofereci ajuda com um negócio, só isso.

— Só isso?

— *Só isso.*

— Tem certeza?

— Tenho certeza.

— Tem certeza *mesmo*?

— Dash, qual parte você não entendeu? Você sabe que eu não posso me envolver com ela — lembro a ele, e então me sento no banco do motorista do meu BMW híbrido. — A gente trabalha junto.

— E daí?

— E se as coisas derem errado? Seria um ano muito, muito longo.

— Mas você gosta dela?

— Dash, o que foi que eu acabei de dizer? — Reviro os olhos e aperto o botão de partida. — Nós mal somos amigos. Na melhor das hipóteses, colegas.

— Então tá bom — diz ele alegremente. — Só estava conferindo. — Dash bota o cinto de segurança e vira todas as minhas saídas de ar-condicionado para si mesmo. (Nem preciso dizer que ele é calorento.)

— Cadê seu carro? — pergunto.

— Minha irmã levou para casa depois da aula.

— Por acaso você não sabe que a sua casa fica na direção oposta da minha? Poderia ter ido com o Kai. Ou com o Emmett.

— Pois é, eu sei — diz Dash com uma risada. — Mas acho que amo incomodar você.

Começa a tocar Vampire Weekend automaticamente e eu jogo meu celular para ele. Na tela, o número da Bel ainda está exposto. Não sei para onde ela se mudou, mas não é longe daqui. O código de área é igual ao de todos nós.

— Coloca uma coisa boa aí — digo a Dash. — *Sem ser* Pitbull.

Assim, Dash coloca Pitbull para tocar, é claro, e deixo o estacionamento com um grunhido.

Sete
Experimentos

Teo

— **Pra alguém que supostamente** tem muita coisa pra fazer, você está, tipo, eternamente disponível — comenta Bel, tirando a mochila e puxando uma cadeira para perto do notebook que estou usando para rodar o programa CAD. — Você não está no time de futebol?

— Por acaso você está hackeando meu calendário ou algo do tipo?

Ela me lança um olhar incerto.

— Você achava que era um baita segredo? Porque tem uma bolsa com uma bola de futebol bem ali. Uma dedução básica sugere que é sua.

— Dedução avançada — eu a corrijo. — Digna de uma disciplina avançada de dedução. Não se subestime.

Ela revira os olhos.

— Você vai responder à pergunta?

Não, é claro que não, porque, na verdade, ando *mesmo* bem ocupado, e estar aqui significa que eu basicamente tive que vir voando do vestiário depois do treino. Além disso, é bem provável que eu precise ficar acordado até tarde da noite para terminar meu trabalho de literatura avançada. Mas definitivamente não vou contar isso a ela.

— Você preferiria que eu não te ajudasse? Porque, sem querer ofender, mas você não é exatamente uma gênia do CAD.

Ela não parece ofendida. Para dizer a verdade, mal parece abalada.

— Eu ganhei a votação do design dos componentes na semana passada, não ganhei? Nem Neelam teve do que reclamar.

— Só porque praticamente fiz aquele esquema pra você.

— É, bom, isso se chama "delegação produtiva", como diria Jamie. Microgerenciamento não é bem o meu estilo. — Ela cruza as pernas e espia por cima do meu ombro o robô que deixei aberto na tela. — O que é isso aí?

— É só uma coisa que eu estava pensando para um robô de sete quilos. — Não é nada de mais; só a última coisa na qual eu estava trabalhando da última vez que acessei o programa.

— Achei que a gente já tivesse acertado qual seria o design final, não?

—Ah, não é para o campeonato regional nem nada disso. Só estava brincando um pouco. — Quando me mexo para fechar a janela, ela me impede e pousa a mão no meu braço.

— Espera. Me mostra.

Limpo a garganta e tento não olhar para onde Bel apoiou a mão.

— Tá, beleza.

Clico num canto do robô e o arrasto para que ela possa vê-lo sob diferentes ângulos.

— Peguei a sua ideia do sensor de movimento e usei ela num *flipper*, mas esculpi o centro do robô para que uma parte menor do *flipper* se estendesse. — Indico a estrutura em forma de garra. — Ele faz a mesma coisa que o seu foi desenvolvido para fazer, mas, em vez de ser uma extensão do robô que fica na base, ele surge do lugar onde está conectado, ali no topo. — Dou o play na simulação e Bel murmura para si mesma em reconhecimento.

— É tipo uma torradeira — comenta ela.

— Meio que é mesmo, acho.

— Isso exigiria uma medida de PSI mais alta do que eu tinha considerado, imagino.

— Sim, mas é factível. Com esse formato, o design fica mais leve.

— Você usaria alumínio?

Debatemos um pouco o design antes de eu lembrar que a gente deveria estar falando do software.

— Levanta, vamos trocar de lugar. Você executa.

— Argh — Bel grunhe, mas troca de lugar comigo, e o cheiro do xampu de rosas que ela usa flutua brevemente diante do meu rosto. — Começo um novo projeto?

— Sim, claro. Vamos fazer… um submarino.

— Um submarino, sério?

— Por que não?

Ela apoia o queixo na mão e olha feio para mim.

— Isso é uma tortura contra mim, né?

— É. Com certeza.

Assim como não vou contar a ela que eu deveria mesmo estar fazendo um trabalho agora, também *não* vou mencionar que a coisa mais interessante que tem acontecido na minha vida atualmente é meu joguinho pessoal de adivinhar a roupa dela. (Eu nunca acerto. Quer dizer, sério mesmo, minha imaginação não é tão fértil.) Enquanto Bel acessa a conta dela, analiso a calça jeans de pássaros, o Vans branco e encardido e a camiseta vintage escrito YOSEMITE. Já eu, por outro lado, estou usando uma camiseta Henley lisa e calça jeans preta, o que faz com que me sinta bastante convencional.

— Você já a usou antes — lembro em voz alta.

— Hum? — Ela está ocupada abrindo uma nova janela no programa.

— Essa calça jeans. Você já usou antes, naquela festa na minha casa. — Eu me lembro de ter achado que era um visual relativamente normal para a Bel, até que ela se virou e eu vi os pássaros, o que foi uma surpresa.

Na verdade, a presença dela como um todo na festa foi uma surpresa. Eu esperava achar a noite toda meio tediosa, o que, no fim das contas, acabou sendo mesmo.

—Ah, pois é — diz ela distraidamente. — No dia em que desafiei sua masculinidade, você quer dizer?

— Eu não diria que você *desafiou*.

Ela sorri para mim por cima do ombro.

— Pois eu diria.

— Tá, sinto que você sempre pensa o pior de mim — observo com um grunhido.

— Quem disse que penso qualquer coisa sobre você?

— Caramba, Bel-tipo-*bel-canto*. — Faço uma pausa, pensando. — O que isso quer dizer, afinal?

— O quê, *bel canto*?

— Isso.

— É um lance de ópera — diz ela. — Significa "bela canção", mas não tem muito um parâmetro de como usar a expressão. Não é específico tipo uma ária ou um prelúdio.

— Ah. — Cheguei a pesquisar quando ela falou disso pela primeira vez, mas ainda não faço a menor ideia do que Bel está falando. Incluo "ária" e "prelúdio" na minha lista mental de coisas para entender em algum momento futuro desconhecido. — Você curte ópera ou algo do tipo?

— Às vezes — responde Bel, dando de ombros. — Não gosto de fechar as portas para nada. Acho que existe algo de interessante na maioria das coisas.

— Até nos robôs?

Ela abre um sorriso discreto para a tela.

— Até nos robôs.

Eu estaria mentindo se dissesse que não curti dar esses tutoriais secretos de software. Por sorte, as aulas são secretas, então ninguém pergunta nada sobre. É que Bel não cansa de me surpreender, seja porque aprende as coisas bem rápido ou porque faz perguntas interessantes que me fazem pensar. Talvez seja só por ela ser nova e, portanto, automaticamente alguém mais interessante. Mas, nos últimos tempos, até sair com meus amigos tem sido estressante. Eles vivem querendo saber o que estou fazendo nas reuniões de robótica, se posso ajudá-los com as inscrições para as faculdades, se já pensei em como vamos derrotar nossos adversários ou quando vou dar outra festa.

Com a Bel, nunca sei o que ela vai dizer em seguida.

— Não seria estranho se todo o software fosse, tipo, um gênio amaldiçoado em uma nova forma? — questiona Bel, sem mais nem menos. — Quer dizer, você diz que é tudo código, mas não sei se acredito. Parece claramente uma coisa de gênio.

— Não. — Faço um esforço para não sorrir. — É só um bando de binários, zeros e uns.

— Aham... foi mal, mas a teoria do gênio faz muito mais sentido pra mim do que só uma seleção aleatória de números. — Ela balança a cabeça. — Não acredito nesse papo.

— Parece até uma das teorias da conspiração do Dash.

— Dash quase que exclusivamente só fala de coisas estranhas desse tipo, ou se eu acredito na existência de alienígenas (claro que eles existem, nem que sejam microrganismos). Ou é sobre isso ou é sobre comida. — Mas, mesmo que você esteja certa, eles claramente mudaram as regras. A gente consegue bem mais do que três pedidos.

— É verdade. Tadinho do gênio. — Bel acaricia a lateral do computador em um gesto de solidariedade. — Vou libertar nós dois, se der — comenta ela para a máquina com um suspiro, e então me olha de um jeito como se pensasse que eu os amaldiçoei a isso.

— Ah, fala sério. Melhor aprender logo de uma vez — lembro a ela. — Você vai precisar saber usar isso na faculdade, e duvido que vá ter um benfeitor tão talentoso quanto eu quando estiver em algum curso de engenharia para calouros.

— Hum. Acho que é verdade.

É uma resposta bastante indiferente, o que me deixa meio desconfiado. Mas, antes que eu possa pressioná-la, ela já está me fazendo outra pergunta.

— Como eu faço para acrescentar os propulsores mesmo?

— Foi uma boa decisão o *vertical spinner* — comento com Bel na próxima vez que nos encontramos no laboratório de robótica, o que só acontece na terça seguinte.

Achei que fosse conseguir fugir de passar o fim de semana em Palm Springs com minha mãe, mas evidentemente ela sentiu que eu estava estressado e que precisava de alguma espécie de descarrego enquanto meu pai estava em Chicago para uma conferência de tecnologia. Passei boa parte do tempo no hotel e fiz os deveres de casa enquanto minha mãe fazia massagem com pedras quentes, mas não foi terrível. Eu sempre prefiro passar tempo com ela se tiver que ir a algum lugar com um dos meus pais. Ela não me apresenta para os colegas dizendo "meu filho Teo, muito inteligente, mas tenho certeza de que você deve ouvir isso o tempo todo" ou "já te falei do meu filho Teo, não? Muito promissor e no caminho certo", nem me obriga a ouvir longas conversas sobre financiamento de capital de risco.

— Pois é, *alguém* precisa trabalhar aqui — brinca Bel, ou pelo menos espero que esteja brincando. Sei que ela visualizou meu story no Instagram dando entrada no hotel Parker, o que, do nada, gostaria que ela não tivesse visto. — Como foi seu fim de semana, aliás?

— Esclarecedor. De acordo com um tarólogo, meu futuro parece bom.

— Promissor?

— Ah, muito promissor. No caminho certo.

Bel revira os olhos, mas, dessa vez, sei que não é para mim.

— Às vezes, acho que prefiro ter quarenta anos e me perguntar o que fiz da vida em vez de dezessete e viver sendo perseguida pelo meu futuro — comenta ela. — Mal posso esperar para chegar na fase da vida em que vou sofrer calada enquanto finalmente reflito sobre todas as maneiras como desperdicei minha preciosa juventude.

— Talvez você até já esteja no meio de uma crise de meia-idade — digo de brincadeira.

— Bom, você deve saber como é — diz Bel automaticamente, o que me faz parar por um segundo.

— O quê?

— Hum? Não quis te ofender. Só quis dizer que, tipo, você é bem sério.

— O quê? Sério como?

Ela levanta a cabeça.

— Você com certeza é, tipo... um cara bem sério — diz ela, o que não esclarece nem um pouco as coisas.

— O quê? Não sou, não. — Tenho plena consciência de que essa é a terceira vez que falo "o quê", e isso me deixa repentinamente irritado.

— Sim, claro — responde ela, soando entediada de me ouvir falar, o que só piora tudo.

— Só porque não tenho nenhuma calça jeans excêntrica com pássaros, é isso? — Hoje ela está usando um vestido sem mangas de uma cor meio feia, tipo ferrugem ou cobre. Eu não escolheria nada parecido, com certeza, mas até que cai bem nela. Parece o pôr do sol.

— Em primeiro lugar, aquela calça não é *excêntrica* — ela me corrige —, é espirituosa. E, em segundo lugar, não, não foi isso que eu quis dizer, mas já deu pra perceber que você está meio mal-humorado, então vamos só pôr a mão na massa.

Ela abre um novo projeto e diz:

— Faço um robô de tarefas? Akim me pediu para fazer uma reação de torque e eu *meio* que entendi, mas ao mesmo tempo não muito bem...

— Você acha que eu sou, sei lá... uma calça cargo humana ou algo do tipo?

Bel franze a testa para mim.

— O quê?

Tá, que bom, pelo menos o jogo virou, então. Ou está virando. Tanto faz.

— Você está agindo como se fosse mais interessante do que eu ou coisa assim — retruco. — Ou, tipo, como se eu fosse chato. Ou sei lá. — Mas eu sei, na verdade. Sei muito bem. É uma questão de calça de pássaros e orgulho.

— Tá bom, beleza, então vamos lá. — Bel se vira de frente para mim e o cabelo dela, que está preso numa trança desalinhada, cai por cima do ombro. — Eu te acho muito intenso — diz ela, sem nenhuma entonação específica. — Sozinho aqui comigo, você parece legal, e Dash sempre fala que você é a pessoa mais engraçada que ele conhece…

— Dash fala isso *sempre*? Desde quando?

— … mas, tipo, você passa por cima das pessoas — continua Bel. — Que nem hoje com a Lora.

Tento me lembrar do que ela possa estar falando.

— Aquela hora em que conversei com ela sobre o site, é isso?

— Ah, você *conversou* com ela? Porque, do meu ponto de vista, aquilo foi um *monólogo* — diz Bel, de um jeito um tanto quanto desagradável. — Você sabe que ela passou uma semana inteira trabalhando na interface nova, né?

— Eu só estava dizendo a ela que, se a gente quiser maximizar os lucros da arrecadação de fundos, então a página de contato precisa ter mais destaque…

— Sabe, todo mundo está disposto a inventar desculpas por você — diz Bel, me cortando. — Lora disse a mesma coisa quando comentei isso com ela. Que você "só" quer que as coisas sejam de um jeito ou de outro. Mas você entende que a gente está em uma equipe de robótica de ensino médio e não na NASA, né? — Ela me encara ao longo de uma pausa ininterrupta antes de dizer: — Senti que alguém deveria te contar isso.

— Tá. — Enquanto isso, meio que me sinto como se tivesse acabado de levar um soco. — Tá bom. Desculpa. Eu estava tentando melhorar a equipe, mas se você acha que isso está afetando o moral, vou tentar resolver.

— Não precisa... — Ela expira profundamente, como se eu a estivesse exaurindo, então me viro para a tela, desejando de repente ter ido direto para casa depois do treino.

— Não, tá tranquilo. Akim só está falando de reações de torque porque ainda quer um machado no...

— Teo, dá pra me ouvir? — Bel cruza os braços sobre o peito. — Não terminei de falar.

— Desculpa, passei por cima de você? — pergunto, cheio de amargura, e era para ter sido uma piada, mas acho que está na cara para nós dois que não é piada nenhuma.

— Teo, você não precisa *resolver* nada. Não estou te pedindo para mudar. Estou explicando que eu te acho uma pessoa muito séria porque você leva tudo muito a sério.

— Então, em vez disso, eu não deveria levar nada a sério?

— Não. Esquece. — Ela se afasta.

Eu sei que deveria deixar pra lá, mas não consigo.

— Desde quando você e Dash falam sobre mim? — deixo escapar.

— A gente está na mesma turma de estatística. O assunto só surgiu.

— Como?

— O que é isso, a Inquisição Espanhola?

Perco a paciência.

— Estou tentando purificar a Espanha? Não. Estou te fazendo uma pergunta? Sim.

— Beleza, então a gente vai partir pra briga? — diz Bel, se virando para mim. — É isso que você quer? Então tá, vamos brigar.

— Eu... — Paro de falar. — O que você quer dizer com isso?

— Quero dizer que eu obviamente te chateei e agora você tem toda uma energia estranha para extravasar, então vamos brigar. Pode ser desse jeito ou daquele — diz ela, apontando para o computador. — Qual vai ser?

— A gente não vai brigar.

— Beleza, eu escolho. Você projeta um robô de sete quilos aí — diz Bel, apontando para o notebook reserva — e eu projeto um aqui. Aí depois você pode fazer o upload do seu e a gente roda uma simulação. Tá bem?

— Você ainda não sabe fazer isso.

— Bom, não tem momento melhor do que o presente para aprender, né? — Bel muda a própria cadeira de direção e a afasta de mim para encarar o computador. — Vai — ordena ela, o que soa muito como "Vai embora", o que, por sua vez, me deixa ainda mais furioso.

— Tá. — Estendo a mão e pego o notebook.

Já que estou com Akim e machados na cabeça, acabo projetando algo que é basicamente uma guilhotina reversa: uma arma de braço longo que sobe por trás e corta de cima para baixo. O processo de criação me distrai um pouco, ainda mais porque, de última hora, resolvo mudar um pouco minhas especificações e faço o machado se mover nos dois sentidos. Não tenho a mínima ideia do que Bel vai projetar, claro, porque é sempre assim. Nunca sei o que ela está pensando, de onde vêm as ideias dela ou o que de fato ela quis dizer quando afirmou que sou um "cara sério". Além disso, não sei por que ela anda de papo com Dash ou por que ele nunca me disse que estão na mesma turma de estatística, e também não sei por que a opinião dela a meu respeito de repente passou a ser tão importante.

— Terminou? — pergunta Bel.

Não exatamente. Sou um faz-tudo por natureza. Eu poderia passar horas mexendo nesse robô, mudando e refazendo detalhes até ficar perfeito, como se a perfeição existisse.

— Sim, terminou — diz ela, se aproximando e arrancando o notebook das minhas mãos.

— Espera, Bel, não está...

Ela faz uma pausa, olha para a tela e, em seguida, volta a me encarar.

— Uau, você é tão... — Ela contrai os lábios. — Você é *terrível*.

Sinto um embrulho no estômago.

— Eu disse que não tinha terminado ainda...

— Não, para, eu... quis dizer que está muito bom. — Ela se encolhe. — Desculpa, meu irmão é... Ele sempre fala que eu sou terrível quando o que realmente quer dizer é "essa coisa aí que você fez é bem legal", então parece que sou eu que estou exalando masculinidade tóxica, afinal. Você está tranquilo.

Bel se afasta e carrega meu design na máquina. Quando reúno forças para me levantar e me juntar a ela novamente, nossos trabalhos já estão lado a lado.

O dela é um *thwackbot*, um robô que gira feito um pião, com uma arma lateral que ganha impulso à medida que o robô em si acelera. Muito eficaz, embora difícil de controlar uma vez em movimento.

— Precisaria de eletrônicos bem sofisticados para fazer funcionar — comento em tom monótono.

— É, mas esse cenário é de mentira, né? A gente não vai construir pra valer.

Ela inicia o combate simulado e meu robô acerta alguns bons golpes, evitando que o dela gire rápido o suficiente para danificar o meu.

— Legal — digo, aliviado. — Ganhei.

— Você deu sorte. Melhor de três — diz ela, e aperta o play de novo.

Dessa vez, o robô da Bel bate com tudo no meu e praticamente o despedaça.

— De novo.

O meu vence de novo e ela fecha a cara.

— Melhor de cinco — sugere Bel.

— Você não sabe perder — digo a ela.

— É, pois é — concorda Bel, e então aperta o play.

Depois das cinco rodadas, ela ganha.

— Sete — digo. — A última foi ridícula.

— Não sabe perder — diz ela.

— Não mesmo — confirmo, e então rodo a simulação outra vez.

Quando chegamos à décima terceira rodada, o celular da Bel vibra e ela o vira com um grunhido.

— Nossa. — Ela digita uma resposta apressada e, em seguida, balança a cabeça. — Não acredito que vou te deixar ganhar.

Ignoro a pontada de decepção que sinto no peito.

— Me *deixar* ganhar? Você perdeu, não tem discussão…

— Argh, não perdi *nada*…

— Quem era? — pergunto, apontando para o celular dela.

— Minha mãe. Chegou em casa mais cedo do que eu achava. Ela é enfermeira do pronto-socorro — explica Bel.

— Ah, que maneiro. E você tem um irmão?

— Sim, tenho dois, sou a mais nova. Um deles é absolutamente péssimo e o outro é... substancialmente péssimo, na verdade. — Ela faz uma pausa distraída e, então, olha para mim. — Eu te perguntaria sobre os seus irmãos, mas sei que você não tem nenhum.

— Você sempre fala de mim como se já soubesse tudo que tem pra saber — comento, e é só quando a frase escapa da minha boca que me dou conta de que é por *isso* que fiquei com tanta raiva.

Porque Bel está agindo como se me conhecesse, e sinto que isso não é justo. Tenho curtido conhecê-la melhor, mas, ao que parece, não sou nenhuma novidade para ela. Sou só um cara de quem as pessoas falam, e o que os outros falam parece já ser o suficiente para ela. Bel vê Palm Springs no meu Instagram, visita minha casa e me observa falando sobre o site com Lora sem saber que Lora era praticamente minha irmã quando éramos pequenos ou que nossas mães são melhores amigas e que, sim, talvez as coisas sejam diferentes hoje em dia, mas eu nem sempre meço minhas palavras com Lora porque ela me conhece.

Então, para Bel Maier, eu sou um riquinho mimado que joga futebol e é filho único, e ela e meu melhor amigo conversam pelas minhas costas sobre como eu sou muito *sério*.

E é aí que me dou conta de que não estou com raiva. Estou magoado.

— É, eu... estou reparando que também tenho sido meio babaca, acho — diz Bel.

Ela pega a mochila lentamente, meio sem pensar.

— Obrigada por hoje — diz, e vejo que está mordendo o lábio. — Te agradeço de verdade.

— Imagina. Não tem problema.

— Eu só... preciso voltar pra casa porque senão minha mãe vai, tipo, me colocar de castigo pra sempre, então...

— Eu entendo. A gente se vê na aula.

Bel assente e se afasta. Depois que ela vai embora, ainda não me sinto pronto para ir para casa, então inicio a simulação mais uma vez.

— Espera, Teo...

Eu me viro e vejo Bel parada na porta da sala de física, com as bochechas vermelhas como se tivesse corrido.

— Esqueci de te falar que ser sério não é ruim — diz ela, meio sem fôlego. — Tem pouca gente que leva as coisas a sério. E não é algo ruim especialmente no seu caso, porque você leva as pessoas a sério. Você *me* leva a sério. Eu não sou uma piada pra você, e isso é... isso é legal. É bem legal, e valorizo muito isso, de verdade. Você leva Lora a sério e o site realmente está funcionando melhor agora graças a isso. Você leva seu trabalho a sério e isso é bem melhor do que alguém que simplesmente não dá a mínima, então...

Ela se interrompe.

— Como ficou o placar agora? — pergunta, apontando para a tela, e eu vejo o resultado da nossa última rodada de combate simulado.

— Estamos empatados — digo, porque tivemos um número par de simulações. — Devo apertar de novo?

— Não, vamos deixar assim. É, só deixa assim. Podemos repetir outra hora. — Ela me dá uma das suas saudações bizarras. — Até mais ver, então.

Sério, ela é bem estranha.

— Até mais ver — repito, revirando os olhos.

Mas, depois que Bel vai embora, sinto que de repente tirei um peso das costas. Sinto que talvez ela de fato me conheça um pouquinho, ou pelo menos está disposta a tentar.

Bel

— **Você disse que estaria em casa** vinte minutos atrás, Isabel — fala minha mãe quando eu chego, mas, antes que eu possa responder, ela já mudou de assunto. — Fiz seu prato favorito — ela grita por cima do ombro e some na cozinha, de onde posso sentir o cheiro do tamarindo para o sinigang, uma sopa azeda. Na verdade, esse não é meu prato favorito; é lasanha. Porém, como minha mãe sempre diz que, abre aspas, "qualquer um pode preparar isso", nunca tenho a chance de comer lasanha. (Não me entenda mal, sinigang é muito bom. Eu curto a acidez, o que gosto de pensar que contribui para a sofisticação do meu paladar, de alguma forma. Mas, é... lasanha.)

Ainda não me adaptei ao fato de que chegar em casa não é mais a mesma coisa, nem que todos os reflexos que desenvolvi desde a mudança para cá se tornaram completamente inúteis. Eu não preciso mais de memória muscular para não tropeçar no lugar perto da porta onde Luke largava os sapatos. Quando eu chegava em casa, passava despercebida pela atmosfera estática que existia aqui dentro, mas agora sinto que estou sempre atrapalhando. É como se eu devesse entrar no apartamento na pontinha dos pés, para não perturbar o ambiente com minha chegada.

Não é nada bom. E, verdade seja dita, não é o cenário ideal. Estou acostumada a ver Luke levando bronca e Gabe quase sempre como o centro das atenções de todo mundo, então ser a única filha aqui é tipo cair numa toca do coelho bizarra onde sou a favorita, mas também a maior dor de cabeça.

— Como foi seu dia? — grita minha mãe lá da cozinha. Ela está usando de novo o moletom MÃE DE DARTMOUTH, que parece até ser sua única roupa. Ela também bebe água de uma garrafa da Dartmouth e tem um chaveiro da Dartmouth, além de um adesivo da Dartmouth no carro. (O adesivo da Fullerton logo abaixo está começando a descolar de leve.)

— Foi bom — grito em resposta, olhando para baixo quando meu celular vibra.

> **Jamie**
> oláaaaaa você está com aquelas anotações

> **Bel**
> desculpa desculpa estou sim

> **Bel**
> acabei de chegar em casa, peraí

— Foi bom, só isso? — pergunta minha mãe.
— O quê? — grito de volta.

> **Jamie**
> pera, só agora??

> **Jamie**
> qualquer dia você vai ter que me contar o que fica fazendo na escola até tarde

> **Jamie**
> você não vai ser reprovada não, né?????

> **Jamie**
> mddc se você for reprovada, vou me sentir a PIOR parceira de transferência de todos os tempos

> **Bel**
> ... você ainda se vê só como minha parceira de transferência?

> **Bel**
> porque eu sinto que a gente já progrediu em alguns aspectos

> **Bel**
> um ou dois

> **Jamie**
> não vamos nos ater a detalhes técnicos

> **Jamie**
> está tudo bem??

Paro de digitar por um segundo, porque, considerando tudo que acabei de explicar em relação à minha vida doméstica, qualquer um imaginaria que a resposta seria não. Só que, por mais estranho que pareça, não é bem assim.

Começo a responder Jamie, mas minha mãe me interrompe outra vez.

— Bel, você vem?

— Já vou! — aviso, entrando cegamente no quarto para deixar minha mochila. — Só preciso mandar um negócio para a Jamie.

— Não deixa a comida esfriar, Isabel!

Se Luke estivesse aqui, isso não seria um problema. Na verdade, a coisa estaria mais para "Lucas, já te pedi para guardar suas coisas" ou "Lucas, vem aqui enquanto eu falo com você", um som ambiente que está começando a me fazer falta.

Deixo esse pensamento de lado e me sento para enviar minhas anotações por e-mail para Jamie.

— Eu sei, mãe, só um segundinho! — respondo, e então hesito.

> **Bel**
> quer saber a verdade?

> **Jamie**
> não, eu me sinto confortável com mentiras

> **Jamie**
> ESTOU BRINCANDO, TÁ, ME CONTA AGORA

Tá, sei que é ridículo, mas... eu meio que *quero* contar para alguém o que ando fazendo depois da aula. Sinto o tema borbulhando, sempre beirando a superfície, eternamente na ponta da língua. Botar para fora me parece importante, mesmo que seja só para não acabar deixando escapar de um jeito aleatório e horrível.

> **Bel**
> ok, mas não é nada de mais

> **Jamie**
> SOU EU QUE VOU JULGAR ISSO

> **Bel**
> bom, ok

> **Bel**
> o teo tem me ajudado depois
> da aula com umas partes do
> software de robótica

Espero a resposta dela, mordendo o lábio e me perguntando se fiz besteira. Se tem alguém que vai surtar por causa disso, esse alguém é Jamie, que já acha intrigante o interesse do Teo por mim. Coisa que não é.

(Tenho quase certeza de que não é.)

> **Jamie**
> tipo... sozinho? ou você está em algum tipo de curso
> de software para iniciantes que ele está ensinando
> para ganhar créditos de trabalho voluntário?

> **Bel**
> ok, em primeiro lugar, obrigada
> pelo voto de confiança

> **Jamie**
> estou SÓ CONFIRMANDO

> **Jamie**
> e na vdd eu total me inscreveria se fosse o caso

> **Bel**
> claro que sim

> **Bel**
> mas, em segundo lugar não, somos só nós dois

Ela começa a digitar na mesma hora, então espero.

Quer dizer, beleza, antes que ela mergulhe no assunto, que tal uma pausa para analisarmos as coisas logicamente? Prova A: ao contrário de mim, Jamie está sob o feitiço bizarro do Teo, então obviamente não posso confiar nos instintos dela. Eu sou realista, e, logo, não me deixo influenciar por cabelos idiotas ou por contatos visuais extremamente intensos.

(Eu acho.)

(Espero.)

Prova B: ao contrário de mim, Jamie está convencida de que tem alguma coisa rolando entre mim e Teo desde que ele me chamou num canto na festa — que, como todo mundo sabe, terminou com ele caindo fora quase na hora, então, se ela acha que tem coisa aí, está *objetivamente* errada.

Diante de tudo isso, é nitidamente uma burrice falar do assunto com ela, e não tenho dúvidas de que vou me arrepender no mesmo instante. Mas com quem mais eu falaria? Quer dizer... Teo Luna? Física avançada? Robótica? Parece que meus amigos antigos e eu nem falamos mais a mesma língua, então...

> **Jamie**
> MDDC

Solto o ar, aliviada por ela ser tão previsível.

> **Jamie**
> MDDC MDDC MDDC

> **Bel**
> jamie

> **Bel**
> que exagero

> **Jamie**
> MDDCCCCCCCCC

Estou sorrindo. (Não conta pra ninguém.)

> **Jamie**
> MDDC É EXATAMENTE ASSIM QUE
> AS PESSOAS SE APAIXONAM

> **Bel**
> arghhhh para

> **Bel**
> nós somos amigos

> **Jamie**
> AMIGOS QUE PASSAM HORAS SECRETAS TRANCADOS
> NO LABORATÓRIO DE ROBÓTICA

> **Bel**
> você assiste a muito filme de romance bobinho

> **Bel**
> fala pra sua mãe que ela tem que
> parar de te dar corda e intervir

Jamie
SEGREDO!! ROBÓTICA!! AULA PARTICULAR!!

Jamie
é um clichê CLÁSSICO

Bel
não é um clichê clássico

Bel
nunca, desde que o mundo é mundo, alguém já se
apaixonou em um laboratório de robótica

Bel
a iluminação é péssima

Bel
robôs não são sexy

Bel
e não tem nada a ver

Jamie
AINDA não, mas é INEVITÁVEL

Bel
não

Bel
para

Jamie
mddc eu te odeio tanto e ao mesmo tempo shippo com força

Bel
ele literalmente me odiava até, tipo, mês passado

Jamie
melhor ainda!!

Jamie
enemies to lovers

Jamie
o ship perfeito

Bel
somos só amigos

Bel
menos que isso

Bel
somos colegas acadêmicos

Jamie
enemies to colegas acadêmicos to lovers

Bel
para de falar isso

> **Jamie**
> quer dizer, eu ia morrer de ciúme, mas também

> **Jamie**
> de alegria

> **Jamie**
> JÁ IMAGINOU NAMORAR COM O TEO LUNA

Definitivamente não consigo imaginar. E, na verdade, é melhor assim, porque senão vou começar a me distrair.

Porque sei que falei que o cabelo dele é idiota. Sei que falei que ele se veste que nem um mauricinho e faz coisas tipo se hospedar em hotéis maneiros no fim de semana enquanto eu fico de bobeira maratonando séries na Netflix e comendo arroz-doce no copo. Sei que, para todos os efeitos, isso jamais aconteceria, porque somos muito diferentes, ele não faz meu tipo e provavelmente seria um saco sair com ele.

Mas juro que deve ter alguma coisa na água dessa escola, porque o cabelo dele parece muito macio e, quando ele está trabalhando em alguma coisa, a expressão dele fica toda concentrada, fora que ele tem cheirinho de roupa limpa e verão, e eu odeio isso. Odeio tudo isso.

> **Bel**
> não tem nada, nada a ver

O que quero dizer é: eu realmente, realmente preciso acreditar que não tem nada a ver.

> **Bel**
> hoje a gente passou duas horas
> lutando com robôs

Jamie
e daí?? ele ama robôs

Jamie
todo mundo sabe disso

> **Bel**
> é, exatamente, ele ama ROBÔS

> **Bel**
> e eu só estou ali existindo

> **Bel**
> uma garota humana

> **Bel**
> com quase nenhuma parte elétrica

Jamie
MAIS UMA VEZ: POR ENQUANTO

Jamie
peraí, desculpa

Jamie
não estou falando da parte elétrica

> **Bel**
> não, você está certa, eu total posso colocar um microchip a qualquer momento

> **Jamie**
> mddc CALA A BOCA VOCÊ É PÉSSIMA

> **Jamie**
> você é sensata demais e eu odeio isso

> **Bel**
> bom, pelo menos nisso podemos concordar

Faço Jamie jurar que vai guardar segredo, porque, obviamente, a única coisa pior do que o restante da equipe ficar sabendo que eu preciso de ajuda com o software seria o restante da equipe achar que eu — como literalmente todas as outras garotas da nossa escola e, provavelmente, alguns dos garotos — tenho uma quedinha por Teo Luna.

O celular vibra na minha mão e eu solto um grunhido, achando que é Jamie de novo, mas não é. Bom, é Jamie, e também recebo um gif aleatório de Vila Sésamo do Dash, mas, além disso, vejo outra coisa.

> **Teo**
> só queria te contar que ganhei a melhor de mil

> **Bel**
> para

Teo
na verdade seu robô meio que...
acabou cedendo e desistiu?
Estranho, eu sei

Teo
tem algo a ver com as falhas do seu estilo de gestão

Teo
foi mal, você sabe como são os robôs

Teo
não sou eu que faço as regras

Não tem quedinha nenhuma.

Bel
hmmm vou precisar de testemunhas

Bel
depoimentos

Bel
avaliações psicológicas

Bel
gravações inalteradas

Teo
tá achando que isso é o quê,
um podcast de true crime?

> **Bel**
> a dor e o sofrimento do meu robô
> são uma PIADA pra você??

> **Teo**
> eita que ela está advogando

> **Bel**
> senhoras e senhores do júri, o que vocês
> verão hoje aqui é um homem consumido
> por seus próprios objetivos tirânicos

> **Bel**
> robôs inocentes espalhados por seu caminho

> **Bel**
> a inteligência dele pode ser artificial,
> mas a sede de poder é real

> **Teo**
> objeção

> **Bel**
> ao quê?

> **Teo**
> ao escopo

> **Bel**
> de...?

> **Teo**
> desse interrogatório

O nome de Jamie surge na tela de novo.

> **Jamie**
> você sabe que eu tô brincando, né

> **Jamie**
> na verdade é bem legal se você e o teo forem amigos

> **Jamie**
> mas enfim a gente pode falar de outra coisa

> **Bel**
> tipo sua irmã atacando de dj?

> **Jamie**
> plmdds não

> **Jamie**
> as coisas estão melhores na sua família??

— Bel — grita minha mãe neste exato momento —, dá pra ser hoje ou tá difícil?

Eita.

Minhas duas realidades se chocam por um momento: a realidade em que fiquei na escola depois da aula com Teo dá de cara com aquela em que eu acidentalmente fiquei aqui sentada por dez minutos evitando minha próxima refeição, e, por um segundo, tenho que pensar no que vou responder à Jamie.

A verdade é que, ultimamente, tenho percebido que preciso me preparar sempre que vou me sentar para jantar com a minha mãe. Não porque eu não gosto de passar tempo com ela, mas sim porque muitos assuntos são proibidos.

Meu pai? Não. Não consigo me forçar a responder às mensagens dele.

Luke? Com certeza não. Só de encontrar uma meia que ele esqueceu por aqui minha mãe já quase chora.

Gabe? Mamãe é capaz de falar dele a noite inteira, mas eu definitivamente não.

Escola? Está indo tudo bem, mas esse tipo de assunto sempre leva a perguntas a respeito das minhas inscrições para as universidades, que ainda não terminei.

Então, basicamente só nos resta falar sobre o tempo.

Respondo Jamie — sim, tá tudo bem, volto logo, vou jantar! — e, em seguida, dou uma olhada na última mensagem de Teo, entrando suavemente no meu outro mundo.

> **Teo**
> você é perigosa, bel canto

Sei que ele me chama assim para me zoar pela forma como corrigi Mac no meu primeiro dia na turma de física avançada, mas, agora que eu sei que ele sabe o significado da expressão e continua me chamando assim, não me incomodo. Não me incomodo nem um pouco.

(Não tem quedinha nenhuma, não tem quedinha nenhuma, não tem quedinha nenhuma.)

Oito
Amigos

Teo

— Oi — digo, dando uma olhada por cima do ombro da Bel enquanto ela trabalha na placa de circuito do nosso robô de 55 quilos, que atualmente estamos chamando de Puccini. Bel sempre declara coisas do tipo "O Puccini está no útero, no momento", como se estivéssemos literalmente gestando o robô. Isso, assim como várias outras coisas que ela diz, é bastante ridículo. — Como ele está?

— O bebê está saudável e evoluindo bem — diz Bel. Eu dou uma cotovelada nela, fingindo irritação, e ela me cutuca de volta, o que até poderia ter sido um momento agradável, não fosse a interrupção de Neelam.

— Vocês dois já acabaram? — diz ela firmemente.

— Você estava esperando por alguma coisa? — pergunta Bel.

— Sim, um pouco de paz — murmura Neelam.

Bel e eu trocamos um olhar.

— Preciso fazer uma pausa, de qualquer forma — diz Bel, colocando o alicate na mesa. — Quer me mostrar o que você e Dash estão fazendo no robô de tarefas?

Faço um sinal para que ela me siga até o canto onde, no momento, Dash está estourando uns balões.

— Claro.

Neelam olha feio para nós dois enquanto nos afastamos e Bel solta um suspiro profundo, como se tivesse passado a última meia hora prendendo a respiração.

— Ela me *odeia* — murmura.

— Ela odeia todo mundo.

— É, mas, tipo, comigo é *especial*.

Neelam parece mesmo ficar particularmente irritadiça na presença da Bel, mas sinto que admitir isso seria entrar num território bem mais complicado.

— Ignora. Ela só tem ciúmes.

— Do que ela poderia ter ciúmes?

De várias coisas.

— Sei lá. Dos seus sapatos espirituosos.

Hoje Bel está usando galochas cor-de-rosa. Em defesa dela, *está* mesmo chovendo, mas daquele jeito que sempre chove em Los Angeles — ou seja, não muito.

— Essas galochas — diz ela — são práticas. Praticamente marxistas.

— Em que sentido? No da divisão equitativa do trabalho? Tente outra vez, Bel Canto.

— Aff, estou dizendo que são galochas proletárias. Deixa pra lá. — Ela faz uma careta para mim. — Alguém se deu bem na prova de política americana, suponho.

— Sempre — retruco. Ela me dá uma cotovelada forte nas costelas e eu lhe dou um leve empurrão.

— O que está rolando aqui? — diz Bel, e as galochas rangem enquanto ela se ajoelha ao lado de Dash. — Parece um bando de balões mortos.

— Correto — confirma Dash. Então acrescenta, de modo teatral: — Esses homens foram assassinados em batalha.

— Um momento de paz para suas almas imortais — diz Bel, levando a mão ao peito.

— Vocês são tão esquisitos — murmuro, e, por mais que não haja nenhum trabalho a ser feito por aqui, me sento à mesa ao lado da de Dash.

— Ei, vocês querem ingressos para o baile de boas-vindas? — pergunta Lora, aparecendo atrás de mim de repente e sem fôlego, de tão entusiasmada. — Jamie precisa da minha ajuda para vender — acrescenta em tom de desculpas, porque ela sabe muito bem que a maioria das pessoas nesta sala nem sequer considerou a perspectiva de participar de um baile da escola. Muitas são incapazes de interagir com outros seres humanos.

— Já está mesmo na época do baile de boas-vindas? — pergunta Kai, ouvindo a conversa por acaso do canto de onde acabou de moldar uma folha de alumínio. — Achei que fosse só depois dos SATs.

— Hum, e é mesmo, na semana seguinte. Você já não fez na primavera passada? — Lora pergunta.

— Fiz, mas posso me sair melhor na parte escrita — responde ele de um jeito bem Kai, todo na defensiva.

— Não acho que algum curso de engenharia vai se importar muito com sua nota na parte escrita — digo a ele.

Bel não está falando nada, o que me faz lembrar que ela é sempre meio reservada quanto às inscrições para as faculdades. Tenho vontade de perguntar o que está pegando

— talvez ela não tenha se dado bem nas provas ou algo do tipo? —, mas nunca parece o momento certo.

— E, enfim — digo, rapidamente mudando de assunto antes que Kai se aprofunde ainda mais em suas várias neuroses relacionadas às provas —, esse ano está voando.

— Que bom — comenta Dash com determinação. — Estou louco para que chegue o Dia de Ação de Graças.

— Todos nós precisamos de um pouco de descanso — concorda Lora, achando que Dash quis dizer que está animado para passar uma semana longe da escola, como uma pessoa normal.

— Infelizmente, Dash está falando do *Dia de Ação de Graças* em si — lembro a ela. — Apesar de ser um anticolonial convicto...

— Sou Time Povos Indígenas — Dash confirma para Bel, que sorri de uma maneira que só posso descrever como com um carinho irremediável. (Digo, por Dash, não pelo eurocentrismo e/ou pelo imperialismo.)

— ... assim como todos nós — me apresso para acrescentar. — Óbvio. Mas, mesmo assim...

— Considerando que a alternativa é Time Furto Qualificado e Genocídio, é reconfortante saber disso — concorda Bel, no tom irônico que às vezes percebo nela, o que faz Dash abrir a boca, provavelmente para fazê-la sorrir de novo.

— ... tenho quase certeza de que Dash dá um jeito de visitar a casa de todo mundo para comer as sobras — concluo em voz alta e acabo me dando conta de que direcionei o comentário para a Bel em vez da Lora, a pessoa que puxou o assunto, mas agora o erro já foi feito. — Inclusive as minhas — acrescento, forçando uma fachada de tranquilidade —, e olha que nem é comida caseira.

— Meus pais não fazem recheio! — insiste Dash. — É ofensivo.

— Os meus também não — diz Bel. — Minha mãe fala que é só pão.

— É *pão* que foi assado *de novo* — Dash informa a ela, perplexo. — É essencialmente a comida perfeita.

— Bom, tá, antes que a gente se aprofunde nesse assunto de novo, alguém vai comprar ingresso? — pergunta Lora, agitando os bilhetes. — É para o orçamento do conselho estudantil, sabiam? Se vocês querem ter um baile de formatura legal...

Todo mundo grunhe.

— Tá, vou reformular: se vocês querem ir pra Disney na noite de formatura...

Isso, por outro lado, resulta numa reação muito mais animada.

— Não é como se eu fosse conseguir deixar de ir, de qualquer maneira — murmura Kai, gesticulando para Lora. — Quero um para mim e um para a Sarah...

— É, me vê dois também — acrescenta Dash, e eu arregalo os olhos.

— Dois? — repito, porque isso pra mim é novidade. — Com quem você vai?

— Ah, sei lá. Qualquer pessoa, acho. Imaginei que todos nós fôssemos juntos. Quer ir comigo? — Dash pergunta a Bel, que ergue o olhar de onde está brincando com um dos balões murchos.

Por um segundo, meu coração para. Quer dizer, é claro, certamente não parece nada além de um convite amigável — e, sinceramente, é o *Dash* —, mas...

Se ela disser sim, para o que exatamente está dizendo sim?

— Ah — diz Bel, e então limpa a garganta. — Quando é mesmo?

— No último fim de semana antes do feriado de Ação de Graças — responde Lora.

— Ah, legal — diz Bel, e olha de lado para Dash, que abriu um daqueles seus sorrisos bem espontâneos. — Ah, então tá, claro. Tá — responde ela, retribuindo o sorriso. — Eu adoraria.

Ah.

Então tá.

— E você, Teo? — pergunta Lora, voltando-se para mim.

Para dizer a verdade, não tinha pensado nisso.

Não muito, de qualquer maneira.

Não tinha pensado *tanto* assim.

— Desculpa, Lora, não posso — respondo a ela. — Eu não vou estar na cidade nesse fim de semana. Meu pai quer que eu vá numa espécie de festival de novas ideias em Salt Lake com ele.

— Ah, que bacana — comenta Lora, animada. — Ouvi dizer que Salt Lake City tem sido chamada de "Silicon Slopes", ou algo do tipo.

— Sim, é verdade. Mas vou comprar um ingresso mesmo assim — digo a ela. — Doação, ou sei lá.

— Ótimo, obrigada, Teo — diz ela, toda feliz. — Ah, Bel, eu e Jamie pensamos que talvez a gente possa dormir lá na minha casa depois, caso você queira participar.

— Ah, parece divertido — responde Bel.

Percebo que ela ainda não olhou para mim.

— A gente pode te levar escondido, se você quiser — Lora comenta com Dash. — Meus pais realmente não ligam.

— Minha mãe com certeza me mataria com as próprias mãos — diz Dash. — Mas quem sabe, de repente vale a pena. Eu provavelmente mereço sofrer essa morte lenta, de qualquer maneira.

Será que eu deveria saber que ele ia convidar a Bel? Ele nunca tocou no assunto. Tem alguma importância? Provavelmente não. Estou pensando nisso muito mais do que deveria?

Sim, com certeza.

(Além do mais, eu deveria parar de me fazer perguntas sem sentido e fazer algo de útil.)

— Beleza, vou voltar a trabalhar no Puccini — comento enquanto me levanto e faço um gesto exagerado para mostrar que estou vendo as horas. — Bel, você se importa se eu terminar o circuito em que você estava trabalhando?

— Meu bebê robô é o seu bebê robô — diz ela, mas, em vez de ser engraçado, agora só foi meio estranho.

Eu me sento com a placa de circuito e começo a trabalhar, imaginando que montar peças vai me relaxar, mas, é claro, esqueço que Neelam está ali, o que é o oposto de relaxante.

— E aí, será que a gente pode acabar logo com isso? — pergunta ela, sem tirar os olhos da peça que está soldando.

— Acabar com o quê?

Ela me olha feio.

— A última coisa que essa equipe precisa é de um romance adolescente cheio de tensão — diz Neelam. — Recomponha-se, Luna.

Então ela abaixa a viseira do capacete e percebo que, quaisquer que fossem as intenções do Dash, ele me fez um favor. Por mais que eu odeie concordar com Neelam, provavelmente é melhor se eu cortar logo essa história com a Bel pela raiz antes que as coisas fujam do controle.

Bel

Eu nunca curti muito bailes escolares, então, de várias formas, ir com Dash é meu cenário ideal. Ele me convidou na frente de todo mundo do mesmo jeito que pediria para comer as sobras do Emmett, então esse assunto não vai render. Sei que ele não vai esperar que eu me produza toda no salão, como as garotas da minha antiga escola faziam, e tenho quase certeza de que ele é daltônico. Dash me faz rir, eu o faço rir e a gente se diverte junto, então não é nada de mais.

Por outro lado, parte de mim acredita que, se Teo tivesse me chamado, as coisas seriam bem diferentes.

Felizmente, é uma oportunidade de passar um tempo com Lora e Jamie, que combinaram que todas nós faríamos cabelo e maquiagem juntas no que Jamie tem chamado de "cúpula pré-bacanal" entre nosso grupo de garotas do último ano. Lora vai com Ravi, Jamie vai com várias garotas do júri simulado e eu disse ao Dash para me encontrar aqui assim que ele estivesse a fim, o que presumo que ele vá fazer com um balde de McNuggets na mão.

— Convidei Neelam também, mas ela já tem planos — diz Lora, que está testando um monte de sombras metálicas no pulso. — Você acha que essa cor combina com o meu vestido?

— Ah, amei — respondo, dando uma olhada. Fiquei com medo de que ela fosse fazer algo bem básico, tipo combinar a cor da sombra com a do vestido, mas ela escolheu um tom de ameixa que vai ficar ótimo em contraste com o verde. — Sua paleta é muito boa, Lo.

Lora me responde com um sorriso de orelha a orelha e Jamie, que está tentando arrancar uma daquelas alças esquisitas de cabide que vêm penduradas no vestido, finalmente encontra uma tesoura e volta a participar da conversa.

— E aí, o que está rolando entre você e o Teo? — Jamie me pergunta, e esse é exatamente o tipo de coisa que eu esperava não precisar responder. — Achei que ele fosse te chamar pra ir ao baile.

É. Eu também.

— Já cansei de dizer, James. Somos só amigos.

— Eu acho que ele gosta de você — provoca Lora.

— Bom, obviamente não — respondo com um suspiro sofrido —, senão Dash não teria me chamado, né? Como você explica isso?

— Talvez Teo seja meio Catarina, a Grande, que fazia as damas de companhia testarem os amantes dela com antecedência — diz Jamie, e eu faço uma careta.

— Em primeiro lugar, tenho quase certeza de que isso era para testar doenças — comento.

Jamie dá de ombros.

— Ela era uma mulher inteligente.

— E, em segundo lugar, será que dá pra gente não falar disso, por favor? Teste de Bechdel — lembro a Jamie, que solta um grunhido.

— A adolescência é o momento do despertar sexual — diz ela, o que é uma afirmação e tanto para alguém que, abre aspas, "não tem interesse em namorar antes dos trinta ou antes de se tornar sócia de uma firma de advocacia", o que quer que aconteça primeiro. — Será que nós não podemos estar seguras da nossa feminilidade e *também* falar sobre como você e Teo ficariam ridiculamente fofos juntos?

— Acho que essa é a maldição da heteronormatividade — comento.

Por algum motivo, Lora dá uma risadinha.

— Bom, a gente pode falar sobre a escola, se você quiser, mas talvez meu cérebro derreta — resmunga Jamie. — Quer dizer, já consultei meu mural dos sonhos essa manhã. — Ela faz isso toda manhã; tem algo a ver com jogar para o universo o que ela espera receber de volta. — Como estão os robôs? — Jamie me pergunta.

— A gente está bem para o campeonato regional — digo a ela, e Lora assente, já que é a pessoa que escreveu o roteiro que usamos ao ligarmos para agradecer aos nossos doadores por nos levarem à nossa primeira rodada de competição do ano. — Estamos usando apenas versões atualizadas dos robôs do ano passado, então eu quase não tive nada a ver com isso.

— Mentira — diz Lora com firmeza. — Você resolveu aquele problema da distribuição de peso, e o novo *vertical spinner* é...

— Então tá, eu sou uma gênia — respondo. — Ontem eu e Neelam passamos meia hora discutindo se minha contribuição para o design é mesmo necessária, mas sou a única responsável pelo sucesso futuro. Está feliz agora?

Lora ergue o pulso todo pintado de sombras diante do meu rosto.

— Acho que essa cor é pra você, e sim — diz ela, presunçosa —, estou feliz.

Para dizer a verdade, é bem legal voltar a conviver com garotas, por mais que essas me apoiem de um jeito ridículo e fora da realidade. Não que eu não pudesse ligar para minhas antigas amigas se quisesse muito um pouco de fofoca e uma transformação no visual, mas algo no afeto do papo furado de Jamie e Lora me faz sentir que isso é diferente. Que talvez eu estivesse solitária por mais tempo do que imaginava.

A MECÂNICA DO AMOR 175

— Que bom que você está aqui, Bel — comenta Jamie, me dando um susto que me faz olhá-la no fundo dos olhos através do espelho. — Você já teve a sensação de conhecer alguém de alguma vida passada e meio que reconhecer ela no presente?

— Ah, James, você está dizendo que somos almas gêmeas ou algo do tipo?

— Não — diz ela. — Na verdade, eu ia dizer que parece que eu nunca te vi antes na vida.

—Ah. — Faço uma careta e Lora cai na gargalhada.

— Não, não, é uma coisa boa — Jamie vai logo me assegurando. — Tipo... você é uma novidade, sabe? É uma nova cor que eu não sabia que existia e que agora vejo por toda parte e, tipo, ainda bem que agora consigo enxergar. Seria uma pena se não conseguisse.

Isso me parece a coisa mais legal que alguém já me disse, por isso, em vez de responder, eu puxo Jamie com uma das mãos e, com a outra, abraço Lora.

— Obrigada por me incluírem — digo a elas, olhando para a gente pelo espelho. O cabelo da Jamie está por toda parte, Lora está cheia de manchas de cores experimentais nos braços e eu estou com uma espinha que provavelmente dá para ver lá de Marte, mas acho que estamos bem bonitas.

É bem nessa hora que a campainha toca.

— Espero de coração que seja o Dash com nuggets de frango — diz Lora, e que ótimo, né? Que meu date seja tão divertido e descomplicado que todas nós estamos ansiosas para vê-lo, com ou sem maquiagem. Provavelmente eu não estaria tão tranquila se fosse Teo na porta, mas saber que com certeza não é ele, que Teo está em Utah e eu definitivamente não vou vê-lo hoje à noite, parece meio esquisito.

Às vezes, quando Teo está por perto, sinto que existe algo dourado e brilhante entre nós. Ou talvez *eu* seja esse sentimento dourado que irradia luz para distâncias cada vez maiores e se estende tanto que, pela primeira vez, não me sinto contida dentro das formas das minhas preocupações e medos de sempre. Pela primeira vez, me sinto enorme, incontrolável e... brilhante.

Mas ele não está aqui, então deixo essa descoberta de lado, decidindo que provavelmente deveria começar a arrumar o cabelo se quiser estar pronta a tempo das fotos.

Não era Dash na porta, o que significa que acabamos sendo totalmente abduzidas pelo que só posso chamar de espiral do YouTube. Jamie é brilhante, mas estou começando a duvidar da sua capacidade de verificar a hora. Quando os outros chegam, minha pele ainda está salpicada de spray fixador da Urban Decay. (Deus abençoe o corretivo; definitivamente não quero deixar nenhum rastro daquela espinha para a análise de futuros historiadores.)

Dash chega usando uma roupa bem retrô, com suspensórios e tudo. Chegou até a pentear o cabelo preto para o lado, como se fosse um dançarino numa boate classuda ou um figurante em *O Grande Gatsby*.

— Você está absolutamente deslumbrante — comento, batendo palminhas educadas de apreço, e ele faz uma reverência.

— Minha senhora — responde Dash, me dando um daqueles seus sorrisos especialmente largos. — Você está *divina*.

Estou usando sandálias de tiras e um vestido com cinto estilo grego, então dizer que pareço estar vagamente fazendo um cosplay de Atena é uma avaliação perfeitamente justa.

— Bom senhor, seria este um jogo de palavras? — pergunto, me abanando num desmaio teatral.

— Indubitavelmente — confirma Dash, me oferecendo o braço. — Vamos?

— Então vocês dois são tipo a mesma pessoa, hein? — comenta Kai, que está aqui com Sarah, sua namorada do terceiro ano.

— É como olhar no espelho — declara Dash com um sotaque britânico terrível e, pelo resto da noite, quase todos os nossos passos de dança envolvem um imitando os movimentos do outro, para o desespero de todo mundo que conhecemos.

Provavelmente não é surpresa para ninguém que os bailes escolares sejam um espetáculo inesquecível na Academia Essex. Segundo Jamie, o comitê do baile de boas-vindas é composto pela filha de uma integrante do conselho diretor de uma sororidade, pela filha de uma designer de interiores "das estrelas" e por um parente distante de um Coppola. Eu nem sei direito o que isso significa, mas, pode acreditar, dá para ver: nosso ginásio enorme foi completamente transformado, desde os pisca-piscas pendurados no teto até as recriações em papel machê dos postes de luz antigos (aqueles com que todo mundo tira foto do lado de fora do Museu de Arte do Condado de Los Angeles, sabe?) e os cartazes da Avenida das Estrelas que cobrem paredes, alguns mais inventivos do que outros. É um clima *La La Land*, filme que, certa vez, já tive que explicar para minha mãe. ("A história sempre teve a ver com os *sonhos* deles", falei, enquanto ela chorava pelo amor perdido.)

O baile é bem mais divertido do que eu esperava, tirando a parte dos meus devaneios. De vez em quando, sem querer, imagino Teo surgindo inesperadamente. Teo virando a esquina que estou prestes a virar. Se materializando num passe de mágica em algum lugar no meio da pista de dança. Correndo para me contar que o voo foi cancelado e sugerindo que a gente trabalhe no Puccini. Mas é fácil ignorar esses pensamentos e é até... divertido. Já disse isso?

Deixa pra lá. O importante é que estou me divertindo.

No fim das contas, perco o fôlego tentando acompanhar a dança de Dash, então, quando Jamie grita alguma coisa sobre precisar ir ao banheiro, não penso duas vezes antes de oferecer meus serviços de acompanhante. Ela engancha o braço suado no meu e, como é de se esperar, tem uma fila na porta — embora seja difícil saber quem está na fila, já que metade das garotas só veio até aqui para retocar a maquiagem ou falar dos términos de namoro.

— Ele é um babaca — diz Jamie para uma aluna do primeiro ano que está chorando por causa de um garoto. — E uma mulher precisa de um homem como um peixe precisa de uma bicicleta.

— E você está linda — acrescento, porque, por mais que Jamie seja intelectual demais para transformar tudo isso em uma questão de servir looks, o fortalecimento mútuo ainda tem importância. Feminismo interseccional e tudo mais, o que me faz pensar em Teo outra vez, mas logo deixo esse pensamento de lado. — E a melhor vingança é viver bem, né?

A garota faz que sim com os olhos cheios de lágrimas, aceitando voltar para o baile com as amigas, e Jamie e eu trocamos um olhar benevolente (nós, mais velhas e sábias, claramente fizemos um bom trabalho), até que chega a vez de Jamie usar a cabine.

Ela entra e eu percebo algo do lado de fora. Mais um episódio de aflição feminina, ao que parece, mas, dessa vez, reconheço a vítima.

É Neelam.

Alguém sai de uma cabine e, com isso, chega a minha vez de entrar, mas eu só vim aqui para descansar um pouco da poluição hormonal do ginásio da nossa escola.

— Te espero lá fora — grito para Jamie, deixando a pessoa atrás de mim pegar meu lugar enquanto saio do banheiro.

Quando me aproximo, percebo que Mari, uma amiga da Neelam que é da minha turma de educação cívica, está falando em voz alta e agressiva.

— ... chega, tá? Não é minha culpa você *se recusar* a se divertir...

— Não estou me recusando — diz Neelam categoricamente. — Não tem graça nenhuma. É pra eu gostar do quê? Devo considerar um elogio que alguns caras queiram se esfregar em mim no escuro?

— Aff, fala sério, não é nesse sentido... e por que você não pode simplesmente ser *legal*? Ele é bonitinho, é engraçado, quer dançar com você...

— E daí? Só porque ele é amigo do Mason não significa que eu tenha que andar com ele. O fato de você ter um namorado não significa que eu também precise de um.

— Tá, mas será que você não pode fingir por, tipo, cinco segundos?

— Fingir o quê? Ser mais *agradável*?

— Meu Deus... você não precisa ser tão escrota o tempo todo, Neelam!

Com isso, Mari sai andando furiosa e, por mais que eu saiba que não é da minha conta, não posso deixar de sentir que o semblante da Neelam tem mais dor do que raiva. Espero alguns segundos e, então, faço a curva.

— Oi — digo.

Neelam está de costas para a parede do ginásio, de braços cruzados.

— Que foi? — ela explode comigo.

— Nada, eu só...

Ela me olha feio.

— É falta de educação bisbilhotar a conversa dos outros.

— Tá, acho que não é considerado bisbilhotar quando dá pra todo mundo ouvir, mas claro — digo. — Eu entendo, só...

— Entende, é? Não, você não entende, na verdade. — Neelam me lança outro olhar feroz. — Aposto que ninguém precisa mandar você sorrir, né? Ninguém te manda fazer cara de quem está se divertindo.

Eu hesito.

— Quer dizer, eu não diria...

— Quem acha que o auge da vida é no ensino médio ou que esse é o melhor momento das nossas vidas está se enganando. — Neelam me olha de um jeito que sugere que talvez eu seja uma dessas pessoas. — Não importa o que Mari ou qualquer um diga, eu não tenho *obrigação* de sorrir e fingir que estou feliz quando não estou. E sei que você acha que está sendo legal — ela diz num tom de voz claramente maldoso. — Sei que você se considera uma *pessoa legal*, Bel, e talvez até seja verdade, mas o fato é que você é uma pessoa que tem a vida fácil. Você entrou para a equipe de robótica sem fazer nada do trabalho e agora acha que, só porque Teo Luna te dá ouvidos, significa que você *merece* ser ouvida? Boa sorte com isso.

Ela se afasta de mim e eu sei que deveria deixá-la ir embora, mas não consigo. Não sei exatamente o que falar, porque, pois é, ela foi bem cruel, obviamente me odeia e não tenho ideia do que fazer a respeito disso, mas parece injusto não dizer *alguma coisa*.

— Eu estou tentando — é a única coisa que sai da minha boca. — Não é como se eu quisesse roubar a robótica de você. Eu nem *queria* fazer parte, mas...

Pela cara que ela faz, percebo que falei a coisa errada.

— A vida é só uma coisa que acontece com você, né? — explode Neelam. — Você nunca faz nada de verdade. Não quer nada. É patético. — Ela me olha feio. — Teo Luna pode até ser um babaca, mas pelo menos sabe o que quer.

Engulo em seco.

— Ele não é um babaca.

Neelam revira os olhos.

— Claro. Ele é gato, então não pode ser um babaca, é assim que as coisas funcionam...

— *Você* que é uma babaca — digo sem pensar, porque as lágrimas ardem nos meus olhos. Acho que são lágrimas de frustração, não de tristeza, mas, de qualquer maneira, é mortificante. Prefiro ser engolida pelo chão agora mesmo do que deixar Neelam me ver chorando.

Ela me responde com um sorriso raivoso e amargo que eu sei que significa que nós nunca, jamais, vamos ser amigas.

— Pois é — diz ela.

Em seguida, dá meia-volta e se retira.

Ainda estou sozinha, me perguntando por que sinto que acabei de ser atropelada por um caminhão, quando alguém me dá um tapinha no ombro e me faz dar um pulo de susto.

— Ei — diz Dash. Pela forma como está me olhando, provavelmente ouviu tudo.

—Ah, desculpa. Oi — digo, olhando para os dedos dos pés. Hoje de manhã, Jamie pintou minhas unhas de rosa enquanto me contava uma história engraçada sobre a irmã dela, mas isso não me faz sentir nem um pouco melhor no momento.

— Você está bem? — pergunta Dash.

— Estou. É, estou bem. — Não estou nada bem, mas não posso admitir isso para ninguém agora. — Quer dizer, ela está certa, de qualquer maneira. Não era da minha conta.

Ele arrasta os pés no chão.

— Não acho que ela esteja certa.

— Bem. — Forço uma risada. — Espero que não sobre tudo.

Depois de uma pausa, Dash inclina a cabeça em direção ao ginásio.

— Quer voltar lá pra dentro? — pergunta.

— Claro, só um minutinho.

— Quer que eu chame a Jamie?

— Não, não é... não, está tudo bem, Dash. — Tento sorrir para ele, porque estou *mesmo* muito grata por ele estar tentando de tudo para me fazer sentir melhor. — Estou feliz por você estar aqui.

Dash assente, embora ainda não esteja sorrindo. Não sei bem por quê.

— Acho que eu deveria te dizer que não tem problema você gostar do Teo — diz ele.

Arregalo os olhos.

— O quê?

— Quer dizer... — Dash dá de ombros, sem jeito. — É o *Teo*. Ele é, tipo, minha pessoa favorita no mundo inteiro. Então eu não ficaria surpreso se você também achasse isso.

— Ah... hum. — Acho que andei tentando me convencer de que não havia possibilidade alguma do Dash querer que eu tenha... outros sentimentos.

Tipo, digamos, por ele.

— Dash — digo com cuidado, sem saber como abordar a situação —, não é... não é bem assim. Com o Teo. — E não é mesmo. Já repeti isso a Jamie um milhão de vezes, porque nada nunca me levou a acreditar que Teo e eu pudéssemos ser algo além de amigos. — Mas, hum...

Que difícil.

Eu queria mesmo, do fundo do coração, sentir alguma coisa pelo Dash, que é engraçado, atencioso e com quem é fácil ser eu mesma. Queria poder dizer que meu coração disparou quando eu soube que ia vê-lo, ou que ficar perto dele me faz querer chegar um pouquinho mais perto cada vez mais. Também queria que existissem matérias de nível avançado do tipo Como Não Magoar as Pessoas ao Dizer que Não Gosta Delas ou Como Preservar Suas Amizades, porque a última coisa que quero fazer é machucar alguém importante e de quem gosto muito.

Mas, enquanto me vejo querendo todas essas coisas, percebo que há uma diferença entre querer algo e sentir aquilo de verdade. Pode até não estar acontecendo nada com mais ninguém, mas não significa que não exista alguém na minha vida que me faça sentir algo ligeiramente... além.

Mas, para minha surpresa, Dash escolhe este exato momento para abrir um daqueles seus sorrisos enormes de sempre.

— A gente é amigo — ele me garante. — Não é como se esse fosse um cenário pior nem nada do tipo. Eu gosto de ser seu amigo. Quero ser seu amigo.

Tá, eu sei que disse que seria mortificante, mas acho que talvez eu precise chorar um pouco.

Por sorte, Dash é um ótimo amigo, então provavelmente não vai contar a ninguém.

Nove
Ferrou

Bel

Eu estaria bem mais confiante em relação às nossas chances no campeonato regional se Neelam e eu não tivéssemos batido boca de novo hoje de manhã.

— Olha, ainda acho que o *spinner* está rodando rápido demais, mas dá pra consertar. Fiz uma nova arma giratória ontem à noite — falei, tirando-a da mochila. Tentei fugir para a casa do meu pai de novo para montar a peça com Luke, o que foi praticamente impossível. Não é como se minha mãe não fosse me deixar ir, mas, com Gabe em casa por conta das férias de inverno da Dartmouth, não consigo fugir dos seus olhares críticos com tanta facilidade.

— Enfim, só tem uma ponta — expliquei na hora. — Assim, a gente pode causar estragos *e* virar…

— Você não pode simplesmente sair fazendo mudanças no dia da competição — disparou Neelam.

— Mas o robô ainda nem foi testado desde que fizemos novas alterações! — protestei, antes de cometer o grande erro de recorrer ao Teo. — Temos tempo de trocar, né? Vai, confia em mim — falei, implorando a ele sem querer, o que obviamente irritou Neelam e fez os olhos do Teo desviarem dos meus.

Enfim, acho que posso me adiantar e dizer que a resposta do Teo não foi *sim*.

Se eu não estivesse me sentindo tão mal, provavelmente pensaria em como é inquietante chegar para meu primeiro campeonato regional, que está acontecendo no ginásio de uma escola que, assim como a Academia Essex, se parece mais com um extenso campus universitário do que uma instituição de ensino médio. A escola está bombando de atividades desde o estacionamento até o ginásio e, tipo... tá, beleza, eu sabia que era um lance importante, mas não sabia que era *tão* importante. Pessoas de todas as partes esbarram em mim de todos os ângulos, o que é um pouco irritante.

Ou seria, se eu não estivesse ocupada demais morrendo de medo.

Muitas das equipes aqui parecem se conhecer, e todo mundo parece conhecer a gente — ninguém *me* conhece, óbvio, mas claramente estão cochichando sobre nossa equipe quando chegamos. Teo e os demais cumprimentam algumas pessoas com um aceno de cabeça, alguns poucos selecionados considerados dignos de respeito, mas eu me sinto claramente um adendo; um parafuso solto em algum lugar, esperando ser apertado. Eu olho para Teo, me perguntando como deveria estar reagindo a tudo isso, mas ele não olha para mim. Afasto esses pensamentos depressa e volto toda a minha atenção para outra coisa — literalmente *qualquer coisa*.

As pessoas estão me encarando. Não, não as pessoas. Os garotos. Seria só coisa da minha cabeça? Talvez. Puxo minha camisa polo da Essex e luto contra o impulso de verificar se tem alguma coisa no meu dente. Já sei que o problema não são as minhas roupas, porque fiz questão de ser levada a sério hoje. Eu me sinto pelada sem os meus penduricalhos e sem coisas brilhantes, mas tudo deve girar em torno da robótica, não de mim. Estou fantasiada de Pessoa Séria, o que era de se imaginar que Teo aprovaria.

— E esse é só o campeonato *regional* — sussurra Lora para mim, interpretando errado a cara que faço quando entro no ginásio lotado. Aqui dentro, tem duas áreas principais de competição no centro do recinto e duas partidas programadas para acontecer ao mesmo tempo, sendo que a maior parte do perímetro do ginásio está reservada para as várias equipes e seus engenheiros. Nossa equipe, sem dúvida uma das maiores, ocupa um lugar privilegiado próximo do maior ringue de competição, que parece uma grande jaula de plástico. Enquanto Dash e Teo saem na mesma hora para sondar os oponentes, Emmett e Kai ficam de guarda perto dos nossos robôs, espantando todo mundo que queira fazer exatamente o que Dash e Teo acabaram de se propor a descobrir.

Ninguém parece ter nada com que eu possa trabalhar, então me acomodo perto dos nossos robôs, imaginando que vai ser um longo dia sem nada para fazer. Lora está ocupada preparando a transmissão ao vivo para as nossas redes sociais, então, por enquanto, restam apenas eu, meu *spinner* cortado à mão que ninguém quis e minha bolha sombria de desespero existencial.

— Oi, moça — diz Mac, sentando-se no lugar ao meu lado. — Como vão as coisas?

Ele está tentando se fazer de meu amiguinho, mas já dá para saber que essa conversa vai se transformar em mais uma aula sobre trabalho em equipe.

— Eu estava rodando a simulação ontem à noite de novo — repito sem nenhuma emoção, pois já expliquei isso para todo mundo umas dez vezes. — Se o *vertical spinner* entrar em ação na velocidade máxima, vai acabar quebrando. A gente deveria ter usado um material diferente para desacelerá-lo, ou, se a gente simplesmente trocasse o *spinner*...

— Teo e Neelam já fizeram parte de duas competições como essa antes — diz Mac. — Você teria razão se nós estivéssemos falando de uma simulação de computador, mas o fato é que você vai enfrentar um robô, não um computador.

Pois é, exato. Os outros robôs são feitos de materiais que vão desacelerar nosso *spinner*.

— Eu só acho que...

— Bel. — Desta vez, Mac está usando sua voz de professor. — Não é uma questão de estar certa ou errada. Você claramente entende a dinâmica envolvida, então, se isso fosse uma prova ou um exercício, com certeza tiraria nota máxima. — Ele faz uma pausa antes de acrescentar: — Mas você está prestando um desserviço aos seus colegas de time jogando isso em cima deles na manhã de uma competição.

Então é isso. Eu estou certa, mas, como não toquei no assunto antes, todos eles têm passe livre para me ignorar.

— Achei que o propósito fosse vencer — comento bem baixinho. Sei que é algo rude de se dizer, e Mac me olha com cara de quem não foi o responsável pela ideia de me colocar na equipe, para início de conversa.

— Vocês são uma equipe — ele enfatiza outra vez. — No mundo real, não existe nenhum engenheiro que trabalhe sozinho. Se isso — diz Mac, apontando para os nossos robôs (o menor, Dante, e nosso robô de 55 quilos, Sétimo Círculo, ambos fazendo referência ao *Inferno*, que foi o texto que todos nós tivemos que ler na semana em que reconstruímos o circuito inteiro) — fosse seu emprego de verdade, você não poderia simplesmente desaparecer e derrubar a construção toda. Você faz parte de um sistema que realiza mais quando tem partes fortes que trabalham em conjunto.

Isso parece familiar. Levanto a cabeça, na esperança de chamar a atenção de Teo quando ele volta da missão de reconhecimento do ginásio, mas ele ainda não olha na minha cara.

— Eu só estava tentando ajudar.

Mac assente.

— Entendido. — Ele põe a mão no meu ombro. — Mas você vai ganhar como equipe ou perder como equipe — diz Mac, então se afasta para conferir como os outros estão se saindo com os robôs de tarefas.

Imagino que seja melhor ficar na minha por enquanto, então me levanto para vagar pelo perímetro, absorvendo todos os detalhes. Devo dizer que, sendo esta minha primeira competição de robótica, é tudo mil vezes mais sério do que eu poderia ter imaginado. Sempre soube que estávamos tendo uma trabalheira por um motivo — afinal de contas, eu vi as fotos e o vídeo do ano passado —, mas é surreal que todas essas pessoas *também* tenham decidido passar todo o tempo delas construindo robôs. Nem tinha passado pela minha cabeça fazer algo assim até uns meses atrás, e agora estou neste espaço com um bando de gente que corre de um lado para o outro em pânico para consertar coisas de última hora ou chora de frustração por peças que resolveram se recusar a funcionar do nada.

— Passamos na inspeção — diz Teo atrás de mim, me dando um susto enquanto observo uma das outras equipes testando sua arma. (Já me mandaram ir embora várias vezes, mas não é como se minha equipe fosse me dar ouvidos mesmo que eu tivesse *de fato* descoberto algum segredo importantíssimo dos robôs dos outros.)

— Ah, beleza — respondo, desconfortável. — Devo voltar pra lá, ou...?

— Se você quiser. — Ele está fazendo aquilo que tem feito desde o baile de boas-vindas: olhar distraidamente para tudo, menos meu rosto. — Isso é novidade — comenta, apontando para a minha camisa polo da equipe de robótica e a calça jeans.

— Por quê? É a mesma roupa que você está usando.

— É, mas, tipo... — Ele mexe distraidamente no cabelo.

— Achei que você fosse usar a sua calça jeans de pássaros.

— Mac falou para nos vestirmos como profissionais — respondo, meio na defensiva, porque não sei se Teo disse isso para me zoar ou não. Ele sempre faz comentários sobre as coisas que eu uso, o que eu sei que pode ser... meio esquisito. (Mas, veja bem, quando não se pode bancar as coisas caras que todo mundo tem, você começa a desejar ter coisas que *mais ninguém* tem.)

— Ah. Bom. Eu só, sabe como é... — Teo desvia o olhar. — Sei lá, estou nervoso. — Ele olha para as mãos. — Eu *acho* que o que a gente construiu vai se sustentar, mas fiz as contas de novo e...

— Eu estou certa, não estou? — Já sei disso, porque estou mesmo.

— Sim. — Ele muda o peso de um pé para o outro. — Basicamente.

Por um segundo, me sinto vingada. Mas só por um segundo.

— Então por que você não acreditou em mim?

— Não, Bel, eu acreditei em você, mas fala sério. — Pela primeira vez ele de fato levanta a cabeça e me lança um olhar aborrecido. — Você poderia ter me ligado. Ou ter me mandado mensagem. Você claramente teve tempo de fazer o novo *spinner*...

— É sério? — eu o interrompo, atônita. — Você está disposto a perder só porque eu não pedi sua ajuda?

Ele fecha a cara para mim.

— Esquece — retruca Teo, e então se afasta no instante em que a sra. Voss se aproxima, arqueando a sobrancelha para o que deve ter sido a expressão de despedida dele.

— Hum. — Isso é tudo que a professora diz quando ele sai furioso. — Está tudo bem?

— É, talvez. Provavelmente — respondo. Ela me incita com o olhar, e eu suspiro. — Bom, acho que, na tentativa de demarcar território, eu meio que... exagerei.

— Ah, bem. É um equilíbrio sensível. — Sra. Voss sorri para mim e, de repente, me sinto muito grata por tê-la como uma de nossas acompanhantes. Ela está usando nossa camiseta polo da robótica e uma etiqueta que diz ESPECTADORA, então chuto que ela vá assistir. — Está animada? — ela me pergunta, olhando para mim do mesmo jeito que minha mãe faz quando torce para que eu goste de qualquer que seja a novidade que preparou para o jantar. — Você deveria estar muito orgulhosa de si mesma, Bel. Você se empenhou e, não importa o que aconteça, evoluiu bastante.

— Eu estou... é. Estou orgulhosa, acho. — Aprendi muita coisa para chegar até aqui, mas definitivamente não estou empolgada; ainda não, de qualquer maneira. No momento, meu estômago está ocupado demais se revirando no corpo e tive a última hora inteira para perder o que restava da minha paciência com todo mundo que não para de me encarar como se eu não pertencesse a este lugar. — Mas, enfim, não importa, não sou a pilota. Só estou aqui para fazer reparos entre as rodadas — concluo, sem acrescentar minha verdadeira questão: *considerando que alguém esteja disposto a falar comigo até lá.*

A sra. Voss dá uma olhada ao redor do espaço.

— Seus pais estão aqui para te assistir?

— Hum? Ah, não. — Não contei a eles. Minha mãe só se sentiria mal por ter que trabalhar e, se meu pai viesse, ela ficaria ainda pior. Pensei até em contar para Luke, só que, se for para fracassar, prefiro que ninguém me veja.

Bom, quase ninguém.

— Estou bem feliz por você estar aqui — confesso à sra. Voss. — Assim — acrescento —, se alguma coisa der errado, posso lembrar a todo mundo que é culpa sua eu ter feito o teste para a equipe em primeiro lugar.

— Vou aceitar essa aposta — diz ela, me conduzindo à nossa primeira partida do dia.

A robótica de combate é composta por rodadas curtas de — isso mesmo, adivinhou! — combates. Os robôs se enfrentam dentro de uma jaula bem esquisita, um num quadrado azul e outro num quadrado vermelho, e cada equipe ganha pontos por agressividade, danos causados ao outro robô e estratégia. Teo é o piloto da nossa equipe, o que parece ter sido uma questão bem controversa que precedeu minha entrada. (Não que alguém exceto Neelam tivesse contestado.)

Cada robô é pesado antes para garantir que atende aos parâmetros da competição. Normalmente, essa parte é bem estressante, mas Kai, uma das pessoas mais estressadas que eu já conheci, provavelmente preferiria esfaquear todo mundo a permitir que a gente se atrasasse no cronograma, e eu sei que quase todo mundo da equipe andou indo ao laboratório de robótica a cada minuto livre que surgia. Lora também ajuda muito a manter as pessoas na linha. Acho que é porque ela é muito legal, então ninguém quer ser o responsável por lhe dar más notícias, tipo eles terem usado material demais ou precisarem de um dia extra.

A última coisa a se saber é que o combate funciona no estilo torneio: cada um dos robôs pode perder duas rodadas antes de ser eliminado da competição. Assim como a maioria das coisas que funcionam no estilo torneio, a gente sempre espera que nosso robô tenha um bom dia — mas, se esse plano não funcionar, a gente espera que o *outro* robô tenha um dia *ruim*. Foi isso que consegui entender do que Teo já comentou sobre o campeonato regional antes de ele de repente ficar sempre "ocupado", o que coincidentemente aconteceu depois que eu fui ao baile de boas-vindas com Dash. ("Eu sei que você pensa que eu sou só um riquinho mimado, mas eu trabalho", Teo me disse de um jeito bem desagradável, como se eu fosse uma manifestante revoltada contra os 1% mais ricos.)

Não que isso seja importante no momento.

Meu celular vibra no bolso no instante em que Emmett, Dash e Justin estão posicionando Dante, nosso robô menor, no quadrado vermelho para começar a primeira partida.

> **Jamie**
> como estão as coisas??

> Jamie
> queria estar aí... o júri simulado está me matando

> Jamie
>

> Jamie
> acaba com eles, rainha dos robôs!!!

— Bel — diz Teo, olhando para mim por cima do ombro. Ele está com o controle remoto na mão, e não parece tão diferente do controle de PlayStation que Luke costuma usar para jogar. — Está me ouvindo?

— Desculpa. — Enfio o celular de volta no bolso. — Você precisa de alguma coisa?

Ele me olha feio.

— Que você guarde o celular.

Maravilha.

— Então você ainda está irritado — murmuro. — Ótimo, muito bom.

— O quê?

— Nada. — Olho para ele, me esforçando para ver Dante. — Eu tenho que ficar parada aqui atrás?

Teo parece prestes a dizer algo desagradável, mas muda de ideia no último segundo.

— Não — diz ele, e então chega para o lado. — Pronto. Você vai enxergar melhor daqui.

Eu o agradeço rispidamente e ele resmunga alguma coisa em resposta, mas, tenho que admitir, estou começando a ficar empolgada agora que nosso robô está no ringue. Teo parece absurdamente calmo; as mãos relaxadas em volta do controle e os antebraços flexionados, mas não tensos. Se eu estivesse no lugar dele, sei que não aparentaria nem metade dessa tranquilidade.

— Está pronta? — ele me pergunta.

— Ah... — Alguém esbarra em mim do outro lado e me aproximo dele, tentando ficar fora do caminho da equipe azul. — Opa, desculpa, Teo...

— Esse espaço aqui é reservado para engenheiros e pilotos — diz alguém da equipe azul, da St. Michael's, uma escola só para garotos. Levo um segundo para entender que o garoto com o controle está falando comigo, porque estou usando a camiseta polo da equipe de robótica da Academia Essex, que deveria deixar bem claro que eu tenho o direito de estar aqui.

— Eu sou engenheira — retruco, e queria muito ter saboreado a experiência de dizer isso pela primeira vez, mas o cara me lança um olhar confuso. Para ele, aparentemente os engenheiros só são identificáveis pelo cromossomo Y.

— Ah, claro — diz ele. — Pontos por diversidade. Saquei.

É bem raro eu me sentir tão ofendida a ponto de ficar furiosa, mas sem dúvidas é isso que acontece.

— Você tá de sacanagem? — pergunto a ele.

— Cala a boca, Richardson — diz Teo, sem levantar a cabeça. — Você já era.

— Dane-se, Luna. *Vertical spinner* de novo? Boa sorte.

Cerro o punho, olhando feio para quem quer que seja Richardson. Ele está me ignorando, como se eu fosse irrelevante. Como se eu nem estivesse aqui.

— O seu robô é grande demais — digo a ele categoricamente. — A força giroscópica vai tirar ele do chão como um helicóptero. A probabilidade de a gente destruir a base de alumínio no primeiro minuto é de três para um.

Richardson me responde com uma risada de desdém, mas hesitante.

— É o que vamos ver — murmura.

Queria ter dado um soco na cara dele, mas percebo que Teo está olhando para mim.

— Que foi? — murmuro para ele.

— Nada. — Ele me olha de relance outra vez.

— *Que foi*, Teo?

— Nada. Eu só... — Ele reprime uma risada. — Você é toda... esquentadinha.

— Eu sou *esquentadinha*?

— É. Sabe, briguenta.

— *Briguenta*? Teo, fala a nossa língua...

Teo me dá um empurrãozinho e percebo que estava com saudade do cheiro dele. Um cheiro de garoto e sabão em pó.

(Sério mesmo, os hormônios são a pior invenção de todos os tempos.)

— Equipe vermelha, preparada? — grita o árbitro, enquanto Justin, Dash e Emmett se aglomeram à nossa volta. Recuo um passo para dar espaço a eles, mas Teo me impede.

— Ei, fica por perto — Teo murmura para mim e, como fico ao mesmo tempo surpresa e repentinamente exultante, faço que sim com a cabeça. — Sim — diz ele ao árbitro.

— Equipe azul, preparada?

— Sim — responde Richardson em tom de tédio.

— Ativar os robôs!

Uma luz verde dispara e Teo força o joystick vertical para baixo, fazendo Dante voar pelo chão.

— Viu como fica rápido? — comento no ouvido do Teo e ele assente, sem levantar a cabeça. Por alguns segundos, os dois robôs rodeiam um ao outro, mas aí Teo bate na lateral do robô da equipe azul, que se chama... *argh*. *Make America Bot Again*. MABA.

Teo se afasta, tratando Dante como um lutador de boxe dentro do ringue; ele está fazendo finta com nosso *spinner* enquanto fica fora do alcance da arma do MABA, atraindo-o para que possa acertá-lo em pontos onde o robô não pode revidar. Sei que Teo está preocupado com a nossa arma — seu polegar fica pairando sobre o joystick horizontal por quase meio segundo toda vez —, mas, no instante em que o MABA ativa o *spinner*, fica claro que a arma deles vai girar rápido demais.

Nosso robô pode até não ser perfeito, mas eu ainda sei que é o melhor robô no ringue.

— Tenta fazer ele atacar a gente de frente — digo, mas Teo está um passo à frente. Ele atrai o MABA para nós, cruzando o chão e desafiando Richardson a prender Dante contra a parede da jaula de combate, uma tática ousada na qual Richardson é mais do que arrogante o suficiente para cair. Os nós dos dedos de Teo ficam brancos e seu peito se enche, na expectativa de que Richardson morda a isca e parta para o ataque. Eu faço o mesmo, prendendo a respiração para o que espero que seja minha redenção.

No instante em que o MABA tenta usar sua arma a toda velocidade, ele faz precisamente o que eu disse que faria: o robô sai do chão. Só um pouquinho.

O suficiente.

Ao meu lado, Richardson solta um palavrão, o que lhe rende um olhar furioso do árbitro, e Teo abre um meio sorriso de satisfação, impulsionando Dante para que nosso *spinner* rasgue a base do MABA. O *spinner* se prende a uma das partes internas e, de alguma maneira — um milagre —, derruba o MABA de costas, deixando-o vulnerável para mais ataques. Mas, em vez de sorrir mais, Teo se concentra ao máximo; com um movimento do polegar, ele faz nossa arma rasgar a parte da base do MABA onde ele sabe que o circuito eletrônico é mais crucial. É uma jogada implacável, arrogante, e me deixa completamente sem fôlego. É por isso que o Teo vence. É assim que ele faz.

Teo Luna sabe como ele é bom, e agora todo mundo sabe também.

— Eles não têm um mecanismo de alinhamento automático — diz ele em voz baixa, explicando-se para mim, mas mal dá para ouvi-lo em meio aos rugidos de Dash e Emmett no meu ouvido.

— Caramba, Teo, cala a boca, eu estou vendo! — digo, arfando, agitada pela descarga de adrenalina que corre por minhas veias.

É impossível não deixar esse sentimento se confundir com a proximidade dele, porque a sensação é a mesma: Teo e a empolgação da luta, o controle dele e os frutos do meu trabalho árduo, nós dois e todo o resto em harmonia, eletrizado, tudo ao mesmo tempo. É uma sensação que fica presa na garganta, vibrando nos meus ossos até que cada átomo do meu corpo comece a zumbir.

Atrás de mim, Lora está gritando do camarote, e, por mais hilário que pareça, a sra. Voss também.

— ACABA COM ELES! — diz ela aos berros, e agora eu entendo como Roma foi capaz de distrair todo mundo da miséria e da fome com os gladiadores. A carnificina gera uma baita emoção, por mais que sejam só peças de metal.

— Você pegou a bateria deles! — grita Dash depois que o *spinner* do Dante rasga mais uma vez a base do circuito do

MABA. Os movimentos de Teo no controle são tão rápidos e naturais que ele mal parece estar se mexendo. — É isso, acabou pra eles!

Como era de se esperar, o árbitro começa a contagem regressiva.

— MABA, precisamos ver algum movimento em dez... nove... oito...

Todos os presentes (os que estão torcendo por nós, pelo menos) se juntam à contagem.

— ... três... dois... um...

— NOCAUTE! — grita o árbitro. De repente, sinto um peso enorme nas costas, que consiste basicamente no empurra-empurra de toda a nossa equipe. Dou de cara com o peito de Teo, mas estou tão imersa na minha bolha pessoal de euforia que mal reparo, e ele me abraça com um dos braços enquanto agita o controle, triunfante.

— Caramba, graças a Deus — ele sussurra no meu ouvido, confessando só para mim. — Graças a *Deus*... eu juro, se a gente tivesse perdido pro Richardson, eu ia vomitar nos meus sapatos, é sério...

Começo a rir histericamente, ou talvez esteja chorando. Teo olha para mim, eu olho para ele e eu sei, eu *sei* que é só a primeira rodada do que está prestes a ser um longo dia, mas agora eu entendo, juro que entendo.

— Agora eu entendo — digo a Teo, e ele abre um sorriso genuíno para mim.

Ele sorri para mim como se tivéssemos conquistado isso juntos — como se, por mais que fosse ele o piloto, nós dois tivéssemos o mesmo peso nisso; como se essa vitória fosse resultado do nosso *sangue*, do nosso suor e das nossas lágrimas, da angústia e das nossas horas e horas e horas buscando um vislumbre distante e impossível de perfeição — e eu entendo, entendo mesmo, juro.

— Eu sei — diz ele, delirando de alegria —, eu sei. — Então, Teo aperta minha bochecha e sorri feito um idiota. — Seja bem-vinda à robótica, Bel Canto — Teo grita para mim por cima da comoção da nossa equipe, tão perto que quase posso sentir o gosto do triunfo nos lábios dele.

E, nesse exato momento, percebo que estou absolutamente ferrada.

Teo

Por ser atleta, eu sou meio supersticioso. Na rodada seguinte, faço questão de ter Bel bem à minha esquerda, e, por mais que a gente não tenha conseguido outro nocaute — a decisão é dos juízes, que nos deram mais pontos por direção e agressividade —, ainda me parece uma necessidade. Ela está corada e sem fôlego e me faz lembrar exatamente de como me senti quatro anos atrás, na minha estreia em um desses eventos.

Eu me dou conta de que estou vendo Bel se apaixonar (por robótica, óbvio) e isso me dá uma sensação que não tive nas últimas competições. Acabo me lembrando de como gosto de trabalhar com ela e, de repente, chego à conclusão de que foi uma idiotice passar as últimas semanas a afastando.

— Não estou seguro quanto a esse aí — confesso em voz baixa antes da nossa última rodada com o Dante. A última rodada do Sétimo Círculo acabou por desistência; a outra equipe teve um problema com a bateria, o que nos rendeu passe livre para o campeonato nacional. Já Dante, por outro lado, é outra história. — Esse robô é bem melhor que os dois últimos.

Bel olha para o nosso oponente, o Undertaker, que é muito bem-preparado para um robô como o nosso. É firme demais para virar, então causar danos significativos quer dizer correr o risco de sermos prejudicados pelo nosso próprio *spinner*: ele usa um nível de energia cinética tão alto que um robô mais eficiente, tipo o Undertaker, nos torna vulneráveis aos nossos próprios erros.

Queria que ela tivesse me contado antes que tinha uma ideia melhor de como projetar o *spinner*. Não só que planejava construir um, mas que tinha dúvidas em relação ao nosso, para início de conversa. É egoísmo, eu sei, mas odeio saber que ela poderia ter confessado para mim que tinha suspeitas e mesmo assim optou por não falar nada. Acho que a culpa é minha, por ter tentado manter distância. Eu estava tentando me concentrar na equipe, mas, no fim das contas, acabei fazendo um desserviço.

Eu sou o capitão. Sou o líder. Não posso deixar as coisas passarem despercebidas desse jeito. Fui eu que decepcionei a equipe, e…

— Talvez a gente se dê bem — diz Bel.

Ela olha para mim e eu queria muito que estivesse de glitter ou qualquer coisa que pudesse me distrair, pois toda hora preciso me obrigar a não olhar nos olhos dela por muito tempo. É algo que tenho evitado há dias, talvez semanas, porque eles me atingem em cheio.

— Você sabe o que está fazendo — acrescenta. — Você ganhou a última rodada pra gente. Vai ganhar de novo.

É só uma cobrança de pênalti, penso comigo mesmo. Faço isso o tempo todo.

— É, eu sei. Tá bem. — Vamos acabar logo com isso.
— Provavelmente tem algo de errado com o robô deles, de qualquer maneira.

— Provavelmente — diz Bel.

— Se for para os juízes, ainda vamos ganhar pontos por agressividade.

— Com certeza.

— E o design deles não necessariamente é melhor do que o nosso só por ser mais difícil de fazer estrago. A gente não sabe como a arma deles funciona.

— Verdade.

— Será que eu tento mirar numa roda?

— Pode funcionar.

— A parte da frente parece menos estável?

— Acho que sim, talvez.

Olho de relance para ela.

— Desculpa. Estou tagarelando.

Bel balança a cabeça.

— Você está bolando estratégias.

É bem ridículo como é desconcertante olhar para ela nesse momento, mas eu nunca vi olhos que me fizessem pensar sobre os mistérios do universo como os dela fazem. É como andar em meio às árvores. Como sentir a terra debaixo dos pés enquanto se sabe que tem coisas voando livremente lá no alto e coisas que vivem e respiram lá embaixo; por um instante, me sinto *conectado* a tudo. É como se a existência fosse uma maré incontrolável e fizéssemos parte dela, nem que seja só por um segundo.

— Luna — diz Mac, me trazendo de volta à vida no susto. — Tudo sob controle?

Então tá, Luna, qual é a resposta certa?

Luna, precisamos desse ponto para vencer!

Todos vão sempre esperar mais de você, Teo, e você não pode decepcioná-los...

Deixo a distração de lado e encaro nosso robô. Somos nós que estamos no quadrado azul agora, é a primeira vez no dia que somos a equipe azul, e tento não pensar nisso como um agouro.

— Equipe azul, preparada?

Fecho os olhos e inspiro fundo.

É meu quarto ano de experiência. A essa altura, já sei o que esperar.

(A essa altura, eu já deveria saber como ganhar.)

É meu último ano. Meu último campeonato regional. Minha última chance.

(Minha última chance.)

Eu sei o que estou fazendo, mesmo que mais ninguém saiba.

(Preciso saber o que estou fazendo. Porque mais ninguém sabe.)

Cheguei longe demais para falhar. Dei tudo de mim. Liderei esta equipe.

(Falhar não é uma opção.)

— Vou estar bem aqui — diz Bel, bem baixinho.

Abro os olhos e expiro pela boca.

Não posso falhar. Não agora. Não hoje.

(Não enquanto ela assiste.)

— Equipe azul preparada — confirmo, enquanto meu polegar paira, cheio de expectativa, sobre o interruptor do Dante.

Bel

Depois que tudo termina, encontro Teo sentado sozinho.

— Oi — digo. — Vamos. A gente vai comprar hambúrguer.

Ele balança a cabeça.

— Não, valeu.

— Teo. Você não pode ficar aqui a noite inteira.

— Não vou ficar. — Ele murmura, então quase não dá para ouvi-lo.

— Você *ganhou* — lembro a ele. — Você *ganhou*, Teo, milagrosamente. Nem eu acreditava, mas você conseguiu. Tudo indicava que você ia perder e você não perdeu.

Teo fica em silêncio.

— O robô deles também quebrou — lembro a ele. — E foi você quem disse que a questão não é ter o robô perfeito, e sim o melhor no...

— Nosso robô não foi o melhor no ringue — corta ele, impaciente.

— Bom, os juízes obviamente discordaram.

— Não foi unânime. Nem deveria ter sido. Se o deles não tivesse...

— Teo, francamente. — Sento ao lado dele no chão. — Você deve ser a única pessoa que eu já vi ficar tão chateada por ter ganhado.

Ele encara os próprios pés.

— Aquele *spinner triturou* o Dante — diz Teo, como se eu não tivesse visto acontecer. — Ele está morto.

— Beleza, então a gente faz um funeral viking para ele — respondo. — A gente atira flechas de fogo e tudo mais.

Teo se afasta, abatido.

— Não tem graça, Bel...

— Por que não?

— Porque eu deveria ter imaginado. Porque o design estava com problemas e eu deveria ter *imaginado*...

— Caramba — comento, forçando um tom de leveza.

— Todo aquele papo de trabalho em equipe e, no fim das contas, você era a única pessoa importante esse tempo todo.

Ele se encolhe.

— Desculpa, não falei nesse sentido. Só quis dizer que...

— Você está de luto — asseguro a ele. — Nosso robô morreu. Foi triste e horrível. Não foi nada bonito. Os juízes levaram um tempão para decidir, e não foi a vitória que você queria.

Eu me aproximo e ponho a mão no ombro dele, hesitante.

— Mas, verdade seja dita, eu *falei* que não ia funcionar — murmuro e, quando ele me olha como se estivesse aborrecido, faço questão de parecer o mais doce e inocente possível.

Mas ele não está aborrecido. Na verdade, ele me olha como...

Sei lá. Acho que nunca vi Teo com essa cara antes.

— Precisamos de um novo Dante para o campeonato nacional — diz ele. — Faz esse comigo.

Queria poder dizer que considerei negar. Queria poder falar que dependia, nem que fosse só um pouquinho, do que ele queria dizer, mas, na verdade, nem passou pela minha cabeça a possibilidade de escolher qualquer coisa que não fosse Teo.

— Tá — respondo. — Tá, beleza.

E, finalmente, pela primeira vez em quase uma hora, Teo Luna sorri.

Dez
Tentativas

Bel

— **Pra onde é que você vive** escapulindo? — diz Gabe, e essa, na verdade, é uma pergunta bem típica dele. O fato de boa parte dos amigos dele o chamarem de Gabriel provavelmente diz muito. Ao contrário do Luke, ele nunca me chama de Ibb ou de qualquer outro apelido. Ele vive olhando para mim como se tivesse se esquecido de que eu moro aqui.

— Não estou *escapulindo* — respondo, porque não estou mesmo. — Já falei com a mamãe que estou trabalhando em uns negócios pra aula de física avançada.

— Durante as férias de inverno? — diz ele, franzindo a testa. — Essa não é a Bel que eu conheço.

Pois é. Por mais que eu *ame* ser interrogada pelo meu irmão, tenho mais o que fazer.

— Bacana, Gabe! *Tchau…*

— Peraí — diz ele, e então se levanta, semicerrando os olhos para mim. — A gente precisa conversar sobre toda essa história do Luke.

— Ah, não, valeu — respondo, numa tentativa de ir embora, mas, infelizmente, Gabe já começou a falar.

— Sinceramente, sabe, acho que Kellan tem razão quando diz que a gente tem que abordar essa situação estrategicamente, como uma família. Se quisermos evoluir quanto a isso...

— *Quem* — digo com um suspiro, porque claramente não vou conseguir escapar dessa — é Kellan?

— Já te falei, é meu terapeuta. Bom, ele está fazendo doutorado agora, mas trabalha com terapia, então...

— Meu Deus, Gabe, você está fazendo terapia?

— Estou, e você também deveria — responde Gabe categoricamente. É impossível não observar como ele e Luke são opostos; talvez até dê para reconhecer que são irmãos, mas os semblantes não poderiam ser mais diferentes. Gabe é o que aconteceria se alguém esticasse Luke alguns centímetros e o obrigasse a ler quinze livros por semana. — Claramente não podemos fazer nada em relação ao Luke. Ele insiste em jogar o futuro dele no lixo...

— Tá, quem é o "nós"? Você e a mamãe?

— Você e eu — diz Gabe, arregalando os olhos para mim. — A mamãe já tem que lidar com muita coisa.

— Tá, pera. Eu sei que você e Luke têm, tipo, uma rixa de sangue ou sei lá...

— A mamãe trabalha dia e noite para manter você naquela escola particular — diz Gabe. — Ela te encaminhou para o melhor futuro possível. O mínimo que você pode fazer é retribuir tendo um futuro brilhante.

Meu celular vibra no bolso, o que provavelmente significa que Teo já chegou na escola. Infelizmente, meu cérebro também está vibrando agora.

— Achei que a gente estivesse falando do Luke, não?

Gabe balança a cabeça.

— Estou tentando te dizer que o Luke claramente é uma causa perdida, mas você não. Então, se tiver qualquer coisa que eu possa fazer, editar suas inscrições ou ajudar com sua carta de apresentação...

— Gabe. — A simples menção às minhas inscrições incompletas para as faculdades me deixa enjoada. — Será que a gente pode falar disso mais tarde?

— Claro. Estou aqui — diz ele, usando um tom de voz meticulosamente fraternal. — Só quero que você saiba que tem um irmão com quem pode contar, Bel.

Eu fecho a boca para não falar do fato de que, na verdade, Gabe nunca me deu muita bola durante a maior parte da vida, a não ser para brigar comigo sobre a possibilidade de a cafeína atrapalhar meu crescimento, e, sim, Luke não é exatamente um gênio, mas também não é o que Gabe está acusando o garoto de ser.

Mas aí paro para pensar que talvez Luke ache que nós dois somos iguais, assim como Gabe acha que ele e eu somos iguais. A pressão para pertencer a um ou a outro — isso sem falar na ideia de que meu pai acha que nós dois estamos perfeitamente de boa ou de que minha mãe trabalha tanto *por mim* — me faz sair correndo de casa.

— É, beleza, tchau, Gabe!

Mando uma rápida mensagem a Teo dizendo que estou a caminho e fico sentada dentro do carro por uns bons cinco minutos antes de dar partida. A última coisa que quero é desabar na frente dele — e pelo *quê*, exatamente? —, então me recomponho e vou embora.

— Oi — diz Teo em voz alta quando entro no laboratório, sem tirar os olhos da placa de circuito que está fuçando. — Você trouxe a arma que fez para o campeonato regional?

— Ah... — Droga, esqueci. — Não. — Eu me encolho. — Desculpa. Mas posso voltar e buscar...

— Não, não esquenta. Na verdade, acabei de receber um e-mail dizendo que eu preciso estar numa partida daqui a duas horas.

— De futebol? — pergunto, confusa.

— Não. Bom, sim — ele se corrige, e então levanta a cabeça. — Eu te disse que costumo arbitrar os jogos comunitários nos fins de semana, né? Essa é a última partida do ano e alguém desistiu de última hora.

— Por sorte, o bom e velho Teo Luna está disponível — digo e, por mais que esteja brincando, percebo uma pontada de angústia no rosto dele. — Não, eu acho ótimo — trato de tranquilizá-lo logo. — Jogos comunitários? Tipo, com criancinhas?

— Isso, hoje é dia dos pequenos. — Teo parece se recompor e me chama para ir até ele. — Você pode pegar aquela bateria?

— Hum? Aham. — Eu a pego e me aproximo dele, largando minha mochila em um canto e me posicionando à esquerda do Teo. — Está só trabalhando na fiação hoje?

— Isso.

Percebo que ele está concentrado, então, no silêncio que se segue, volto a analisar minha conversa com Gabe. Eu sempre entendi que minha mãe espera muito de todos nós, mas acho que presumi que, quando Gabe foi para Dartmouth, ela já tinha vencido como mãe. Mas, com a possibilidade de

Luke sair da faculdade, a coluna das perdas provavelmente ia aumentar.

Eu devo equilibrar o placar ou algo assim? O irônico é que o documento com minha inscrição para a faculdade ainda tem só uma linha: *Não sei o que quero nem por que quero*.

— Você está estranha — diz Teo, e, com o susto, volto a me concentrar.

— O quê? Não vou botar maquiagem só pra trabalhar num robô, Teo. — Preciso começar a anotar algumas das respostas da Jamie à feminilidade performativa para situações assim. Ela tem uma energia Alexandria Ocasio-Cortez bem marcante (o que inclui tanto as habilidades de oratória da AOC quanto, quando necessário, o batom vermelho de quem não leva desaforo pra casa).

— Não, eu quis dizer... — Teo revira os olhos para mim. — Seu rosto está ótimo. Eu só quis dizer que você parecia chateada. Ou algo do tipo.

— Ah. — Sinto as bochechas corarem. — Não, é só que meu irmão está lá em casa para as férias de inverno e a gente teve uma conversa estranha. — Não era minha intenção dar uma resposta, mas acho que o fato de Teo estar mexendo com fios ajuda. É meio reconfortante de assistir.

— Achei que seu irmão morasse aqui?

— Meu irmão mais velho, Luke, mora com meu pai. Esse é meu irmão do meio, Gabe.

— Seus pais são divorciados?

— São. Ou... quase isso. É por isso que eu estou aqui. Quer dizer, nessa escola. Foi por isso que fiz a transferência. Porque minha mãe se mudou.

Acho que Teo está encarando a placa de circuito de propósito para não me olhar, o que é o ideal. Também não quero fazer contato visual nenhum no momento.

— Você ainda fala com seu pai? — pergunta ele, com jeitinho.

— Eu... falo. Mais ou menos.

— Mais ou menos?

— Bom, eu apareço na casa dele de vez em quando para usar as ferramentas. E para ver o meu irmão.

— Seu pai e sua mãe se dão bem? Foi uma separação... amigável ou algo do tipo?

— Tipo isso. — Arregalo os olhos. — Na verdade, não, nem sei por que falei isso. Não, nem um pouco.

— Você gosta do seu pai?

— Uau, hein? — Ninguém nunca me perguntou isso. — Quer dizer, gosto? Todo mundo gosta do próprio pai, né?

Teo para o que está fazendo para levantar a cabeça por um segundo.

— Eu amo meu pai — diz ele lentamente. — Mas, de vez em quando, esqueço que é meu pai e ele meio que parece um desconhecido, então acabo imaginando como seria se ele realmente fosse um desconhecido. Tipo, se entrasse na minha casa aleatoriamente e eu não o conhecesse, o que eu acharia dele?

Fico esperando, mas ele não continua.

— E aí? — incito, cutucando-o.

Teo olha para mim e abre um meio sorriso.

— Acho que ele provavelmente é um bom chefe — responde. — Um bom CEO e tudo mais. Ele tem expectativas altas, mas não é um cara cruel. E acho ele inteligente, bem inteligente.

— Sim, mas você gosta dele?

Teo larga o alicate que está usando e encara o nada.

— Acho que ele não gosta de mim — responde.

Sinto um aperto no peito.

— Aposto que gosta, sim — digo baixinho, e Teo balança a cabeça.

— Não, quer dizer... acho que o meu pai não gosta de crianças. Acho que talvez ele goste de mim quando eu for adulto. Acho que ele presume que eu vá ser funcionário dele em algum momento, na verdade, e, até lá, meio que está esperando que eu vire alguém mais útil.

— Teo, que horror...

— Não, não, não é mesmo. Eu amo minha mãe. Ela ama bebês, ama crianças, ama coisas fofas. E meu pai pensou tipo: "Ok, beleza, ela é a mais delicada, ela vai cuidar da parte de dar amor e eu vou ter que..." — Ele se interrompe. — Nossa, desculpa, eu não quis dizer isso. Não é como se eu achasse que meu pai não me ama ou...

Ele limpa a garganta.

— Não... não foi a minha intenção mudar o foco da conversa para mim — diz Teo. — Eu estou bem. Estou mais do que bem — afirma ele, com um aceno genérico para as roupas legais e o carro caríssimo, que está estacionado em algum lugar perto da minha lata velha. — Um dia vou fazer por merecer tudo isso. Ou quase tudo, pelo menos.

Ele parece constrangido, e algo nauseante borbulha no meu estômago.

— Meu pai traiu a minha mãe — deixo escapar de repente, e Teo levanta as sobrancelhas, surpreso. — Tenho fingido não saber disso, mas não sou burra. Não acho que tenha sido alguém específico, acho que podem ter sido várias mulheres, o que é nojento e péssimo, e minha mãe é a pessoa mais legal e carinhosa do mundo... mas a pior parte — confesso com um suspiro — é que ainda gosto dele, por mais que eu saiba que não deveria.

Meu lábio treme abruptamente, o que me obriga a engolir em seco.

— Gosto muito do meu pai, mas ele magoou minha mãe. E agora meus irmãos tomaram partido, mas eu não. Então não sei o que fazer em relação a isso.

— Bel. — Teo suaviza o olhar, o que, de alguma maneira, piora as coisas.

— E eu sei que minha mãe não tinha a menor condição de me matricular nessa escola, mas foi o que ela fez, de qualquer maneira. Ela espera que eu estude na Dartmouth, que nem meu irmão Gabe, em vez de não fazer nada da vida como o Luke, mas eu não sei *o que* devo fazer da vida, no que devo me formar ou para quais faculdades devo me inscrever...

— Você ainda não fez suas inscrições? — pergunta Teo, obviamente espantado, e deixo escapar um gemido.

— Ah, meu Deus, não me olha desse jeito...

— Bel, o prazo é pra daqui a, tipo, *duas semanas*...

— TEO, meu Deus do CÉU...

— Tá, tá bom, desculpa. Desculpa. — A essa altura, a placa de circuito está praticamente abandonada enquanto a gente se encara sem jeito. — Talvez...

Teo expira.

— Talvez seja melhor não trabalharmos mais hoje — diz ele.

— Talvez. — Olho para o meu Converse branco surrado e observo os mocassins Sperry de Teo vindo levemente na minha direção.

— Por que você não vem comigo pro jogo? Dura só uma hora, mais ou menos — diz Teo. — A gente pode sair pra comer alguma coisa depois e conversar sobre isso. Ou não. Quer dizer, não faço a mínima ideia do que te dizer — admite ele, dando de ombros —, mas se *você* quiser falar sobre isso...

— Você quer que eu vá com você? — pergunto, surpresa.

A essa altura, nós já passamos muito tempo juntos, mas nunca fora desta sala. Presumi que ele gostasse de compartimentalizar as atividades: escola, robótica, futebol, amigos, serviço comunitário (ou seja, eu).

— Talvez faça você se sentir melhor — diz Teo. — As crianças são muito fofas. E muito, muito ruins de chute.

— Você provavelmente também já foi horrível jogando um dia — lembro a ele.

— Eu? Não — diz Teo. — Fiz um gol na minha primeira tentativa.

— Ah, *mentira* — resmungo, mas noto que estou sorrindo. — Provavelmente fez mesmo, não fez?

— Por acidente. — Ele retribui o sorriso, e parece algo que eu ganhei.

Não, não algo que eu ganhei — está mais para algo que fiz por merecer. Como se talvez Teo Luna tivesse vários níveis diferentes e, toda vez que eu acerto ou digo algo profundo, passo de fase. Pegue todas as chaves e siga no jogo.

— Vamos — diz ele. — Eu dirijo e trago você de volta pra cá mais tarde. O que acha?

Faço que sim.

— Perfeito — respondo, e é verdade.

Teo

Eu presumi que Bel fosse se sentar na lateral do parque com os pais malucos, mas, em vez disso, ela circula por aí. Uma das meninas do time do terceiro ano do fundamental comenta que gostou do moletom rosa néon dela, e Bel responde que gostou das presilhas cheias de brilho da menina. Ela conversa com todas as crianças como se fossem adultas, o que é um pouco engraçado. Não consigo decidir se acho que ela está fazendo isso de propósito — tipo, se é alguma espécie de estratégia comprovadamente eficaz — ou se esse é só o jeito dela.

Acho que é só o jeito dela.

Depois do jogo, me esquivo das hordas de criancinhas e a localizo observando algumas das crianças cujo jogo acabou mais cedo.

— Só preciso guardar todos os equipamentos e aí podemos ir — digo a ela, e então Bel levanta a cabeça, decepcionada.

— A gente não pode usar? — pergunta.

— O quê?

— Sei lá — diz ela na defensiva, acenando em direção ao gol. — Pareceu divertido.

Não consigo segurar uma risada.

— Você entende alguma coisa de futebol?

— Não podemos usar as mãos, né? Não é robótica, Teo.

Ela rouba a bola da minha mão e a lança com o joelho para o lado completamente oposto.

— Hum — diz ela, franzindo a testa para a bola.

Eu arqueio a sobrancelha.

— Mais difícil do que você imaginou?

— Tá, tudo bem, um pouco.

No fim das contas, a gente chega a um acordo: eu separo metade do campo, mas deixamos o gol do lado oposto. As coisas estão tranquilas agora que a maioria das crianças já foi embora com os pais e, num raro dia nublado como o de hoje, não temos muita concorrência pelo parque.

— Tá, vou ser o goleiro — aviso, entrando no gol. — Você tenta marcar.

— O que eu ganho se vencer? — pergunta ela, protegendo os olhos. Está fresco aqui fora, mas tem muita luz.

— O que você quer?

— Um milhão de dólares e a paz mundial.

— Que tal só a paz mundial? Ou um sorvete. — Sem querer ser totalmente egoísta, mas um sorvetinho cairia bem... estou morrendo de fome.

— Fechado. — Ela posiciona a bola no chão, toda presunçosa. — Quantas tentativas eu tenho?

— Três.

— Dez.

— Não é uma negociação.

— Tá bom. Sete.

— Cinco.

— Fechado — declara ela, e então chuta a bola no canto esquerdo.

Eu a pego com a ponta do pé, jogo para o peito e a lanço de volta para ela.

— Tenta de novo.

O segundo chute acerta quase o mesmo ponto.

— Você colocou um GPS nesse treco? — ela me pergunta.

— Coloquei — respondo. — Não sei se você sabe, mas eu mando muito bem em robótica.

Ela me dá a língua exatamente como uma criança de seis anos faria e eu arremesso a bola de volta.

— Bora lá, Bel Canto.

Bel revira os olhos e depois chuta a bola... exatamente para o mesmo lugar. Só que, desta vez, eu quase deixo passar.

— Eu te induzi a uma falsa sensação de confiança — grita ela para mim com as mãos em volta da boca, como se fosse um megafone.

— Beleza, então você é boa de tática. — Eu chuto a bola de volta para ela. — Tenta mirar de verdade dessa vez.

Bel joga a cabeça para trás com um grunhido.

— Tipo, pra ser mais específico, tenta mirar no...

— Distração! — grita Bel, chutando a bola precisamente no momento em que me acerta no torso com o braço, o que faz com que eu me curve assim que a bola cruza a linha.

— Consegui — diz sem fôlego, recuando com uma dancinha. — Arrasei! — completa ela com um soquinho triunfante.

— Isso foi *muito* fora das regras — digo.

— Ninguém conhece as regras do futebol — diz Bel solenemente.

— Isso é extremamente falso.

— Ah, Teo, Teo, Teo. — Bel suspira. — Tão novo. Tão tolinho.

Ela não tem jeito.

— Tá, então o último chute é meu — digo a ela, manobrando-a para dentro do gol com o quadril. — A regra é clara.

— Justo. — Ela afasta o cabelo dos olhos e sorri para mim. — Experimenta, Luna. Uma chance.

— Uma chance — concordo, dando alguns dribles para tirar a bola do alcance da Bel. — Pronta?

Ela põe as mãos nos quadris.

— Pronta.

Chuto a bola em direção ao canto superior direito e ela entra, como imaginei que aconteceria. Bel até tenta, mas, no fim das contas, só a observa passar por cima da cabeça.

— Hum — diz ela. — Você já jogou futebol antes, né?

— Uma vez ou outra.

— E eu achando que você fosse pegar leve.

— Pra quê? — Dou de ombros. — Você não pegou leve comigo.

— Excelente argumento. — Ela afasta o cabelo do rosto de novo, exibindo as bochechas coradas por conta do esforço hercúleo. — A gente deve a paz mundial um ao outro, então?

Reviro os olhos.

— Vamos, Bel Canto — respondo —, vamos guardar as coisas.

No fim, saímos para tomar sorvete e conversamos sobre a probabilidade da terraformação de Marte. (Eu acho que sem dúvida é uma possibilidade; Bel acha que não temos que nos meter a terraformar nada. Acho que provavelmente nós dois estamos certos.) Algum tempo depois, o celular da Bel vibra e ela olha para baixo, o que me lembra de que tenho um monte de mensagens do Dash para responder.

Dash
minha mãe disse que vc tinha que vir pro jantar

Dash
ela acha que vc é um órfão triste

Dash
ou vc vai pedir comida de novo?

Dash
se for pedir então com certeza
pode pedir samosas extras

> **Dash**
> pode ser que eu esteja disponível

— Quer ir pegar aquele disco giratório que eu fiz? — pergunta Bel, olhando para mim enquanto eu digito uma resposta para Dash. — Sempre dá pra trabalhar mais nele, supondo que seus pais não se importem.

— Ah, eles não estão em casa — respondo, prestes a dizer a Dash que vou só pedir comida tailandesa e continuar trabalhando no robô quando detecto os sinais da Bel franzindo a testa na minha visão periférica.

— Seus pais não estão em casa?

— Estão em Genebra — explico, levantando a cabeça. — Vou pegar um voo com meus avós para passar as festas de fim de ano com eles lá, mas eu quis ficar por aqui para trabalhar um pouco primeiro.

Meu pai quase sempre apoia minhas decisões de trabalhar nos projetos da escola quando ele e minha mãe viajam. Na cabeça dele, cada dia de férias é só uma oportunidade para outra pessoa superar meu recorde acadêmico. Além disso, ele odeia o cachorro da minha avó. (Qualquer que seja a rixa existente entre ele e Latke, é recíproco.)

— Ah — digo, subitamente chegando à conclusão óbvia. — Você pode ir lá pra casa, se quiser. Tenho um monte de coisas lá no laboratório.

Demoro alguns segundos para perceber que acabei de convidar Bel para ir à minha casa depois de ter dito especificamente que meus pais não estão lá.

Volto atrás rapidamente.

— Só quis dizer…

— Bom, ainda tenho que pegar a arma — diz ela, com as bochechas levemente coradas. — Então talvez a gente possa passar na minha casa primeiro? Já que estou sem carro, de qualquer maneira.

— Claro. — Eu limpo a garganta e faço que sim. — Vamos.

Bel não diz nada no carro, só cantarola baixinho a música entre uma e outra instrução de como chegar à casa dela. (Eu a deixei escolher o que nós íamos ouvir e, felizmente, ela é muito melhor nisso do que Dash, por mais que a playlist tenha um pouco mais de Taylor Swift do que eu gostaria.) Ela mora em um daqueles condomínios com um pátio no centro, fato que parece constrangê-la. Pessoalmente, eu acho bonito, e o brilho dos cordões de luzes, somado ao cheiro de comida, completam a cena quando ela abre a porta.

— Ah, *nem ferrando* — diz Bel enquanto eu esbarro nas costas dela. — O que você está fazendo aqui?

— Isabel, por favor — diz uma mulher. — Olha o palavreado!

— Bom te ver também — comenta um cara mais ou menos da minha altura, embora o peitoral provavelmente tenha o dobro do tamanho do meu. — Ah, merda — diz ele com uma risada quando me vê. — Quem é esse, Ibb?

— Luke — responde Bel, grunhindo —, esse é o Teo. *Por favor*, seja normal...

— Esse é seu lance agora? — Luke pergunta a Bel, acenando na minha direção com uma careta incerta. — É isso que você curte? Isso que dá estudar em escola particular.

— Eu sou Gabriel — diz um cara magrelo à minha esquerda, erguendo os olhos de um livro com o título *Gravidade quântica* na capa e se levantando para apertar minha mão. — É Teo, né?

— Ah, meu Deus, não, para... esse é o Gabe — diz Bel, enfiando-se entre a gente para afastar a mão do irmão. — E Luke, por favor, cale a boca...

— Que bom que você vai se juntar à gente, Isabel — comenta a mulher exasperada que obviamente é a mãe da Bel, surgindo da cozinha com um moletom com os dizeres MÃE DE DARTMOUTH. Ela é bem jovem (não tão jovem quanto minha mãe, mas mais nova que meu pai), tem um rosto redondo e olhos diferentes, embora seja evidente de quem Bel puxou o sorriso. — Oi, seja bem-vin... Lucas, tira os dedos daí!

A mãe da Bel desaparece dentro da cozinha e Bel me lança um olhar de pânico.

— Me desculpa *mesmo* — diz ela. — Não faço a mínima ideia do que o Luke está fazendo aqui, ele nem mora nessa casa...

— Sem dúvida nosso pai não está alimentando ele. — Gabe bufa do sofá.

— ... e tá, beleza, hum. Enfim, você não precisa fic...

— Teo, você gosta de lumpia? — pergunta a mãe da Bel, surgindo outra vez na porta.

— Hum, gosto? — respondo, levemente perplexo, mas de um jeito bom. Não tenho certeza do que seja lumpia, mas acho que são aqueles rolinhos primavera filipinos.

— Ah, que bom. Vou fazer, então — diz a mãe da Bel, e eu entro em pânico.

— Ah, não, espera, não precisa...

— Tarde demais — diz Bel com um grunhido. — Agora você mora aqui.

— Eu realmente não quero te dar trabalho, senhora, hum...

— Eita, é, não faz isso — Bel sussurra para mim, me pegando pelo braço e me levando da sala ao corredor. — E não se preocupa, ela só tem que fritar.

Oportunamente, o cheiro de alho frito me alcança lá da cozinha. Sei que deveria me sentir mal por incomodar a mãe da Bel, mas cheiro de comida caseira é mesmo bem melhor.

— Você simplesmente vai ter que comer qualquer coisa que ela colocar na sua frente — diz Bel com um suspiro enquanto me leva a uma porta à esquerda que, com um susto, percebo ser o quarto dela. — Mães filipinas.

Ela acende a luz e eu paro na entrada, observando os arredores. Não sei o que eu esperava, mas é mais do que sou capaz de absorver de uma vez só; quer dizer, o quarto tem aquelas coisas de sempre (escrivaninha, cama, cômoda, janela), mas também várias coisas incomuns, tipo as lanternas de papel suspensas no canto. Enquanto Bel corre para chutar algumas roupas sujas para debaixo da cama, volto a atenção para as paredes dela e olho para uma arte que já vi antes ao mesmo tempo que tento não encarar as fotografias que nunca vi.

— Não tem problema. As mães judias são parecidas — garanto a ela, sem comentar que minha barriga já está roncando. (Sorvete só alimenta até certo ponto.) — E, pode acreditar, as avós mexicanas também — acrescento, me virando de frente para ela.

— Você é judeu? — repete Bel, surpresa. Ela parece meio sem fôlego depois da tentativa de arrumar o quarto.

— Bem, minha mãe é…

— Oi — diz Luke, o irmão mais velho da Bel, invadindo o quarto dela. — A mamãe quer saber se ele come carne — prossegue ele quando eu me viro para a porta.

— Ele está bem ali — retruca Bel, apontando para mim.
— Você pode perguntar.

Luke me lança um olhar cético.

— Você curte, tipo, velejar?

— Hum, não — respondo.

— Então esses sapatos de barco aí são o quê? Uma fantasia?

— *Nossa* — diz Bel, bufando. Ela parece morta de vergonha, embora eu ache meio engraçado. — Me deixa em paz, Luke, ele só veio aqui pegar um negócio para a equipe de robótica.

— Ah, você já falou disso com a mamãe? — pergunta Luke.

— Peraí, ela não sabe? — interrompo, me virando para Bel, e ela se encolhe.

— Eu só… não preciso de ninguém se metendo na minha vida, tá? Inclusive *você*, Luke — resmunga ela, e passa por mim para expulsá-lo do quarto. Luke recua e aceita ser empurrado até a soleira, mas estica a mão para ampliar o acesso à porta.

— Nada de porta fechada — alerta ele, me dando um cutucão e se afastando de costas.

Eu me viro para olhar para Bel, que se joga na cama e esconde o rosto com um travesseiro.

— Eu *juro* — diz ela com a voz abafada e um suspiro —, não planejei nada disso.

É bem óbvio que ninguém em sã consciência faria isso de propósito.

— Está tudo bem, garota — garanto a ela, aproveitando a oportunidade para examinar o quarto com toda a curiosidade que me convém. — Que maneiro — comento enquanto me agacho para olhar a escrivaninha mais de perto. — É uma máquina de costura antiga?

Bel afasta o travesseiro e se vira para mim.

— Isso — diz ela, meio incerta, como se não tivesse certeza do que eu vou achar.

— Que incrível. — Depois, passo para a cômoda e abro um meio sorriso. Os puxadores são diferentes entre si; ela deve ter substituído cada um individualmente. — Gostei desse aqui — comento, encostando o dedo num puxador de pássaro de latão.

— Eu também. — Ela fala baixinho. — É o meu favorito.

Em cima da cômoda vejo a coleção de joias da Bel. Seus colares, alguns deles familiares, estão pendurados nos galhos de uma árvore de arame. — Você também fez isso?

— Aham.

— E tudo isso é só... por diversão, ou...?

— É, basicamente. — Não me virei para olhar para a Bel, mas a voz dela é indecifrável. — Eu sou meio inquieta, acho. Gosto de manter as mãos ocupadas.

Sei que é verdade. Eu já a vi construindo coisas, desenhando. E se mexendo sem parar.

— Faz sentido.

As prateleiras da Bel são daquelas invisíveis, embutidas na parede para dar a impressão de que os livros estão flutuando. Tudo aqui tem um toque dela, até as capas dos livros. Noto que ela fez as próprias capas para alguns. Eu já vi os desenhos dela, então reconheço o trabalho.

— Isso é tão estranho — comenta Bel. — É como se você estivesse olhando diretamente pra mim.

Eu me viro e vejo que ela está me observando com as sobrancelhas levemente franzidas.

— Eu já olhei pra você antes.

— É, mas não... — Ela se interrompe e desvia o olhar.

— Não desse jeito.

Entendo o que ela quer dizer. Meu quarto não tem nada de especial — é quase um catálogo da West Elm visto de dentro —, mas o da Bel é tipo um museu do interior do cérebro dela.

— Posso parar de ser enxerido — digo a ela, me afastando das prateleiras, porque ver tão de perto todas as coisas que ela colecionou parece mesmo um pouco invasivo. Não sei se gostaria que ela visse quantos exemplares eu tenho de *Sandman*, ou que ainda nem encostei no calendário do LA Galaxy que pendurei na parede quando eu tinha doze anos.

— Cadê o...

Ela faz que sim rapidinho, parecendo aliviada por ter um assunto impessoal para discutir, e estende a mão para abrir a primeira gaveta da escrivaninha.

— Aqui — diz Bel, retirando o disco giratório que construiu. — Pode pegar e fugir agora, se quiser.

Pego o disco das mãos de Bel e percebo que ela não me olha totalmente nos olhos. É óbvio que não vou fugir, então, em vez disso, me sento ao lado dela na cama.

— Por que você não falou da equipe de robótica pra sua mãe?

Ela abraça o travesseiro e faz uma careta.

— Sei lá. Quero que seja algo só meu, acho.

— Contar a ela faria a robótica ser menos sua?

— Sei lá. Talvez.

Percebo que ela está atenta à minha reação, por isso não levanto a cabeça.

— Em relação às inscrições — digo. Então, ela solta um grunhido e joga o travesseiro em mim.

— Teo, não...

— Tenta se candidatar aos cursos de engenharia mecânica.

— Eu jogo o travesseiro para Bel, mas ela não consegue pegar. Acaba caindo de lado no chão e ela me encara, boquiaberta.

— O quê? *Teo*...

— Você é muito boa, Bel. — Agora faço questão de olhar para ela enquanto falo. — Você nasceu pra isso.

Ela fica em silêncio.

— Você é ainda melhor em robótica do que no futebol — digo com seriedade, e ela me responde com uma gargalhada, engolindo a surpresa. Eu pego o travesseiro do chão e o devolvo a ela, aguardando a reação.

— Teo — ela começa a dizer, e parece que vai inventar desculpas, coisa que não costumo aceitar nunca.

— Bel, me escuta. Você é boa — eu digo e a observo virar a cara, como se ela não acreditasse em mim. Ou como se talvez tivesse medo de acreditar em mim. — Você não precisa acreditar na minha palavra, não precisa basear o resto da sua vida nisso, mas você *deveria* tentar. Não sei por que não tentaria, mas você parece precisar de um empurrãozinho, então aqui está. — Dou uma empurradinha no ombro dela para provar meu ponto. — O prazo é primeiro de janeiro, né?

Ela abraça o travesseiro com mais força e balança a cabeça.

— Talvez eu não passe.

— E daí? Se você não tentar, aí é que não vai passar mesmo. — Bel fica em silêncio, então eu sigo em frente. — Passei na decisão antecipada do MIT — informo, e ela arregala os olhos. — Fiquei sabendo na semana passada. É a minha faculdade dos sonhos. — Botar isso finalmente pra fora é um baita alívio, como se eu tivesse tirado um peso das costas.

— O *timing* é perfeito, porque agora posso só me concentrar nos testes das matérias avançadas e na robótica.

— Espera — diz ela, chocada. — Você passou e não contou pra mais ninguém?

— Ah, quer dizer... — Dou de ombros. — Kai também vai se candidatar, e você sabe como ele fica. — Se Kai soubesse que eu já fui aprovado, só iria se estressar.

Ela balança a cabeça e endireita a postura.

— Mesmo assim, Teo, que incrível... quer dizer, *parabéns*, isso é...

— O que estou querendo dizer é que você também podia se candidatar a uma vaga lá — eu a interrompo e ela franze a testa.

— Você quer que eu compita com Kai?

— Quem falou em competição? Aposto que eles querem mais garotas.

Dessa vez, a risada dela sai lenta e suave.

— Ah, claro. E eu sou uma garota, né?

Não tenho certeza do que ela quis dizer, então deixo de lado.

— Imagina só a quantidade de Richardsons que você ia contradizer se estudasse lá — ressalto, na esperança de que esse seja um argumento tentador.

— Pra você é fácil. — Bel esbarra o ombro no meu, mudando de posição para que a gente fique lado a lado na cama. — Você sabe quantos Richardsons existem no mundo? — pergunta ela com um suspiro.

— *Você* sabe quantos Richardsons a menos existiriam se tivéssemos mais Béis? — rebato.

Ela se vira para me olhar, e eu olho para ela, e de repente meu corpo inteiro percebe como Bel está bem perto de

A MECÂNICA DO AMOR 227

mim. Dá para sentir o cheiro de rosas do xampu e a maneira como este quarto inteiro irradia *precisamente* a energia dela. Pela primeira vez, me permito pensar no quanto quero puxá-la para perto. Bel levanta o queixo, o que deixa bem claro que está engolindo em seco, e imagino que ela saiba no que estou pensando.

Acho que ela está pensando a mesma coisa.

Estendo a mão para afastar o cabelo dela do ombro e o coloco atrás da orelha. Eu a sinto amolecer e o pulso acelerar quando o meu acelera.

— Vem comigo — digo.

Ela morde o lábio antes de responder.

— Pra onde?

— Pra Cambridge — respondo. — Pro MIT.

— Ah.

Ela expira, e tenho plena consciência de que estou estragando tudo.

— Só acho que você vai acabar desperdiçando todo o seu talento, Bel, se você não...

— IBB — grita o irmão dela do corredor, e Bel dá um pulo. — A MAMÃE QUER QUE VOCÊ COLOQUE A MESA.

— TÁ BOM — ela ruge em resposta e, em seguida, se encolhe quando lembra que acabou de gritar no meu ouvido. — Desculpa, desculpa...

— Tranquilo. Mas, Bel...

— Vou fazer isso. — Ela abre um sorriso discreto e dá de ombros, sem forças. — Partindo do pressuposto que eu consiga arrumar cartas de recomendação na semana que vem, vou me candidatar, prometo.

— Vai mesmo?

— Bom, já que você me pediu com tanto jeitinho...

— ISABEL!

Ela se levanta com um suspiro e me olha de lado.

— Espero que você esteja com fome — diz Bel —, porque minha mãe com toda certeza vai te entupir de tudo que existe pra comer nessa casa.

Não chego a dizer a ela que, na verdade, acho que estou ávido pelo que quer que seja que estou sentindo agora.

— Até que estou, sim — respondo, deixando Bel me levantar da cama.

Onze
Resultados

Bel

Ainda olho para o e-mail de vez em quando. Sei que deveria arquivá-lo ou deletá-lo como faço com literalmente tudo que se atreve a dar as caras na minha caixa de entrada, mas esse não consigo descartar.

Cara Isabel Maier,
Recebemos com sucesso sua inscrição para o processo seletivo do curso de graduação do MIT.

Cacilda. *Caraca*. Carambolas.

Eu consegui. Completei uma inscrição — para o *MIT*.

Não foi fácil; que fique registrado que eu jamais aconselharia ninguém a procrastinar que nem eu fiz. A sra. Voss ficou feliz por eu finalmente ter me decidido e meu orientador pareceu aliviado por eu não ter destruído o índice de inscrições da nossa escola, mas Mac... não ficou lá muito satisfeito por ter que mandar uma carta de recomendação durante as férias de inverno.

Mesmo assim, eu finalmente consegui.

Depois que Teo me convenceu, a carta de apresentação fluiu que é uma beleza. Falar a respeito de algo que mudou minha visão de mundo? Moleza. Falei sobre a robótica. Sobre o campeonato regional e sobre Dante. Sobre como sempre pensei que engenharia fosse coisa de garoto ou de gente que ama matemática ou literalmente qualquer um menos eu, até me dar conta de que só existem regras como essas se nós as impusermos. Porque, sim, talvez eu esteja certa ao dizer que existem vários estereótipos e fiscais da vida alheia por aí para nos afastar das nossas paixões, mas o Teo tem razão quando afirma que me resignar às expectativas deles seria tão estúpido quanto deixar que mandem na minha vida. Afinal, a vida é *minha*, certo? A robótica me ajudou a perceber que eu poderia encontrar um lugar aqui — ou, melhor ainda, criar um.

(Usei palavras melhores, mas a ideia geral é essa.)

Procrastinação à parte, me empenhei muito mais na minha inscrição do que imaginei que fosse sentir vontade. Até Jamie ficou impressionada, ou a versão dela disso.

— Eu tinha quase certeza de que você ia estragar tudo — foi a opinião dela a respeito do assunto, o que, para falar a verdade, é justo. — Sem querer ofender.

— E eu pensando que uma noite licenciosa de drama e carboidratos fosse fazer você me adorar ainda mais — observei, acenando com a mão para indicar qualquer que fosse a porcaria que estávamos maratonando na Netflix.

— Como assim? Eu disse "sem querer ofender" — ela me lembrou antes de roubar uma colherada extra de sorvete da minha tigela.

Agora que passaram as festas de fim de ano e as aulas voltaram, está tudo um turbilhão novamente. Temos que estudar para as provas finais e, além disso, estamos nos preparando para as provas avançadas e para o campeonato nacional — por mais que essas coisas pareçam estar a *séculos* de distância, o tempo está voando. Ando tão exausta que, quando Jamie e Lora aparecem com cupcakes, tenho que perguntar a elas qual é a ocasião.

— Hum, é brincadeira, né? — pergunta Jamie, e é aí que noto que ela está segurando um balão.

— Peraí, é seu aniversário? — pergunta Teo, que por acaso está passando com Dash no exato momento em que me lembro de que hoje faço dezoito anos. Ele para com um movimento exagerado, tipo aqueles efeitos sonoros de disco arranhando que a gente vê em séries de comédia. — Por que você não me contou?

Jamie me olha de um jeito que diz que *com certeza* vai me mandar uma mensagem para falar disso mais tarde.

— Não é importante — digo sem forças, mas Teo balança a cabeça com desgosto.

— Você é a pior, Bel Canto. Temos que fazer *alguma coisa* — diz ele, e Dash reage com um aceno de cabeça exuberante.

— Vou pedir um delivery de samosas para o laboratório de robótica — anuncia Dash. — A gente pode fazer uma festa enquanto reduz o peso do Sete. — (A essa altura, já estamos com muita preguiça de chamar o Sétimo Círculo pelo nome completo.)

— Você só quer as samosas — Teo e eu dizemos ao Dash em uníssono, e então trocamos um olhar.

É claro que eu e Teo temos nos visto muito ultimamente. Em primeiro lugar, temos um robô para construir, e, em segundo, ele acidentalmente conheceu minha família inteira, tirando meu pai. Achei que Teo nunca mais fosse querer falar comigo outra vez (por motivos óbvios), mas, por mais que minha mãe tenha feito coisas constrangedoras, tipo nos fazer rezar antes do jantar, ele fez o sinal da cruz sem nenhum comentário.

— Achei que você fosse judeu, não? — sussurrei para ele, que me olhou de relance.

— Eu já te disse que minha avó é mexicana — murmurou Teo. — Você acha que existe alguma *abuela* viva que não seja agressivamente católica?

Até Luke passou a gostar mais um pouco dele; só um *pouco*. Gabe e minha mãe foram conquistados quando contei a eles que Teo passou para o MIT — minha mãe lhe deu mais um pouco de comida como forma de "recompensa", mas, considerando como ele parecia cheio, talvez tenha sido mais um castigo —, mas, com Luke, tudo sempre se resume a uma coisa: o carro.

— Uau — disse Teo quando voltamos ao carro dele. Luke insistiu em me dar uma carona até o estacionamento da escola, por mais que eu preferisse mil vezes obrigar Teo a ouvir "Shake It Off" (acho até que, na segunda vez, cheguei a vê-lo cantando a letra sem emitir som). — Que aros bacanas.

— São personalizados — respondeu Luke no mesmo instante.

— Curti os espelhos também — disse Teo, o que resultou em um monólogo entusiasmado de Luke sobre a dificuldade de conseguir os espelhos e como ele estava impressionado de ver que Teo reparou nos detalhes cromados. Nessa hora, tive que me controlar para não falar algo cafona do tipo "Teo é muito bom em captar detalhes", embora com certeza seja verdade.

Enfim, desde então, tenho visto Teo quase todo dia. Só que, como vivo dizendo a Jamie, somos apenas amigos. (Eu acho.)

— Ei — diz Teo, me puxando de lado no momento em que cada um segue seu caminho para as aulas. Estou carregada de cupcakes, muito mais do que seria capaz de comer, mas esse é um detalhe fácil de esquecer temporariamente.

— O que eu quis dizer é que a gente deveria fazer alguma coisa. Tipo, *eu* deveria, quero dizer.

Ele está falando meio baixo, o que me faz reprimir um sorriso.

— Tipo o quê, um duelo de robôs digitais?

— Não, robôs não. — Ele bagunça o cabelo e ah, não, ah, não, ah, não. O cabelo dele parece tão macio...

— O que você sugere, então?

— Não sei. Me deixa pensar. — Ele me lança um olhar distraído. — Por que você não contou a ninguém que era seu aniversário?

Porque aí eu teria que reconhecer o fato de que tenho dezoito anos.

— Ah — diz ele, percebendo de relance minha expressão. — É, então tá. A gente se fala mais tarde — grita Teo, correndo para longe com um sorriso no rosto, e ah, não, ah, não, ah, não.

Definitivamente estou a fim dele.

Por mais chocante que pareça, Neelam não está nem um pouco entusiasmada com o meu aniversário.

— Dá pra tirar isso daqui? — pergunta ela, batendo no meu balão. — Tem gente aqui tentando trabalhar.

— Sim, e tem gente aqui tentando comer — diz Dash, afastando as ferramentas de Neelam de sua porção de batatas ao curry.

— E por que você está aqui? — retruca Neelam rispidamente. — Vai lá apertar uns parafusos.

Dash revira os olhos na minha direção.

— Sim, minha rainha — diz ele a Neelam, pegando uma caixa de samosas da mesa pra viagem.

— Ei — diz Teo atrás de mim. — Me dá sua opinião nisso aqui?

— Hum? Ah, claro. — Eu me viro para ir até ele, mas não antes de reparar na carranca de Neelam. Como sempre, ela acha que nós dois estamos ocupados flertando ou algo do tipo em vez de trabalhar.

— E aí? — pergunto a Teo, e então ele se senta com nosso robô em construção, que estamos chamando de Thanos por enquanto, até inventarmos um nome mais sutil.

— Estava pensando que talvez a gente pudesse incorporar algum tipo de defesa ao robô — comenta ele. — Focar menos na arma e mais em usar a arma *deles* a nosso favor. Não é como se fôssemos os únicos a usar acidentalmente a energia cinética para nos ajudar.

(Ainda bem que estamos estudando torque na aula.)

— Então você está pensando numa... armadura? — pergunto.

— Pensei que seria legal se a gente usasse algum tipo de poliuretano — diz ele. — Aí daria pra usar um metal superleve por baixo, tipo titânio.

— Ah, pra que a outra arma quebre quando cortar nosso plástico?

— Isso, exatamente. Só não sei bem como faríamos pra incorporar a armadura aos metais.

— Podíamos fazer uma sobreposição. Construir ela em uma padronagem hexagonal, tipo uma colmeia — digo enquanto vou pensando. — Juntar as partes como favos de mel em cima do metal.

— Isso, perfeito, algo assim — responde Teo, assentindo vigorosamente. — Mas nunca trabalhei com plástico, e Mac não sabe bem como…

— Meu pai sabe — digo sem pensar e, no mesmo instante, queria não ter falado nada.

Teo levanta a cabeça e olha para mim, provavelmente vendo na minha cara que talvez eu tenha acabado de cometer um erro.

— Vem — diz ele, me chamando com um gesto. — Vamos lá fora rapidinho.

Não sei se somos de fato tão interessantes assim ou se nosso *timing* foi muito óbvio, mas, assim que escapulimos da sala, *todo mundo* fica olhando. Neelam lança um olhar para Emmett, que imediatamente finge estar ocupado com qualquer que seja a peça que tenha em mãos.

— Você está bem? — pergunta Teo quando chegamos ao lado de fora, e me lembro de que ele está acostumado a ser observado o tempo todo. Geralmente parece confortável diante de uma plateia.

— Ah. Estou.

— Mentirosa. — Ele me olha de relance e, então, desliza o polegar pelo lábio, pensativo. — Pode me chamar de doido, mas me parece que o seu "esquecimento" do próprio aniversário e depois ficar com essa cara ao falar do seu pai provavelmente têm algo em comum. Ele esqueceu ou o quê?

Não, meu pai não esqueceu. Ele nunca esquece, mas me sinto culpada por saber que esse é o primeiro palpite de Teo, porque parece que o pai dele certamente já se esqueceu do filho antes.

— Bom, não, eu só... — Engulo em seco. — Tenho dezoito anos agora — digo devagar.

— Eu também — diz ele. — Meu aniversário foi em novembro. Podemos ir votar juntos.

Sei que Teo está fazendo piadinha para manter o papo leve, mas, agora que ele está me ouvindo, sinto vontade de falar a respeito.

— Tenho dezoito anos, o que significa que não sou mais menor de idade — explico. — Então... eu posso escolher onde quero morar.

— Ah. — Teo arregala os olhos. — Não tinha pensado nisso. Você está dizendo que não quer...

— Não, não, eu com certeza quero morar com minha mãe. — Limpo a garganta. — É só que, hum, antes eu era obrigada a morar, sabe? E agora eu só... posso.

Ele assente lentamente.

— E você acha que seu pai espera...?

— Não, não. — Eu me encolho. — É besteira, sério. Eu só estava pensando que é muito pior saber que agora depende de mim.

— Sim. Sim, eu imagino. — Ele me lança aquele olhar do tipo "Teo Salva o Mundo". — O que podemos fazer em relação a isso?

— O quê? Nada. — Dou uma risada. — Nem todo problema tem uma solução instantânea, Teo.

Ele fica um pouco irritado.

— Eu sei, mas...

— Mas eu preciso mesmo da ajuda do meu pai. — Não entendo muito de poliuretanos e definitivamente não sei como moldá-los. — Tenho quase certeza de que um design de favo de mel é nossa melhor aposta, mas em termos de descobrir qual tipo usar...

— Posso ir com você? — pergunta Teo, ao que arregalo os olhos.

— Pra casa do meu pai?

— Isso. Quer dizer, estamos construindo juntos, né? E você prometeu — ele me lembra.

— Prometi te apresentar ao meu pai?

— Não. — Ele ri. — Você prometeu trabalhar em equipe.

Por mais que eu saiba que ele está falando de robótica, acho que, na verdade, Teo está tentando me lembrar de que está do meu lado.

— Tá bom — respondo, e então olho para ele. — Então é isso que a gente vai fazer no meu aniversário?

— Você consegue pensar em outra coisa que prefira? — pergunta Teo, arqueando a sobrancelha.

Não, não consigo mesmo. Verdade, parte de mim acha que seria legal se ele fizesse algo mais, sabe... óbvio. Porque acho que somos apenas amigos, mas... *será*? Fazer algo que só tenha a ver com nós dois, não com a equipe, confirmaria que eu não estou imaginando isso, ou que as coisas que eu sinto são, de alguma forma, recíprocas — e, lá no fundo, espero que sejam, por mais que a gente nunca tenha falado disso.

Mas só porque Teo é capaz de ignorar a maneira como todo mundo dentro daquela sala nos encara pela janela não significa que eu seja. Para ser mais específica, não consigo ignorar como seria péssimo se eles estivessem vendo algo *ruim*, como uma briga ou, pior, um término. Seria tipo eu e meus irmãos tentando escolher entre meus pais e, verdade seja dita: *ao contrário* dos meus irmãos, aquela sala inteira é cheia de gente acostumada a ficar do lado do Teo no dia a dia. E eu deveria saber melhor do que ninguém que esse tipo de coisa não dura, né?

Então, na verdade, uma noite tranquila construindo coisas com Teo me parece perfeito. Vai ser legal, descomplicado, confortável. Qualquer coisa além disso seria confuso.

— Bora construir uma armadura, então — digo a ele, depois me viro para levá-lo de volta para dentro.

Teo

— Então, no fim das contas, tenho um negócio pra você — comento ao entrar no carro da Bel, esticando o braço para lhe entregar o saquinho de papel que estava no meu porta-luvas. Na verdade, faz uma semana que encontrei o presente, mas não tinha decidido como dar para ela. Acho que o aniversário é uma boa ocasião.

— O que é isso? — pergunta ela, radiante.

— Não cria muita expectativa — aviso, e ela me olha feio.

— Ah, *claro*, Teo — diz Bel em tom de deboche —, vou só…

Ela para, de repente petrificada.

—Ah, Teo…

— Eu disse, não é nada. Se você não gostar…

— Eu amei. — Ela olha para mim, o que me leva a engolir em seco. — Obrigada.

É só mais um puxador de gaveta; nada de especial e, sinceramente, um pouco decepcionante em termos de presentes de aniversário, mas minha mãe esteve na avenida Melrose procurando um vestido vintage bem específico e eu encontrei o puxador numa loja de antiguidades.

— Imaginei que combinaria com seu outro puxador de pássaro — explico. — Mas pensei que pode ser pássaro demais — Não entendo nada sobre… o que quer que seja isso.

— Não, tem que ser sempre dois. — Ela sorri para mim. — Porque, naquele velho ditado, são dois pássaros voando e um na mão, né?

Não é a primeira vez que tenho a sensação de que, se eu chegasse mais perto de Bel, viraríamos ímãs. Seríamos atraídos para algum tipo de campo gravitacional onde as coisas se encaixariam magicamente. Mas como a gente está indo para a casa do pai dela — e já que não tenho muita certeza do que aconteceria se eu me deixasse ser sugado para qualquer que seja o buraco negro de possíveis desastres que isso possa vir a ser —, abro um sorriso e assinto, Bel repete o movimento, abre um sorriso e nós dois encaramos a rua quando ela começa a dirigir.

Odeio admitir que alguns dos lugares por onde passamos a caminho da casa do pai dela deixariam minha mãe meio inquieta, embora, a certa altura, as ruas secundárias se abram para fileiras de casas com mais cara de bairro chique. A casa em que Bel estaciona parece daquelas que as pessoas têm nos filmes; não é como a minha, obviamente, mas também nem se compara ao apartamento dela. Esse é claramente o lugar onde Bel cresceu e, a julgar pela forma como ela está determinada a não olhar, imagino que o balanço suspenso na árvore do jardim da frente deva ter sido um brinquedo de infância.

— Luke não está em casa — diz ela, olhando para a entrada vazia da garagem e batendo na porta. — Talvez ele não esteja aqui também.

Bel parece querer dar meia-volta e sair correndo, então estendo a mão e toco o braço dela, tentando tranquilizá-la. Ela dá um pulo, sobressaltada, e eu afasto a mão depressa.

— Desculpa, só achei...

Mas a porta se abre, revelando um homem de camisa de flanela e calça jeans. Ele lembra Bel e os irmãos da mesma maneira distante que eu lembro minha mãe — é meio diferente, já que o cabelo e os olhos da Bel são escuros e os do pai dela não, mas os dois têm o semblante igualzinho.

— Bel — diz ele, surpreso. — Oi, filha.

— Oi, pai. — Bel se anima um pouco, mas não demora a se virar para mim, culpada. — Esse é o Teo — diz ela enquanto o pai me dá aquela examinada típica dos pais. — A gente estava pensando se você poderia nos ajudar com um projeto da escola.

— Ah, é? Tá bom. Vamos lá pra trás, então — diz o pai da Bel, e eu sei que é impossível entender tudo pelo que ela está passando, mas acho que agora entendo um pouquinho melhor. Porque, sabendo que esse é um cara que destruiu o próprio casamento, era de se imaginar que ele tivesse cara de vilão, mas não é o caso. Ele parece um cara legal e, se eu não soubesse de nada, presumiria que nunca fez nada de errado na vida.

Fica imediatamente claro como foi que Bel aprendeu a fazer todas as coisas esquisitas que ela sabe fazer, pois o galpão do pai dela é cheio de materiais que eu morria de vontade de ter quando criança. Claro, eu tinha um monte de consoles de videogame caros e brincava com carros robóticos, mas o pai da Bel parece ter todo o tipo de ferramenta que existe. Tem uma forja caseira e ferramentas de solda, uma área inteira que parece ser dedicada à marcenaria, um cofre cheio de suprimentos automotivos...

— Sou um amador — comenta ele, percebendo minha olhada ao redor do galpão. — Não posso dizer que me seja particularmente útil, mas as crianças sempre tiveram material para as feiras de ciências.

— Você já participou de uma feira de ciências? — pergunto a Bel, surpreso, e ela dá uma risadinha constrangida.

— Construí uma, hum... Atmosfera? Acho que dá pra chamar assim? Sobre o efeito da cor no desempenho cognitivo — diz ela. — Foi uma trabalheira.

— Mas ela ganhou um prêmio — diz o pai, cheio de orgulho.

— Já faz séculos. Foi no ensino fundamental. Nada de mais. Mas e o poliuretano, hein? — ela o lembra.

Essa parece ser a única coisa da qual o pai da Bel não tem um estoque completo, embora tenha um pouco. Ele nos mostra como colar um painel de plástico no outro e sugere que a gente experimente em pedaços menores.

Tenho a ideia de projetar uma versão reduzida do nosso robô para que possamos ter uma noção de quanto material vamos precisar. Eu me sento para anotar as medidas e depois volto para entregá-las a Bel, que dá uma olhada e assente.

— Isso é pra que mesmo? — pergunta o pai da Bel, como se estivesse esperando uma resposta específica.

— Pra aula — diz ela sem levantar a cabeça, pegando uma caneta para medir no plástico as dimensões que eu selecionei. Não a corrijo, embora o pai me olhe em busca de confirmação.

Desculpa, penso em silêncio, *estou do lado dela.*

Algum tempo mais tarde, replicamos um pedaço (bem pequeno, na verdade) de como a armadura de plástico deveria ficar em tamanho real. Mas, por mais que Bel claramente esteja empolgada, ela volta ao mesmo estado de espírito do momento em que chegamos quando o celular vibra.

— Bom, tá, a gente vai ter que convencer o Mac a incluir isso no orçamento — comenta ela em voz baixa —, mas acho que não vamos ter problema.

Faço que sim.

— Vou pedir a ele.

— Ótimo. — Bel me olha de um jeito estranho; ela não gosta muito do Mac. Eu entendo o motivo, mas é difícil não cruzar os dedos secretamente e torcer para que essa história não passe de um choque de personalidades. Sei que parece ingênuo, talvez até pouco solidário, mas não é. Com certeza estou do lado da Bel, só não sei como demonstrar que estou do lado dela. Quer dizer, é o *Mac*: foi ele que me ensinou tudo o que eu sei sobre programação, sobre robótica. Será que eu deveria simplesmente cortá-lo da minha vida?

— Bom, então tá, pai — diz Bel, virando-se para ele. — Obrigada pela ajuda, mas acho melhor eu levar o Teo pra casa.

Ah, então eu sou o bode expiatório.

— Obrigado pela ajuda, sr. Maier.

Ele parece levemente decepcionado.

— Tem certeza de que não quer ficar pro jantar, Babybel? — (Guardarei essa informação para implicar com ela mais tarde.) — Eu poderia pedir pro Luke trazer um bolo também...

— Não, pai, tá tranquilo. Acho melhor voltar. — Ela hesita e, em seguida, lhe dá um abraço. — Mas obrigada.

— Tá bom. — Ele beija a testa dela e parece triste por deixá-la ir embora. — Prazer, Teo.

— Prazer.

Nós nos arrastamos pelo jardim lateral e entramos no carro da Bel, onde, de primeira, ela não diz nada. Eu me sento com a réplica da armadura no colo, mas ela não liga o motor. Nem faz nada. Nem diz nada.

— Desculpa — diz Bel. — Só estou tentando me recompor, sabe?

— Fica à vontade. Não estou com pressa de voltar pra casa — respondo, girando a réplica de plástico nas mãos. — Isso vai ser muito maneiro — comento murmurando, porque, por mais que eu saiba que estamos falando da Bel e do pai dela, ainda curto muito robôs. Qualquer arma do tipo *spinner* que corte plástico vai acabar se danificando *e* dificultando a execução de golpes poderosos, o que nos dá uma boa chance de vencer por design.

Ela vira a cabeça para me olhar com um meio sorriso.

— Você é tão nerd.

— Ah, eu sei. Minha mãe vive me dizendo isso, mas parece que os nerds estão em alta agora.

— É, estão.

Arqueio a sobrancelha e ela faz uma careta.

— Ah, fala sério, eu já vi em filmes.

— Ah, é? Você leu isso na *Teen Vogue* ou algo assim?

— Argh. — Ela grunhe e me empurra. — Todos os nerds menos você, óbvio.

— Ei — digo, fingindo estar magoado, por mais que não consiga me impedir de sorrir. — Você tem noção de que eu estou bem aqui, né?

— Meu Deus, sua energia nerd está me sufocando.

— Aham, é tipo desodorante da Axe, só que mais sedutor.

— Meu Deus do céu, que *nojo*...

— É uma surpresa você ser capaz de resistir, sinceramente.

— Eu já coloquei o cinto — diz ela, puxando explicitamente a alça do cinto de segurança. — Se não fosse isso, quem sabe.

— Eu não coloquei ainda — digo a ela.

Mas aí nós dois congelamos, porque se essa situação evoluir...

Não tenho certeza do que vou fazer se evoluir.

Também não sei se vou querer parar caso eu comece.

E, para dizer a verdade, nem sei o que *significaria* começar.

— Por sorte, não sou um caso perdido que nem você — comenta ela, salvando nós dois.

Ou não. Talvez eu não queira ser salvo.

— Ei, Bel — digo e, de repente, noto que minha boca está seca. Acho que a dela também.

— Ei, Teo — sussurra ela.

O poste de luz lá fora ilumina de leve o cabelo da Bel, sinto que ela está com cheiro de serragem e protetor labial e, por um segundo, não me importo com o que vai acontecer. Eu começo a entender por que fiquei tão bravo quando Dash a convidou para o baile de boas-vindas, por que fiquei tão chateado quando ela não pediu minha ajuda com o robô para o campeonato regional e por que eu saio correndo do treino todo dia só para ficar ao lado dela e cutucar fios. Entendo por que a chamei para me acompanhar num jogo de futebol infantil e por que comprei aquele puxador de gaveta ridículo em formato de pássaro para ela. Entendo por que me preocupo tanto em saber que ela está sofrendo.

Porque eu penso nela o tempo todo. Porque ela me surpreende, porque me faz rir e porque isso, o que quer que eu tenha com ela, é a única coisa na vida que eu faço com facilidade.

Porque, onde quer que eu esteja, quero Bel por perto.

Eu me inclino para a frente e ela prende a respiração enquanto espera. Assim tão de perto, dá para sentir o cheiro de rosas no cabelo dela e percebo como seus lábios se abrem enquanto me olha. Eu paro, esperando para ver se Bel vai se afastar ou virar a cabeça, mas ela não faz nada disso. O que ela faz é erguer o queixo na minha direção... bem de levinho.

— Feliz aniversário, Bel — digo em voz baixa, e ela está tão perto de mim que quase posso sentir o gosto da resposta.

— Obrigada, T...

— IBB — diz uma voz lá fora; a porta do motorista se abre de supetão enquanto eu e Bel pulamos de susto. — Ah, oi, Teo — Luke fala e, no mesmo instante, volto para meu lugar no carro, colocando o cinto de segurança e tentando ignorar o rubor nas bochechas. — Que nojo — comenta ele, observando nós dois. — Na porta da minha casa, sério mesmo? Onde eu durmo? Onde eu *como*?

— A gente não estava fazendo nada — resmunga Bel, expulsando o irmão do carro com um empurrão no rosto. — Estou indo pra casa.

— Como assim, já? — Luke nos dá um sorrisinho malicioso. — Saquei, saquei. Você — diz ele, apontando o dedo para mim. — Sossega.

— Pelo amor de *Deus*, Luke — grunhe Bel. — A gente estava trabalhando no nosso robô. Literalmente não existe nada menos sexy que isso.

— Verdade — diz Luke, embora esteja movendo dois dedos dos olhos dele para os meus e vice-versa. — Tô de olho em você — avisa, e Bel estende o braço para fechar a porta. — AINDA ESTOU DE OLHO — grita Luke para mim por trás do vidro enquanto Bel liga o carro e sinaliza violentamente que pode e vai atropelar o próprio irmão caso ele não saia da frente.

É justo afirmar que o clima, a essa altura, já foi por água abaixo. Quando Bel entra no estacionamento da escola para que eu pegue meu carro, não faz mais sentido continuar.

— Valeu pelo presente de aniversário — comenta ela, segurando a réplica que deixei no console.

— Valeu pela T. Swift — respondo enquanto me viro para sair do carro.

De forma geral, foi um fim anticlimático. No instante em que a observo ir embora, tenho certeza de uma coisa.

Com ou sem Luke, eu deveria ter beijado a Bel quando tive a chance.

Doze
Bombas

Bel

Eu deveria ter beijado o Teo quando tive a chance.

Por que será que fiquei esperando que ele fizesse alguma coisa, afinal? Era óbvio que ele queria, mas eu só fiquei *sentada* ali que nem um iceberg, congelada e sem saber o que fazer com as mãos, me perguntando se ele estava prestando atenção na espinha que eu sentia se formando no meu nariz. E Teo não tentou de novo depois, então… e se desde o início isso fosse algo que só aconteceria uma vez e eu fui burra o bastante para não me entregar?

Eu tinha mesmo que ouvir mais Lizzo.

Nos primeiros dias depois do meu aniversário, me senti bem sem graça na presença dele, o que acho que é resultado das minhas tentativas constantes de calcular se esse momento ou aquele ou aquele outro poderia ser uma boa hora para recriar o que tivemos no carro, e então, como fico pensando demais, o momento passa, ou Dash nos manda algum vídeo de cachorro incrível e a gente acaba se distraindo, ou olho para Teo com toda a parafernália do futebol e me lembro de que seria completamente absurdo ele me namorar. Ele deveria estar com alguém como Jamie, que um dia vai virar presidente, ou alguém como Elisa Fraticelli, que já tem milhares de seguidores no Instagram e supostamente começou uma *colab* para lançar a própria paleta de sombras na semana passada. Da mesma forma, eu não deveria perder tempo com garotos do ensino médio quando claramente nasci para ser a musa de algum artista, vocação para a qual provavelmente já terei me desenvolvido por volta dos meus vinte e tantos anos.

Quer dizer, tá bom, beleza, é óbvio que eu e Teo curtimos esse hobby esquisito de construir robôs, mas fala *sério*, né? Estamos no último ano, passamos boa parte do tempo falando de matemática e, se eu não passar para o MIT, nunca mais vou vê-lo. Por mais que a gente acabe se envolvendo, as coisas só poderiam terminar mal, como acontece com todos os relacionamentos de ensino médio. Como aconteceu com meus pais.

Mesmo assim, bem que eu gostaria de ter beijado ele. Nem que fosse só uma única vez.

Após algumas semanas, o assunto já é praticamente página virada (mentira, óbvio: penso nisso o tempo todo, em geral no banho ou quando estou tentando dormir, mas me deixa ganhar essa) e, lá pelo comecinho de março, todos nós já nos tornamos praticamente zumbis. Faltam menos de dois meses para o campeonato nacional e para as provas avançadas. Estou me sentindo tão exausta que vim para a escola de *calça de moletom*, o que nunca faço.

— E aí, pessoal — diz Lora, e todos nós grunhimos em resposta. — Não, não, espera — implora ao observar que ninguém tem energia para o que quer que ela esteja prestes a nos recrutar. — É divertido, prometo...

— Mais divertido do que dormir? — pergunta Teo, que claramente não está fazendo isso. Infelizmente para mim, a falta de sono cai bem nele. O cabelo está macio e bagunçado e os olhos estão meio atormentados e com um pouco de olheira.

(Meu Deus, eu preciso de ajuda.)

— Tá — diz Lora, preparando-se para começar o discurso motivacional —, então, como vocês sabem, estou envolvida no planejamento do festival Holi esse ano de novo...

— Holy? Tipo, sagrado? — pergunto, me inclinando para perguntar a Dash, que faz que sim.

— Holi. É um festival indiano — explica ela. — Superdivertido. As pessoas jogam pós coloridos que se espalham por toda parte e a comida é vegana e muito boa...

— Em Los Angeles, é essencialmente uma questão de apropriação cultural — murmura Neelam, que me dá um susto com o comentário inesperado e deixa Lora desconfortável com qualquer que seja a crítica da vez. — Você vai reparar que o evento é organizado por gente branca que acha que yoga é sinônimo de espiritualidade.

— Neelam, são sete da noite de uma terça-feira — resmunga Kai. — Não começa.

— É, bom, na verdade, Neelam levantou uma questão muito válida — afirma Lora, que é branca e faz yoga (só que de um jeito bem respeitoso culturalmente!) —, mas também envolve chamar a atenção para as mudanças climáticas e a sustentabilidade, algo que afeta a todos nós...

— E é divertido — acrescenta Ravi. — Minhas tias me arrastam todo ano, então vocês têm que ir também.

— Tem dança — acrescenta Lora — e aulas de yoga...

— E falafel frito com alho — diz Dash.

— ... aham, é...

— Beleza, Lora, estamos dentro. — Teo lança um olhar para Neelam que explicitamente sugere "Que tal não estragarmos isso para a Lora?", e então se vira para mim. — Você vai, né?

Tento não ficar pensando no fato de ele ter me convidado na frente de todo mundo.

— Vou, é claro.

— Ótimo. Separa ingressos pra equipe inteira — Teo diz a Lora. — Por minha conta. A gente deveria descansar um pouco, de qualquer maneira. Está todo mundo enlouquecendo.

— Sério? Meu Deus, muito, muito, *muito* obrigada, Teo — declara Lora, absolutamente encantada. — Vai ser tão divertido!

— Você podia pelo menos aprender sobre o que é o evento — diz Neelam, que ainda está mal-humorada atrás de mim. — Não é só uma festa de fraternidade com tinta em pó.

— Tá, então é o quê? — pergunto, me virando para encará-la.

Neelam me lança um olhar azedo.

— É um festival hindu antigo que comemora o fim do inverno e o início da primavera.

— Ah, então é tipo o pau de fita? — pergunto.

Ela bufa.

— A hiperfixação pela história europeia nessa escola é atroz. Não, não tem nada a ver. O pau de fita envolve fertilidade...

— Verdade, é bastante fálico mesmo — admito, o que só irrita Neelam ainda mais.

— ... e o *Holi* envolve o bem triunfando sobre o mal. Tem tudo a ver com o desabrochar do amor, da amizade e tudo mais — ela funga, como se não passassem de conceitos imaginários para pessoas inferiores.

— O que faz de você a porta-voz perfeita para o festival — declara Teo, exausto, e eu prendo a risada.

Neelam olha feio para nós dois.

— Terminaram?

— Sim. — Teo e eu suspiramos em uníssono.

— Que bom. Como eu estava *dizendo* — prossegue ela —, é um dos raros momentos na nossa cultura em que todo mundo é alvo de celebração. Não existe distinção de classe, religião ou gênero. Todos são convidados.

— Por isso é perfeito pra gente — conclui Lora, toda feliz, e Neelam dá de ombros, aparentemente satisfeita com os cinco segundos que estava disposta a ceder ao festival. — Só tentem vestir coisas que vocês não liguem de manchar e usem sapatos confortáveis!

Teo me olha nos olhos e faz uma leve careta. Eu retribuo da mesma maneira.

— Muito bem, de volta ao trabalho — diz Neelam categoricamente, olhando feio para a minha solda enquanto eu reviro os olhos para Teo e coloco o capacete de novo.

Não sei direito o que eu estava esperando, mas o festival Holi é enorme e apinhado de gente. O parque está transbordando de cheiro de food truck, música e barulhos e tem dançarinos por toda parte, inclusive dois que estão usando bambolês de formas fascinantes.

— Tá, eu tenho azul-turquesa, rosa e roxo — diz Jamie, enfiando os sachês de pó colorido nas minhas mãos. — Nada de laranja, por favor. Não é a minha cor favorita.

— E se a gente transformasse isso numa guerra das cores? — sugere Dash, surgindo de repente ao meu lado. — Cada um fica com uma cor e quem tiver atingido mais com a cor ganha.

— Ah, fechado — diz Kai, pegando um saco de pó vermelho. — Presta atenção, Luna.

— Talvez seja melhor a gente competir em times — sugere Teo. — Já que não temos cores o suficiente.

— Beleza... a Bel e a Lora estão comigo — grita Jamie.

— Neelam — digo, localizando-a atrás de mim. — Quer entrar pro nosso time?

Ela olha feio para mim.

— Vocês sabem que estão estragando o propósito do festival, né? — comenta ela, mas (e talvez seja coisa da minha cabeça) me parece meio indiferente.

— Mas você disse que o Holi tem a ver com amizade, não foi? — lembro a ela, forçando bom humor. — Então não estamos *estragando* o propósito do festival, mas interpretando, né?

Neelam aperta os lábios, o que tenho quase certeza de que significa "touché" na língua dela.

— É idiota mesmo assim — retruca ela, e então se afasta, seguindo em direção aos outros amigos.

— Então tá — digo com um suspiro, me virando para Jamie enquanto ela substitui meus sachês de rosa e roxo por mais azul-turquesa. — Eu tentei.

— Por que você *insiste* em tentar? — Jamie me pergunta, curiosa. — Você é basicamente fã de punição.

— Se serve de consolo, não acho que a Neelam realmente desgoste de você — acrescenta Lora. — Ela só é bem intensa.

Esse comentário é a cara da Lora, que enxerga o melhor em cada pessoa e situação, quer elas mereçam ou não. Infelizmente, tenho quase certeza de que, qualquer que seja o problema da Neelam comigo, é *bastante* pessoal. Neelam é perfeitamente capaz de ser amigável com Lora e Jamie e, além do mais, está ali rindo com a Mari-da-turma-de-educação-cívica no momento (imagino que tenham feito as pazes depois de toda aquela treta no baile de boas-vindas, que bom pra elas), então o que foi que *eu* fiz de tão imperdoável assim? Além de meter os pés pelas mãos literalmente toda vez que falo com ela, o que é... tá bem. Beleza.

Só que, em minha defesa, não é como se ela facilitasse para que eu possa dizer a coisa certa.

— Hum, claro — digo a Lora, aceitando os saquinhos e olhando para Teo, que abre um sorriso para mim e me mostra os sachês cor-de-rosa vivos que tem em mãos. — Foi o Dash que escolheu pra você, foi? — grito para ele.

— Tô nem aí, Bel Canto. Eu sou um aliado — ele grita em resposta.

Balanço a cabeça numa tentativa de demonstrar reprovação, mas é claro que Jamie não se deixa enganar e estala a língua como se fosse minha mãe.

— Menina, você tem um crush *gigantesco* nele — ela me provoca. — Fico surpresa que não tenha esculpido as iniciais dos dois nas árvores.

— Para com isso — digo a ela, sentindo as bochechas pegando fogo. — Não tem nada a ver, nós somos só...

— Nós somos *só amigos* — Lora e Jamie me zoam com vozes melódicas idênticas.

— Ah, fala sério, vai — resmungo, morrendo de vergonha e tentando desesperadamente disfarçar. — Vocês duas já falaram: *todo mundo* tem algum nível de queda por Teo Luna. Tem alguma coisa na água, nos produtos de cabelo dele ou algo do tipo.

— Não sei se ele usa algum produto — comenta Lora, o que não ajuda em nada.

— E, além disso — diz Jamie, agitando a sobrancelha para mim de modo sugestivo —, a gente pode até achar que ele percebe que todo mundo tem um interesse nele, mas a diferença é que *ele* gosta de *você*.

— Não, não tem nada...

Levanto a cabeça para discutir, mas, neste exato momento, Teo está me olhando de onde bate papo com Dash e Kai. Ele está usando um calção branco de futebol e uma camiseta branca e fina, o que, de alguma maneira, faz até a marca de sol da meia na perna parecer absolutamente gloriosa.

— Você está bonitinha — acrescenta Jamie, puxando meu cabelo, que deixei solto. Olho feio para ela e ela joga um punhado de pó turquesa diretamente nos meus peitos. — Arrasei — fala Jamie ao mesmo tempo que Emmett passa correndo para lançar um punhado de pó verde nas costas dela. — Pelo amor de *Deus*, Emmett, por acaso a gente já *começou*...

— Eles estão prestes a fazer o primeiro lançamento de cores — diz Lora, segurando nós duas pelo braço e nos puxando para a multidão. — Estão prontas?

Ela nos puxa para o centro do gramado do parque enquanto enchemos as mãos de pó azul-turquesa. No palco, uma trupe de dançarinos grita para que a gente se agache e, embora eu não tenha a menor ideia do que estamos fazendo, nem se é seguro jogar pó néon uns nos outros, meu coração bate forte de emoção.

— Preparados? Contem comigo! DEZ...

— Dez! — Lora e Jamie rugem.

— ... NOVE...

— Nove!

Olho por cima do ombro para Teo, que já está com um punhado de pó rosa a postos.

— Você está no meu radar, Bel Canto — ele avisa. — Se liga.

Reviro os olhos.

— Você não perde por esperar, Luna...

— Ah, estou esperando...

— ... DOIS...

— Dois!

— ... UM...

— Um!

E então, com uma rajada de beleza que nunca vi igual, o céu irrompe numa explosão de pó, todas as cores sobem em direção ao sol e caem num abraço de risos, amor e luz.

De tarde, já estamos exaustos e empanturrados de falafel frito e curry vegano. Dash, que está coberto de pó azul-turquesa dos pés à cabeça, me arrasta empolgado de barraca em barraca até fazer uma pausa para deitar no gramado, como um filhote de cachorro esgotado. Lora, Jamie e eu compramos pulseiras de contas iguais para comemorar a ocasião: azul-turquesa, claro.

— Achei você — diz Teo no meu ouvido enquanto pega meu braço e me puxa para trás quando estou prestes a acompanhar Lora e Ravi numa das aulas de yoga no gramado. Teo toca minhas bochechas para pintá-las de rosa e ri quando o empurro e retribuo o favor com uma mancha de azul-turquesa na testa. — Peraí, peraí, ainda falta mais um pouquinho... aqui...

Ele despeja um punhado de pó na minha cabeça e eu jogo um pouco no peito dele e esfrego como se fosse uma aluna do jardim de infância no dia de pintura a dedo.

— Olha só, *bem* melhor...

Ele inclina a cabeça para trás com uma baita gargalhada.

— Tá bom, tá bom, você venceu. Esse pó turquesa é potente.

— Desistindo assim tão fácil? — pergunto, gesticulando por cima do ombro. — Está prestes a acontecer mais um lançamento de cor.

— Estou quase sem — diz ele, me mostrando seu estoque decrescente de munição. O meu também está acabando depois de ter usado o resto do meu sachê decorando o rosto dele.

— Tá, então vamos mais uma rodada. Tudo liberado — sugiro. — E quem sair com menos da outra cor vence.

— Combinado. — Ele engancha o pé na parte de trás do meu joelho no que parece ser uma jogada bem futebolística e eu corro atrás dele.

— Luna, isso só *pode* ser falta de cartão vermelho...

— Ah, espera, era pra gente estar dançando — diz ele, franzindo a testa de concentração e me pegando pela mão. — Vem. Por aqui.

— O quê? — Estou rindo, mas principalmente de exaustão. — Espera, Teo...

Teo me puxa para a esquerda, seguindo habilmente as instruções do dançarino no palco. Quase esbarro nele quando ele muda de direção.

— Aqui, assim — diz Teo, segurando meus quadris e me guiando. — Um chute, dois chutes... Caramba, Bel, você é péssima nisso...

— Como *você* sabe dançar assim? — grito. A multidão está se juntando à nossa volta para se preparar para o próximo lançamento de cores, então, naturalmente, já esbarrei em pelo menos três pessoas nos últimos cinco segundos. Teo, por outro lado, curte tanto isso que chega até a imitar as expressões faciais corretas.

— Sei lá. Coordenação, acho — responde ele, fazendo um passo de dança extremamente complicado assim que o dançarino pega o microfone.

— Estamos prontos? Vocês se lembram da contagem regressiva, né?

— Eita, cuidado aí — diz Teo enquanto me tira do caminho de outra pessoa dançando bem desengonçada, mas entusiasmada, e acabo esbarrando no peito dele. — Você está bem?

Olho para ele e paro de respirar por um segundo. Mesmo coberto do que essencialmente posso chamar de uma mistura de tinta e suor, Teo está lindo. O cabelo dele está roxo nas pontas e eu sinto vontade de passar os dedos ali. Quero que ele me abrace aqui mesmo pelos próximos quarenta e cinco minutos.

Não, uma hora. Duas.

— O quê? — pergunto, brevemente perdida no meu próprio mundinho imaginário.

— Você está bem? — Ele quer conferir se estou ferida com toda a preocupação do mundo, como se eu de fato pudesse ter me machucado com algo tão inofensivo quanto um cara agitando a mão.

— Sim, Teo, eu estou bem…

A multidão se agacha ao nosso redor e nós dois arregalamos os olhos ao nos lembrarmos do que deveríamos estar fazendo. Ele me puxa para mais perto e fica de cócoras, despejando o que resta do pó cor-de-rosa na mão enquanto eu me apresso para pegar o que sobrou do meu turquesa.

— Preparada?

— Estou, e você?

— Talvez a gente devesse colorir nosso robô assim. — Ele abre um sorriso para mim. — Só jogar umas bombas de cor no poliuretano e ver no que dá.

— E qual seria o nome dele?

— Não sei. Babybel.

Dou um tapa no ombro dele.

— *Não...*

— Tá bom, tá bom. A dicotomia do bem e do mal.

— Pelo amor de *Deus*, você é o pior.

— Eu sei. — Ele afasta o cabelo dos meus olhos, o que eu sei que é uma tática para cobrir minha testa de pó rosa, mas ainda assim. Estamos mais próximos agora do que estivemos no meu carro no dia do meu aniversário.

Em alguma outra parte, a contagem regressiva continua.

— ... QUATRO...

— Ei, Bel? — chama ele.

— Sim, Teo?

— ... TRÊS...

— Não importa o nome que a gente dê pro robô — diz ele. — A gente vai vencer.

— ... DOIS...

— Ah, é? Você parece ter tanta certeza.

— Ah, eu tenho muita certeza.

— ... UM...

— E por quê?

— Tem coisas que a gente só sabe — responde ele, e então, em um momento de euforia apropriada, nós dois jogamos nossas cores para o alto e a observamos rodopiar, se misturar e cair numa chuva de brilho néon.

Em seguida, Teo se vira para mim, mas eu já estou virada para ele.

— Se você tem certeza, então eu tenho certeza — digo.

— Isso é alguma fala de *Diário de uma paixão*? — ele me pergunta.

— Pelo amor de Deus, *cala a bo...*

Então ele me puxa e me beija.

Só para constar, eu sei que o tempo não para nem nada disso. Sei que o mundo não gira ao meu redor, mas, por um segundo, me sinto num momento cinematográfico, como se nós fôssemos as estrelas do nosso próprio filme e as pessoas dançando em volta da gente estivessem nos celebrando da mesma forma que nós estamos. O sol está alto, a felicidade é clara e tudo é rico, saturado e brilhante, multicolorido e revigorante. Nós é o universo, conectados nesse beijo de modo sinfônico. É como tudo que já aprendemos sobre força na física, sobre materiais que se conectam, sobre ligações fortes e magnéticas, sobre gravidade e mistério. Sempre acreditei que existe uma possibilidade de tudo que há no mundo colidir em um único momento perfeito e que, às vezes, se você tiver sorte, pode ter um desses momentos para chamar de seu.

Esse é o nosso.

Deslizo os braços ao redor do pescoço de Teo e ele aperta os dele na minha cintura. Acho que eu sempre soube que seria assim com a gente.

— Desculpa ter demorado tanto — murmura Teo.

Tenho quase certeza de que Jamie e Lora estão assistindo boquiabertas de algum lugar, o que significa que Neelam provavelmente já deve ter visto também, além de Dash, Kai e Emmett e...

Não ligo.

Puxo Teo para mais um beijo.

— Desculpa por *eu* ter demorado tanto.

— Então isso tecnicamente significa que eu ganhei?

Solto um grunhido.

— Teo, você é o...

— O pior, eu sei. — Ele levanta meu queixo e me beija uma vez, e depois mais duas, três vezes. — Você acha que todo mundo viu?

— Com certeza.

— Quer dar pra trás?

— Como assim, tipo te empurrar? Não sei se isso daria certo.

— A gente pode tentar — diz ele. — Você pode me dar um soco.

— Tentador — respondo —, mas não.

— Se você não fizer isso, as coisas podem ficar constrangedoras.

— Com certeza vão ficar. Por quê, você vai dar pra trás?

— Definitivamente não. Só estou tomando todas as precauções necessárias.

— Todo mundo vai ficar esquisito.

— Vai.

— E, na verdade, a gente só tem alguns meses.

— Não se você passar pro MIT — ele me lembra —, e você vai passar.

Sinto um leve arrepio de presságio. É possível que seja tão fácil? Que a vida só... *aponte* a direção que a gente deve seguir? Porque essa com certeza é a sensação que tenho nesse momento.

— Então você está dentro? — Teo me pergunta.

Olho para ele e tento me lembrar de uma época em que eu não o considerava, em segredo, a melhor pessoa que já conheci.

Não consigo.

— Estou dentro — prometo a ele, me sentindo absolutamente radiante, tipo néon.

Teo

Obviamente, as coisas estão diferentes agora que todo mundo sabe que eu e Bel estamos nos encontrando. Neelam, é claro, nos faz o favor de continuar sendo babaca.

— Até que enfim — murmura ela. — Não é como se a gente já não soubesse. Vocês dois são tão sutis quanto um tijolo sendo jogado pela janela. E, nesse caso, a janela são meus olhos — acrescenta, gratuitamente.

— Ah, nossa, *obrigada*, Neelam — diz Bel, trocando um olhar comigo.

Gosto de saber que agora a gente pode fazer isso.

Eu e Bel ainda passamos boa parte do nosso tempo juntos trabalhando no nosso robô multicolorido — que, atualmente, temos chamado de Battlestar Chromatica, em conformidade com a tradição histórica de nomear robôs com trocadilhos bregas —, mas algumas outras coisas mudaram. Não temos tempo livre de sobra, já que o campeonato nacional e as provas das matérias avançadas se aproximam a passos largos, mas, em vez de estudar com meu grupo de sempre do laboratório de física, tenho "estudado" muito com Bel.

— Tá, movimento harmônico — diz ela. Nossos livros estão em cima da mesa de centro da sala de estar da Bel e nossos joelhos se tocam no sofá: os dela empurram competitivamente os meus enquanto fazemos de tudo para terminar (leia-se: começar) nosso trabalho de laboratório preliminar. — Você está mandando superbem na aula, né? Me ensina tudo.

— Bel, tenho quase certeza de que você também tirou dez.

— Bom, é claro, mas mesmo assim. Preparar, já. — Ela me olha de um jeito que me faz pensar que mereço um troféu se conseguir passar os próximos cinco minutos sem me distrair.

— Movimento harmônico — repito, abrindo o livro numa página aleatória. — É muito... harmonioso.

— Excelente, acho que isso é tudo, então — brinca ela, empurrando o livro para o lado e se inclinando na minha direção. Estou disposto a esquecer completamente o laboratório com o maior prazer, então puxo Bel com o braço até ela cair em cima de mim no sofá.

— E aí, gostosão — diz ela, sedutora.

— Sua esquisitona.

— Você gosta.

— Gosto mesmo. — Ela se derrete toda quando eu a beijo, e minha mão vai deslizando de fininho para dentro da camisa dela. — Mas é melhor a gente estudar.

— Uhum. — Ela me beija com ainda mais vontade, dominando meu olfato com o cheiro de rosas do cabelo e minha boca com o gosto do protetor labial de morango. — Alguma coisa a ver com... movimento?

— Movimento harmônico.

— Movimento harmônico. — Bel puxa minha camisa e eu me sento, permitindo que ela a tire. — Uau — diz, expirando pela boca.

A MECÂNICA DO AMOR 263

— Para de me *cobiçar* — lembro a ela. — Eu sou uma pessoa. Meus olhos estão aqui em cima.

— Cale a boca. — Ela me beija de novo, o que resolve o problema.

Algum tempo depois, o alarme do celular da Bel toca e nós nos retesamos, apreensivos.

— Isso significa que sua mãe vai chegar daqui a pouco? — pergunto a ela.

—Aham. Daqui a poucos minutos ela está aqui.

Bel se senta com um suspiro, alcançando minha camisa no chão e a devolvendo para mim.

— Não precisa ficar tão devastada assim — comento com uma risada, vestindo a camisa e estendendo a mão para ela novamente. — O que você vai fazer amanhã?

—Amanhã? Achei que você tivesse futebol.

— E tenho, mas são só uns negócios de pós-temporada que estou fazendo para ajudar o time do colégio do ano que vem. Posso sair mais cedo. — Por ela? Com certeza.

— Humm, acho que estou liv… Ah, não — ela se lembra abruptamente. — É dia de folga da minha mãe, acho. Então a gente pode até fazer alguma coisa, mas não podemos vir pra cá.

— Ah. — Coloco o cabelo dela atrás da orelha. — Então… quinze minutos no meu carro?

— Você é nojento. — Ela me beija. — Vinte minutos.

— Fechado. — Faço uma pausa. — Ou você poderia simplesmente ir pra minha casa.

Ela me lança um olhar curioso.

— Sério? Eu tinha a sensação de que você não queria que eu fosse lá.

— O quê? Claro que não. — Isso nunca passou pela minha cabeça. — Eu só não costumo ficar muito em casa.

— Ah. Bom, quer dizer, claro — diz ela, incerta. — É, eu posso ir pra lá, sim. Seus pais vão estar em casa?

— Provavelmente não.

— Ah. — Ela parece meio ofegante. — Interessante.

Até agora, nós ainda não ficamos sozinhos por mais do que uns poucos minutos livres de cada vez, tipo a meia horinha que acabamos de ter na sala da casa dela. De tempos em tempos, a gente até faz coisas de "casal" — fomos ao cinema com Dash, Lora e Jamie semana passada —, mas acho que ainda estamos naquela fase de querer um tempo sozinhos, só nós dois. Sempre que eu a beijo na frente dos outros, todo mundo faz um escândalo.

Passo os dedos pelo colar que ela está usando.

— A gente não precisa fazer isso. Nada que você não esteja preparada pra fazer.

— Eu sei. — Ela se abaixa para beijar meus dedos, roçando os lábios neles. — Mas nós… poderíamos. Quem sabe.

Acho que visivelmente engulo em seco, quase como em um desenho animado.

— Não fala disso quando sua mãe está prestes a chegar a qualquer momento.

— Por quê?

— Porque vai ser difícil não pensar no assunto — resmungo —, e não preciso escancarar minhas intenções.

— Vá embora, besta imunda — diz ela de modo teatral —, ou minha mãe me julgará uma mulher pública…

— Uma mulher pública?

— A mais pública das mulheres — responde ela solenemente.

— Sério — digo com um grunhido —, você é *tão*…

— Esquisita — Bel completa para mim, aprumando-se um pouco. — Mas você gosta.

— Sim — respondo, e roubo mais um beijo antes de ouvirmos a porta da frente se abrir. — Gosto muito, muito mesmo.

Digo ao técnico de futebol que não quero sobrecarregar o joelho esquerdo e ele fala para eu me recuperar pelo tempo que precisar, gelo e perna pra cima, bláblá, acabei de sair de uma temporada importante, se cuida, Luna, e por aí vai. Eu me sinto mal por mentir, mas já carreguei esse time nas costas pelo semestre inteiro. Mereço uma folguinha, né?

Só uma.

Quando chego ao estacionamento depois da aula, Bel já está encostada no capô do meu carro. Está usando um vestido azul-marinho de bolinhas que gruda no quadril quando venta e, antes mesmo que ela me cumprimente com um beijo, já sei que a mentira valeu a pena.

— O que você disse para sua mãe? — pergunto, envolvendo a cintura dela com o braço.

— Que vou estudar com Jamie. Ela não vai fazer nenhuma pergunta e, mesmo se fizer, está tudo sob controle. — Bel me mostra um miniensaio fotográfico que ela e Jamie fizeram trabalhando na biblioteca, com os livros deliberadamente abertos nas páginas que falam sobre movimento harmônico. — Vou chegar em casa antes dela, de qualquer forma.

— Supondo que não tenha trânsito. Ou que eu deixe você ir embora. — Eu a beijo e ela me puxa para mais perto.

— Bora, gostosão. Vamos lá.

Aproveito os sinais vermelhos para brincar com os dedos dela e estaciono na minha casa com uma nova sensação de desconforto que não costumo ter quando trago visitas para cá. Acho que é porque meus amigos estão mais acostumados, ou talvez eu é que esteja mais acostumado com a reação deles? Quer dizer, sejamos realistas: é uma casa grande. É difícil fingir que sou um cara normal quando Bel pode ver com muita clareza o tipo de vida que eu levei.

— Milady — digo, abrindo a porta do carona para ela e estendendo a mão.

— Ah, quer dizer que você está experimentando algo novo? — pergunta ela, entretida.

— Bom, quando em Roma...

— ... faça como os esquisitos?

— Isso aí. — Beijo os dedos dela e a puxo para dentro. — Quer alguma coisa pra beber ou só vamos pro meu quarto?

— Seu presunçoso — comenta ela.

Ops.

— Desculpa, só quis dizer...

— Cala a boca, Luna. Vamos lá — diz ela, pegando minha mão e me puxando escada acima.

Acabo tendo que redirecioná-la duas vezes — aqui tem *muitos* cômodos, e praticamente uma ala inteira da casa sempre foi reservada para mim e para os meus diversos "objetos de entretenimento", como minha mãe chama meus consoles de videogame e coisas do tipo —, mas conseguimos chegar. Eu me sento na beira da cama e ela meio que me derruba de costas, então acabamos cara a cara.

— Devemos falar sobre o Chromatica? — pergunta ela.

— Mais tarde. — Acaricio o rosto dela e a puxo para um beijo, que se intensifica.

Então se intensifica ainda mais.

As pernas dela se encaixam entre as minhas e eu deslizo os dedos por baixo do tecido do vestido. Vou ser bem sincero:

eu gosto de quando a Bel está tão perto de mim. E gostaria de ir além, mas não quero que ela ache que eu a trouxe aqui só para isso.

— Como você está? — pergunto.

Para minha surpresa, ela fica tensa.

— O quê?

— Você — respondo. — Como é que está... tudo? A física e a família e tudo mais.

— Ah. — Ela limpa a garganta. — A gente não precisa falar sobre isso.

— E se eu quiser?

— Não tenho nada a dizer.

— Tudo bem. Mas posso perguntar mesmo assim, não posso?

Bel se senta por um segundo e me encara.

— Quer mesmo saber? — ela pergunta.

Eu também me sento.

— Claro.

— É besteira.

— Não é, não.

— É, sim.

— É você. Não tem nada de besteira.

—Argh. — Ela fecha os olhos. — Você é o pior — sussurra.

Acho que talvez eu tenha feito bem ao perguntar se tinha acontecido alguma coisa, então a puxo para perto de mim e me deito, desta vez com a cabeça dela apoiada no meu peito.

— O que foi? — insisto.

— Meus pais. Eles estão num pé de guerra pra saber quem vai pagar minhas mensalidades da faculdade. — Ela esconde o rosto na minha camisa. — Estou me sentindo tão culpada...

— Por quê?

— Minha mãe insiste que meu pai deveria pagar tanto a minha mensalidade quanto a do Gabe, já que ele encorajou Luke a desistir da faculdade. Falei com ela que eu poderia simplesmente tentar conseguir uma bolsa ou algo do tipo, mas ela não para de repetir que meu pai me *deve*. E não é que ele não queira nem nada disso, é só...

— Coisa demais pra lidar? — pergunto.

— É coisa demais pra lidar — diz ela, soltando o ar pela boca. — E odeio ter que tomar partido.

— Você precisa? Tomar partido.

— Acho que, sinceramente, não tenho feito isso. Só fico fora do caminho deles. — Ela traça pequenos círculos no meu peito distraidamente. — Mas parece que faz um tempão desde a última vez que os dois me olharam como se eu fosse alguém especial para eles, sabe? Como se eu fosse filha deles. — Bel suspira. — Agora eu sou só mais um fardo que gera briga entre os dois.

— Isso não é verdade. — Fico surpreso com minha inflexibilidade quanto a isso.

— Sei que não é *realmente* verdade, eu só... — Bel suspira de novo. — Só queria ficar com você e esquecer tudo isso — murmura, e, como não sei mais o que fazer, beijo o topo da cabeça dela.

— Posso te ajudar a se candidatar a bolsas de estudo e coisas do tipo pro MIT — digo a ela. — Deve ter um monte de bolsas pra engenheiras. Tenho certeza de que, se eu pedir ideias ao meu orientador, a gente pode dar um jei...

— Não precisa resolver isso por mim, Teo. — Bel se vira para me olhar. — Quer dizer, você *está* resolvendo, de certa forma — comenta ela, gesticulando para o lugar em que estamos agarrados na minha cama.

A MECÂNICA DO AMOR 269

— Não acho que esteja resolvido, Bel — digo a ela com jeitinho. — Mas posso te ajudar com as inscrições e...

Mas paro de falar quando ela olha para mim.

— Você realmente gosta de... puxar os problemas dos outros pra você, não é? — ela me pergunta baixinho. — Deve ser difícil.

— O quê? — Arregalo os olhos.

— Você só... nunca fala coisas do tipo "Que se dane essa merda", sabe? É por isso que lida tão mal com derrotas, que nem aconteceu no campeonato regional. Você pega as expectativas, as preocupações e os medos de todo mundo e absorve tudo como se fosse uma esponja, mas e você?

— O que tem eu?

Bel muda de posição até ficar por cima de mim e então me olha diretamente nos olhos.

— Você não precisa fazer do mundo um lugar perfeito só para que as pessoas te amem — diz ela.

Engulo em seco.

— Não... não é nada disso, eu não...

— Teo. — Ela escala meu peito até ficarmos cara a cara, nariz com nariz. — Prometo que vou continuar gostando de você mesmo que eu tenha um problema que você não consiga resolver — diz, e, como não sei mais o que fazer, levanto a cabeça e a beijo com o máximo de intensidade possível.

Ela retribui o beijo e o clima entre a gente muda. Acabamos tão envolvidos que nenhum dos dois percebe o som de outra pessoa na casa até ouvirmos passos subindo as escadas.

— Teo! — grita meu pai.

Bel sai às pressas de cima de mim e consigo me recompor até parecer moderadamente apresentável no instante em que meu pai entra no quarto.

— Teo. — Meu pai franze os lábios, irritado, enquanto alterna o olhar entre mim e Bel. — Achei que você tivesse dito que estaria no treino de futebol.

— Eu estava — respondo. — Vim pra casa mais cedo.

— Por quê?

— Pai, essa é a Bel — apresento, porque odeio falar dela como se ela não estivesse aqui. Naturalmente, meu pai me ignora.

— Por que você não está no futebol, Mateo?

— Meu joelho está ruim — digo a ele calmamente. — Achei que seria melhor descansar agora do que correr o risco de piorar.

— Esse é o seu descanso?

Tá, eu reconheço uma acusação quando ouço uma.

— A gente não estava fazendo nada.

Meu pai olha de mim para a Bel, cujo rosto está roxo de vergonha.

— Teo, lá fora. Agora — ordena ele.

Lanço um olhar de desculpas para Bel e o sigo até o corredor.

— Pai, escuta, eu sei que não deveria…

— É assim que começa, Teo. A distração. — Meu pai me lança o tipo de olhar que reserva para os estagiários de verão. — Só porque você passou para a faculdade não significa que pode perder o foco. Você ainda tem responsabilidades como líder.

— Pai, não estou perdendo o foco…

— Quem é ela?

— A Bel? Ela está na equipe de robótica junto comigo. Vai estudar no MIT ano que vem — acrescento, o que não é inteiramente verdade, mas chega perto. — Também é engenheira.

Meu pai olha de relance para o quarto e, em seguida, volta a me olhar.

— Não deixe isso acontecer de novo — diz ele, se virando para sair.

— Pai — chamo, tentando pará-lo. — Você pode ficar pro jantar? Porque acho que se você pudesse se sentar com ela...

— Tenho uma reunião. É melhor você levá-la para casa — retruca ele. — Agora, Teo. E a menos que você queira que eu converse com seu técnico sobre o que você realmente estava fazendo hoje à tarde, sugiro que faça alguns exercícios para compensar o treino perdido.

— Pai...

— Teo, vou ser bastante claro — diz ele bruscamente. — Sua mãe e eu lhe concedemos o privilégio da responsabilidade porque confiamos em você. Acreditamos que você entende as consequências de suas ações e esperamos que se comporte como uma pessoa digna desse respeito. Se você escolher agir feito criança, é assim que vamos te tratar, então leve essa garota para casa e volte imediatamente. Fui claro?

Não adianta discutir com ele.

— Sim, pai. — Expiro. — Foi claro.

— Ótimo. Sua mãe vai chegar em breve.

Em seguida, ele dá meia-volta e vai embora, e eu me pergunto como vou fazer para explicar tudo isso para Bel.

— Está tudo bem — diz ela atrás de mim, e então eu me viro assustado, me dando conta de que talvez ela tenha ouvido tudo. — Estou pronta para ir quando você quiser.

Estendo a mão para ela e a puxo para perto, abaixando a cabeça para beijá-la, mas agora as coisas parecem diferentes entre a gente. Acho que fiz algo errado, mas, outra vez, não tenho certeza de como consertar.

— Desculpa — digo, e então ela balança a cabeça, me dando um sorriso discreto.

— Não precisa pedir desculpas — ela me diz, se afastando, mas ainda não consigo soltá-la.

Ainda não.

Treze
Rejeições

Teo

— **Olha só, Luna, eu também já fui jovem,** acredite se quiser — diz Mac. — Não é impossível eu entender por que você anda achando outras coisas mais interessantes do que a robótica ultimamente.

Passo a mochila de um ombro para o outro.

— A questão é que seus colegas de equipe dependem de você. Justin não conseguiu entrar em contato ontem à tarde para repassar as mudanças de condução para o Sete, e a equipe se sente mal ao ver que o capitão está distraído com outras coisas.

— Não estou distraído — respondo. — Eu estava trabalhando no Battlestar Chromatica, e…

— Claro, claro — Mac me tranquiliza com ar de quem claramente não acredita em nada do que estou dizendo.

Verdade seja dita, eu estava *mesmo* trabalhando no nosso robô menor… na casa da Bel. "Deixa outra pessoa resolver o problema, pra variar um pouquinho", disse ela quando Justin me mandou mensagem e, naquele momento, eu me convenci de que Bel tinha razão.

Aparentemente não.

— Tenho certeza de que você entende por que os outros ficam tão inquietos quando não conseguem te localizar. Kai está em frangalhos — diz Mac com um sorrisinho malicioso, já que nós dois sabemos que Kai fica em frangalhos por qualquer coisa — e Dash é sempre o primeiro a te defender, mas está na cara que ele anda bem ocupado.

— Dash? — Não sei o que dizer em relação a nada disso, porque Dash não me contou nada. Será mesmo que eu perdi algo assim tão importante?

— Só quero garantir que você se concentre — diz Mac. — Você tem um futuro brilhante pela frente, Teo. A menos que seus planos tenham mudado...

— Mas é claro que não. — Eu vou estudar no MIT. Eu vou me mudar. O plano é o mesmo desde... tipo, desde *sempre*, e nada mudou em relação a isso. — Bel não está pedindo que eu...

— Não estou dizendo que ela esteja — diz Mac depressa. — Só estou dizendo que já vi outros alunos como você se envolverem num relacionamento e fazerem escolhas que, caso contrário, não fariam. — Ele apoia a mão no meu ombro. — Veja bem, Luna, você sabe como é especial — ele me diz. — Você é o garoto mais inteligente a quem eu já ensinei, sem exceções. Você tem a oportunidade de se tornar alguém grande de verdade, e não estou dizendo isso só porque sou seu professor.

Não sei o que responder. Parte de mim sente que eu deveria defender Bel. Não é justo, sinceramente, me entupir de elogios assim quando sei que não tenho feito nada disso sozinho. Até mesmo saber que nem Dash nem Kai ou Emmett foram incluídos na opinião do Mac sobre mim faz eu me sentir culpado.

Mas, ao mesmo tempo, eu *entendo* que algo a meu respeito é diferente. Sempre fui o tipo de cara que chega primeiro e vai embora por último. Sou o cara que recebe os troféus de melhor jogador e se encarrega de manter todo mundo na linha. O cara que cobra o pênalti decisivo. Em momentos de crise, você pode contar com Teo Luna. Essa é a pessoa que eu sou desde antes de entender o que era assumir um papel.

— Ela não está me distraindo — digo no fim das contas.

— Minhas metas não mudaram. Nada mudou. Ir para o MIT ainda é minha prioridade máxima. Ganhar o campeonato nacional ainda é minha prioridade máxima.

Mac me examina de perto e, em seguida, assente.

— Não é que eu não tenha a Bel em alta conta... — diz ele, e então se interrompe.

— Eu entendo.

Eu sei que deveria dizer a ele que, na verdade, é por causa da Bel que tenho me saído tão bem em todas as outras matérias, já que, toda vez que ela fala alguma coisa, muda meu modo de pensar. Eu me sinto mudando, me transformando e pensando nas coisas a partir de novos pontos de vista, mas sei que Mac não vai querer ouvir isso. Entendo que isso é exatamente o que ele não quer.

Porque, não importa o que Bel diga, as pessoas querem uma versão bastante específica do Teo Luna. E não é a versão que passou a noite anterior inteira envolvida em uma pesquisa minuciosa na internet a respeito das estruturas sociais inglesas medievais porque usar um léxico shakespeariano faz a namorada dele rir. Ninguém está falando da versão que passou a última semana ouvindo o discurso inflamado dela sobre como o modelo econômico que estamos aprendendo nas aulas de macroeconomia é dependente de homens que dão continuidade a um sistema de trabalho doméstico não remunerado das mulheres. Certamente ninguém se refere à versão cuja conta no Spotify está atualmente pausada na discografia completa da Taylor Swift para que ele possa decorar todas as letras e fazê-la sorrir, mesmo quando ela não quer. Especialmente nesses momentos.

A versão do Teo Luna que os outros querem é hiperfocada em vencer. Ele não fala sobre nada que não seja engenharia, software ou robôs. Tem facilidade com física e acaba os exercícios antes dos outros; vive ouvindo "É isso aí!" e é usado como bom exemplo. Ele incentiva outras pessoas a se saírem melhor porque *ele* é melhor. Porque é O melhor. Porque, sem ele, não existe ninguém com quem se possa contar. Os outros podem até desistir, entrar em pânico ou ter dificuldades, mas ele não. Não Teo Luna.

Não eu.

Tento dizer a mim mesmo que não importa agora; que quando eu e Bel estivermos no MIT, todo mundo finalmente vai começar a pensar no que a gente tem como algo bom e correto, e não como "moral da história" para outros adolescentes.

— Eu estou concentrado — digo mais uma vez a Mac. — Pode contar comigo. Não vai acontecer de novo.

A mais ou menos um mês das provas avançadas, todos os meus professores começaram a aplicar simulados diários e a agendar as provas finais. Bel e eu (e todo o pessoal da turma de física avançada) viramos, essencialmente, mortos-vivos. A gente mal faz nada além de estudar — estudar *pra valer*, sem eufemismos, porque, a essa altura do campeonato, não temos tempo para ficar sozinhos. Jamie faz questão de ter Bel por perto, Dash é incapaz de estudar por conta própria e Lora tira as melhores notas de todos que conhecemos, por isso as semanas seguintes se resumem a sessões de estudo em grupo numa cafeteria que toda hora se vê forçada a nos expulsar.

Quando não estamos estudando para as outras matérias, estamos reunidos no laboratório de robótica. (Como Bel costuma dizer, provavelmente deveríamos mudar nossos endereços, já que moramos no laboratório agora.) O campeonato nacional será na semana seguinte às provas das matérias avançadas, então tudo com certeza está se encaminhando para um ponto de ebulição. No momento em que flagro Bel quase caindo no sono durante a construção do invólucro de polímero do Chromatica, concluo que é hora de usar a carta do Namorado Preocupado e mandá-la para casa.

— Claro que não me importo — diz Bel quando eu conto a ela que vou ficar até tarde. — É minha equipe também, Teo. Quero que a gente se saia bem, então, se você tem trabalho a fazer...

Bel dá de ombros, o que me deixa aliviado. Claro que ela não ficaria brava. Qualquer um que pense que ela está me distraindo de qualquer maneira claramente não a conhece muito bem.

— Você é incrível. — Queria ter palavras melhores para ela, mas Justin já está no meu pé, me pentelhando sobre algum assunto (Mac estava certo a respeito de uma coisa: Justin, assim como a maioria dos membros desta equipe, não consegue resolver nada sem mim), e não consigo pensar em nenhum comentário apropriadamente rebuscado. — Só vou trabalhar mais um pouquinho no problema dos circuitos... a gente se fala por FaceTime mais tarde?

— Aham, claro. — Ela parece distraída e Justin não me deixa em paz, então eu dou um beijo na bochecha dela e volto ao laboratório atrás dele.

Normalmente, as pessoas sabem que devem me deixar trabalhar quando estou resolvendo alguma coisa, então, pelo resto da noite, fico fuçando peças em silêncio enquanto Justin e Akim passam o tempo esparramados nas cadeiras a uma mesa de distância. Por fim, consigo consertar o bug, rodamos um teste e damos a noite por encerrada.

Já passou muito das dez, então não fico tão surpreso assim quando Bel não atende minha videochamada. Mando uma mensagem de boa noite para ela do carro e depois dou uma olhada nas minhas outras mensagens.

> **Dash**
> então

> **Dash**
> passei pra caltech

Ligo para ele na mesma hora.

— Alô?

— Cacete — digo. — Caltech? Cara. Parabéns, que incrível!

— Ah, é. — Dash está com muita voz de Dash, o que significa que ou ele está de boca cheia ou está com sono. — Você só viu a mensagem agora?

— É, estou saindo do laboratório agora. — Conecto o celular no sistema de Bluetooth do carro e ligo o motor, saindo do estacionamento.

— Espera, você ainda está na escola? Pensei que estivesse com Bel.

— Meu Deus, você também não — digo com um grunhido.

— Eu também não o quê?

Mudo o tom de voz para imitar meu pai.

— Teo, é importante que você não se distraia...

— Ah. — Dash ri. — Não, cara, pelo contrário.

— Pelo contrário o quê?

— Não, tipo... acho que você estar com a Bel é bom. Você estar na escola é menos bom.

Não é isso que eu esperava ouvir dele.

— O quê?

— Ah, vai, fala sério. Normalmente, faltando tão pouco tempo pro campeonato nacional, você estaria transtornado.

Tá, essa afirmação é completamente falsa. Ou, tipo, quase completamente falsa.

— *Transtornado* é uma palavra forte.

— É mesmo, e é boa. Você esquece que eu já vi isso acontecer três vezes. Você acha que tudo vai desmoronar se não estiver por perto segurando as pontas.

Sim, porque é verdade, penso, mas imediatamente me sinto culpado.

— Tá. — Suspiro. — E?

— E eu achei legal sua vida inteira não se resumir à porcaria da robótica, só pra variar.

— Ei — digo, levemente magoado. — A robótica é a *sua* vida também.

— Na verdade, não é mesmo — responde Dash e, em seguida, depois de um segundo de hesitação, admite: — Eu não quero ir.

— O quê?

— Eu não quero ir pra Caltech.

— O quê?

— Você não está me ouvindo ou...?

— Não, eu só... — Paro de falar. — Não estou entendendo. Por que não? Achei que essa era sua primeira opção.

— Você acha que é minha primeira opção estudar numa faculdade que fica a dez minutos do lugar onde morei a vida inteira?

— Está mais pra quarenta e cinco minutos com trânsito, mas, quer dizer...

— Passei pra NYU na semana passada — comenta ele. — Ainda estou esperando notícias da Columbia.

Arregalo os olhos.

— Peraí, em Nova York?

— Aham.

— E por acaso alguma dessas faculdades tem um curso de engenharia?

Dash passa um segundo em silêncio.

— Na verdade, acho que não quero ser engenheiro — diz ele lentamente.

— Hum, como é?

— Se eu fosse pra NYU, ficaria a, tipo, uma viagem de trem de distância de você — diz ele. — Eu nunca estive em Boston. Você poderia me apresentar uns restaurantes maneiros.

— Dash...

— Além disso, sei que você sempre se hospedou no Ritz ou sei lá onde, mas por acaso já viu Nova York de dentro de um dormitório xexelento? Imagino que não.

A MECÂNICA DO AMOR 281

— Dash — resmungo, fazendo a curva logo antes da minha casa. — Como assim você não quer ser engenheiro? Faz quatro anos que a gente tem feito as mesmas matérias. Passamos os últimos *quatro malditos anos* construindo robôs juntos…

— Sim, e eu gostei disso. Achei divertido. — Ele faz uma pausa. — Mas não quero fazer isso pra sempre, cara. Não é um lance pra sempre.

— Mas… — Devo admitir, estou levemente horrorizado. Não consigo imaginar como eu me sentiria sobre nunca mais fazer isso de novo. — Então esse é seu último campeonato nacional, Dash. Da vida.

— É, eu sei. — Ele ri. — E?

— E aí *acabou*.

— Aham.

— Mas…

— Teo — diz Dash. — Existe paixão e existem, sabe, outras coisas. Coisas que você faz porque curte passar tempo com o seu melhor amigo. Ou coisas que você faz só porque pode, porque é bom naquilo. Mas não é a mesma coisa que, tipo… *amor*, sabe?

Paro na entrada da garagem e fico sentado em silêncio por um momento, sem saber o que dizer.

— Eu não sabia que você não amava robôs — digo.

Ele ri.

— O que você teria feito se soubesse?

— Sei lá, melhoraria as coisas. Tornaria mais divertido.

— Teo. — Dash ri de novo. — Cara, eu me diverti. Eu me esbaldei. E agora acabou, ou está perto de acabar. — Dá para ouvi-lo abrindo e fechando portas de armário, provavelmente em busca de alguma coisa para comer. — Não preciso que você faça algo diferente.

— Mas se eu soubesse...

— Não é como se você pudesse magicamente me fazer amar tudo isso — retruca ele. — E, olha, eu quero ficar em Nova York. Você sabia que eles têm o maior número de restaurantes com estrela Michelin do país?

— Mas o que você vai *fazer*? — pergunto a ele, desesperado.

— Sei lá — responde Dash, alegre como sempre. — Aprender coisas. Arrumar um emprego de garçom, ver uns museus. Ir pra pós-graduação, escrever uma série *best-seller* de romances policiais. Trabalhar como barman. — O barulho de embalagem do outro lado da linha sugere que ele está comendo palitos de queijo. — As possibilidades são infinitas — conclui Dash, de boca cheia.

— Nossa. — Sinto um embrulho no estômago. — E pensar que tá todo mundo preocupado que *eu* perca o foco.

— Pô, cara, nem todo mundo é Teo Luna.

— O que isso quer dizer?

— Quer dizer que algumas pessoas não nasceram simplesmente já sabendo o que vieram fazer no mundo.

O celular vibra na minha mão e, por um segundo, encaro a casa gigantesca que o sucesso do meu pai construiu.

— Bom, de qualquer maneira, parabéns — digo a ele. — Mas acho que Bel acabou de me mandar mensagem, então...

— Tá, vai lá — responde ele. — A gente se vê na aula de inglês?

— A gente se vê na aula de inglês.

Encerro a chamada e desligo o carro, sem deixar de olhar fixamente para a casa. As luzes estão acesas, então tem alguém lá dentro. Tomara que seja minha mãe.

— Ah, oi, meu amor — diz ela quando entro. Em seguida, franze a testa e me chama para o canto da sala onde está se alongando no chão. — Você parece triste, chuchu. O que houve? — pergunta enquanto ainda tenta alcançar os dedos dos pés.

— Não sei, na verdade. — Eu me sento de pernas cruzadas ao lado dela.

— Bom, posso ligar pro meu terapeuta se você quiser…

— Não, estou bem — respondo. Ela vive me oferecendo isso, e cheguei até a cogitar terapia recentemente, já que gostaria de entender melhor o que a Bel tem passado com o divórcio dos pais. — Acho só que estou triste porque as coisas estão acabando.

— Que coisas? O ensino médio?

— Isso. E Dash talvez vá pra NYU.

— Ah, pois é, meu bem. As pessoas têm ido pra tudo quanto é lado hoje em dia, mas não significa que vocês vão deixar de ser amigos.

— Não é só isso, é… — Eu me interrompo. — Você me acha diferente dos outros?

— Claro, garoto. Você é o mais diferente de todos. — Minha mãe me pega pelo queixo e eu me contorço quando ela tenta me dar um beijo melado.

— Mãe, que nojo…

— Você ainda é meu bebê, por mais que seja um nerd bonitão agora, amor.

— Mãe. — Eu a afasto e ela abre um sorriso para mim. — Quer dizer, tipo… você acha que as outras pessoas têm sonhos maiores do que eu? Ou mais interessantes?

Ela franze um pouco a testa, o que eu sei que odeia fazer. Tem medo de ficar com rugas.

— Está perguntando por causa da sua namorada?

— Da Bel? Não. — Minha mãe gosta dela, ainda bem, e o momento em que se conheceram foi bem menos constrangedor do que o primeiro encontro da Bel com meu pai. — Bom, mais ou menos — admito. — Eu só sinto que talvez ela e Dash estejam mais conformados em deixar a vida traçar o caminho deles.

— Ela é gente boa, que nem o Dash. E dezoito anos é muito pouca idade para ter certeza de qualquer coisa. — Ela estica a mão para tocar meu cabelo e afastá-lo do meu rosto. — De vez em quando eu me pergunto mesmo se em algum momento você chegou a ser criança.

— Fala sério, mãe. Eu tenho videogames e skates. Você fez um bom trabalho.

— Bom, era exigência do guia — diz minha mãe solenemente.

Ela olha para mim por mais alguns instantes e, em seguida, checa as horas.

— Falando no guia... já pra cama, mocinho — ordena, me dando um empurrãozinho no ombro. — O sono é importante para mentes em desenvolvimento.

— Isso parece coisa de guia mesmo — concordo, me levantando e lembrando da mensagem que recebi enquanto estava na ligação com Dash. — Vamos tomar café amanhã de manhã?

— Tenho pilates cedinho, então claro, meu bem. Dá um beijo na mamãe.

Dou um beijo distraído na bochecha dela e ela aperta a minha.

— Boa noite, amor.

— Boa noite, mãe.

Abro minhas mensagens e vejo que não é da Bel, mas do Kai.

> **Kai**
> MDDC PASSEI PRO MIT

> **Kai**
> MIT 2024 BABYYYYYY

> **Teo**
> yesss, parabéns!!

Mas aí eu paro pra pensar: se Kai passou pro MIT hoje... Significa que Bel também já deveria ter recebido notícias.

Bel

— Oi, hija — diz minha mãe, entrando sorrateiramente no meu quarto de manhã. — Está se sentindo melhor?

Ela trouxe um suco de laranja para mim, o que é fofo. Desculpa, mãe, mas na verdade eu não estou doente. Tive outros motivos para ir direto para a cama ontem à noite.

— Estou bem, mãe. — Eu me sento lentamente. — Você já não deveria estar no trabalho?

— Vou sair em dez minutos. — Ela estende a mão e verifica minha temperatura. — Você não está quente.

— Estou bem. Posso ir pra escola normalmente. — Não estou a fim de ir, mas, como minha mãe é enfermeira, nunca conseguir fingir estar doente. Além disso, tenho um robô para finalizar. (Se bem que só de pensar em dar as caras no laboratório de robótica já sinto um mal-estar absurdo, então talvez não fosse totalmente mentira.)

— Tá bom. — Minha mãe sorri para mim e volto a pensar em como é injusto eu esconder tantos segredos dela. Quer dizer, do que exatamente eu tenho medo?

(De decepcioná-la. De falhar com ela. De lhe dar esperança e depois tomá-la.)

— Você já teve notícia de alguma faculdade? — ela me pergunta ao se levantar. — Minha colega Marilou me disse ontem à noite que a filha dela passou pra Universidade da Califórnia em Santa Barbara.

— Ah, é, acho que as universidades da Califórnia estão meio adiantadas em relação às outras faculdades — digo com a voz fraca.

— É, provavelmente. — Ela se inclina para beijar minha testa. — Tenha um bom dia na escola, *anak ko*. Te amo.

— Te amo, mãe.

Ela se retira do quarto e eu volto a desabar nos travesseiros, dando uma olhadinha na tela do celular.

> **Teo**
> você teve notícias do MIT ontem?

Meu estômago dá outra reviravolta brutal. Pressiono a mensagem de boa noite que Teo me mandou para reagir com um coraçãozinho e paro antes de responder a outra.

A questão é que... tenho andado bem feliz ultimamente. Claro, estou morrendo um pouco por conta dos preparativos para as provas finais e as provas das matérias avançadas e o campeonato nacional, mas as coisas estavam tão boas que eu provavelmente já deveria ter sacado que logo, logo a maré de sorte acabaria. O Chromatica está ficando lindíssimo, Teo é basicamente o namorado mais atencioso do planeta, Jamie anda tão estressada que eu não tenho tempo de esquentar a cabeça com nada pois ela já se estressa o bastante por nós duas e até Neelam anda tão distraída que nem fala comigo, a não ser para me dar conselhos que são de fato produtivos. Ela chegou até a me fazer uma pergunta no outro dia — sim, para *mim*, Neelam fez uma pergunta para *mim* — sobre a melhor maneira de consertar o *spinner* do Sete, então, tipo, eu deveria estar vivendo o melhor momento da minha vida.

Infelizmente, não sei se Teo sabe que ouvi um pouquinho mais do que devia das conversas particulares que ele teve ultimamente. Eu o ouvi falando pro Mac que o futuro dele era sua prioridade máxima e também o ouvi falando com o pai que eu ia estudar no MIT — o que, é claro, provavelmente foi uma mentira pensada para amenizar a situação, mas eu também notei a pequena camada de verdade por baixo da afirmação. Ele qualifica o tempo que passa me namorando com base no fato de eu ser um detalhe que se encaixa direitinho na vida dele. Eu vou ser engenheira que nem ele, vou estudar no MIT que nem ele e a única maneira de ele abrir espaço para mim é se... não for necessário abrir espaço. Então, a menos que eu vá para o MIT, não passo de uma complicação nos seus planos.

A droga é que, pela primeira vez na vida, eu realmente *estou curtindo* pensar no meu futuro. É a primeira vez que eu entendo de verdade o que é *querer* um futuro. A possibilidade de ter um diploma ou uma carreira nunca me animou muito até eu perceber que isso, construir e projetar coisas quem fazem exatamente o que eu quero que façam, é de fato um emprego que algumas pessoas têm a chance de ter. Durante o último mês, pude existir em um futuro imaginário onde eu e Teo morávamos no mesmo campus e assumíamos o comando da equipe de robótica da faculdade juntos. E depois talvez ele trabalhasse na área de inteligência artificial, realidade virtual ou algo do tipo e eu seria a chefe de um time de design que faz coisas boas pelo mundo, e aí nós dois faríamos parcerias de tempos em tempos, mas, basicamente, ele teria os projetos dele e eu teria os meus, e continuaríamos fazendo exatamente o que fazemos agora: entre uma e outra sessão de pegação, debateríamos o que acontece quando se cai num buraco negro.

Mas acontece que eu só tinha uma chance de concretizar um futuro assim, e nem preciso dizer que:

Estraguei tudo.

> **Bel**
> não soube de nada ainda, por quê???

— Existe alguma maneira de recorrer a decisão? — pergunto à sra. Voss no almoço. Para dizer a verdade, não sei se ela vai poder me ajudar, mas é melhor eu não esbarrar com ninguém. Passei a manhã inteira evitando o Teo e agora até Jamie está começando a me importunar, então este é um esconderijo tão seguro quanto qualquer outro.

— É possível — responde a sra. Voss lentamente enquanto olha para o e-mail de rejeição do MIT na tela do meu celular. — Mas não sei se vai funcionar. Sinto muito dizer isso, Bel, mas na maioria das vezes as pessoas que recorrem só conseguem mudar as coisas através de uma baita doação.

Eu me encolho.

— Ah.

— Sinto muito — diz ela, me devolvendo o celular e me olhando de um jeito que mostra que sente mesmo. — Essa escola manda muita gente pro MIT todo ano, então pode ser só uma questão de sorte mesmo.

— É. — Olho de relance para minhas mãos. — E acho que a minha inscrição foi mesmo bem de última hora.

— Seu histórico escolar anterior também pode ter pesado — diz a sra. Voss, hesitante. — Sua antiga escola não oferecia muitas disciplinas avançadas, então sua média não era... tão competitiva.

— Que injusto — comento, porque é simplesmente mais fácil culpar o sistema no momento. — É tão elitista...

— É mesmo — concorda ela. — Alguns alunos começam mais cedo e estão mais preparados do que outros, então receio que os dois garotos da sua equipe de robótica que foram aceitos possam ter parecido opções melhores, em teoria.

Sinto meus olhos se encherem de lágrimas, coisa que odeio.

— Por que eles já sabiam antes que queriam estudar lá? É isso?

A sra. Voss me olha de um jeito que me deixa muito mais triste.

— Me parece que muitos professores de matemática e ciências direcionam os garotos no caminho das carreiras relacionadas à engenharia sem hesitar. Eu esperava fazer o mesmo por você.

— Você fez. — Eu me levanto às pressas, pois não quero chorar na frente dela. — Eu... obrigada, sra. Voss. Eu não teria nem tentado se não fosse por você, e sinto muito por...

"Sinto muito por ter te decepcionado" é definitivamente o meu limite.

— Ah, Bel — grita ela atrás de mim —, por favor, não peça desculpas...

— Desculpa, desculpa, tenho que...

Nem chego a terminar a frase. Simplesmente abro a porta e saio correndo para encontrar algum cantinho obscuro nessa escola idiota onde eu possa chafurdar na minha própria decepção antes de precisar enfrentar Teo e o restante da turma de física avançada.

Por pouco eu não esbarro feio em alguém.

— Ei, presta atenção...

— Desculpa...

— Bel?

Eu me encolho ao reconhecer a voz de Neelam, mas sigo em frente.

— Agora não, por favor...

— Argh — diz ela, com voz de quem está entediada. — *Por favor*, me diz que isso não tem a ver com Teo Luna.

Dou meia-volta, pronta para dizer aos berros na cara dela como é injusto ela ser tão cruel comigo, mas, em vez disso... a barragem de lágrimas cede.

Neelam me encara, totalmente chocada, enquanto eu prontamente passo pela humilhação de abrir o berreiro.

— Não é *justo* — digo em meio aos soluços, me apressando para cobrir a boca com as mãos. — Não é justo que eu deva saber de tudo aos dezoito anos, não é *justo*...

— Meu Deus — diz Neelam com um suspiro paciente, me segurando pelo cotovelo e me puxando para trás da sala de música. — Recomponha-se, Maier.

Eu me desvencilho do alcance dela e deslizo até o chão, tombando contra a parede.

— Me deixa em paz.

— Então você não passou pra faculdade dos seus sonhos. É isso? — ela pergunta e olha feio para mim por mais um minuto antes de resmungar baixinho e sentar ao meu lado. — Não é o fim do mundo. Eu também não passei pra Yale, mas nem por isso você vai me ver por aí tendo um piripaque.

— Não era a faculdade dos meus sonhos, era minha...

Eu me interrompo, fungando e de repente hiperventilando.

— Meu Deus — diz Neelam novamente. — Não me diz que você só se candidatou pra uma faculdade.

Fico em silêncio.

— *Cacete*, Bel — reage ela, e provavelmente é a primeira vez que eu a ouço chegar perto de falar palavrão. — Seus orientadores não conversaram com você sobre se inscrever em outras faculdades só pra garantir?

— Não tive tempo. — Sei que é difícil me entender agora, mas ela não me obriga e falar direito, felizmente. — Teo me convenceu a me inscrever de última hora, e eu não... eu não estava pensando...

Eu me interrompo e, por um segundo, Neelam fica em silêncio.

Então, ela diz:

— Imagino que você tenha feito inscrição pro MIT, né?

Faço que sim com a cabeça.

— Você tem noção de que é um dos melhores cursos de engenharia do país inteiro, certo?

— *Estou sabendo*, Neelam...

— Ou seja, existem centenas de milhares de alunos que fazem as mesmas porcarias que nós querendo estudar lá. E eles não só querem mais do que você, mas têm notas melhores também.

— Tá, *uau*, já entendi...

— Quer saber por que eu não gosto de você? — pergunta ela, e então eu levanto a cabeça, assustada e ainda fungando.

— Bom, tá, eu não *desgosto* de você... olha, tanto faz. O problema que eu tenho com você é que você chegou na robótica e conseguiu uma vaga sem sequer tentar. Você não sabe pôr a mão na massa — diz ela categoricamente. — E não entende como é difícil ser uma garota competindo com garotos que nem notam que eles, ao contrário da gente, são vistos como mais competentes, não importa o que façam.

— Não é verdade — protesto, furiosa. — Ouvi muita bosta no campeonato regional...

— Você teve um *gostinho* de como é — rebate Neelam.

— Mas eu tenho competido em ciências e matemática a vida inteira. Ouvi que garotas não são capazes de ganhar campeonatos de matemática ou construir robôs a vida *inteira*. Meus irmãos todos fazem medicina, mas todo dia eu ouço que preciso me comportar como uma dama, sorrir e ser educada, ser bonita e bem delicadinha... e que garoto já teve que ouvir isso? *Nunca* aconteceu — explode ela —, e o que você não entende é que quando se chega nesse mundo despreparada, sem foco e sem uma compreensão *básica* do que está fazendo, você fica de mãos abanando, sem conseguir revidar. Pensa no Mac, por exemplo — diz Neelam, de repente determinada. — Você já notou como ele dá preferência ao Teo e ao Dash, certo? Mas quando você apontou isso, ele te acusou de não saber trabalhar em equipe, falou que você precisa se esforçar mais. Eu me esforço muito porque, não importa o que eu faça, os outros sempre vão dizer que eu deveria ter feito mais. Então eu faço o *máximo*. Porque entendo que isso não termina aqui!

Neelam se levanta, agitada, e começa a andar de um lado para o outro na minha frente.

— Se você quer mesmo ser engenheira, então se prepara — diz ela, me olhando feio. — Se prepara pra ouvir "não". Se prepara pra ouvir "você não é capaz". Se prepara pra ouvir "não gosto dela" ou "ela é desagradável". Claro, você tem sorte por ser bonita, animada e as pessoas gostarem da sua personalidade — acrescenta ela com outro olhar aborrecido —, mas você acaba ficando em uma situação pior do que a minha, porque ninguém vai te levar a sério. A equipe? Essa equipe só te leva a sério porque Teo Luna levou, e sorte a sua. — Ela praticamente cospe em mim. — Sorte a sua, porque ele não *me* leva a sério e, por causa disso, ninguém da nossa equipe vai levar.

— Eu tentei... — começo, mas ela me interrompe balançando a cabeça.

— Não estou pedindo sua ajuda. Não quero sua ajuda.

— Mas se você só...

— O que estou dizendo é que você não entende. — Ela volta a se jogar no assento ao meu lado. — Não tem a ver com gostar ou não de você. Não é como se eu te odiasse. — Ela contrai os lábios, embora não olhe para mim. — É que eu sei que você não está preparada. Você não fez por merecer a chance que teve e não está preparada.

Todos os meus argumentos parecem sem sentido, porque, de alguma forma, Neelam está certa. Definitivamente me esforcei mais do que ela reconhece, mas, mesmo assim, ela não deixa de ter razão. Eu entrei para essa turma e essa equipe *porque* não fiz a tarefa que deveria ter feito, para início de conversa. Eu me dei bem quando uma professora viu potencial em mim; potencial que outro professor — até mesmo um bom professor, ou um professor como Mac, que não entende o que Neelam e a sra. Voss instintivamente sabem por experiência própria — talvez nunca tivesse visto.

E Teo de fato me escolheu. Por qualquer que seja o motivo, ele me escolheu.

Mas só porque um garoto me escolheu uma vez, nada disso jamais vai ser suficiente. Se quero que o mundo reconheça do que realmente sou capaz, tenho que mostrar a todos.

Começo a chorar de novo e Neelam resmunga.

— Tá, o que foi agora?

— Nada, eu só... — Eu fungo e escondo o rosto atrás dos joelhos. — Eu entendo. Claro que não passei — me dou conta com um breve soluço. — Claro que não. Não sou qualificada. Não sei como fazer nada disso. — Enxugo o nariz na manga e espero que ela não faça nenhum comentário a respeito da minha higiene.

Neelam passa um bom tempo em silêncio.

— Então aprenda — diz ela, por fim.

Nesse instante, toca o sinal para o sexto tempo de aula e Neelam se levanta, me lançando mais um olhar meio desagradável antes de me oferecer a mão.

— Você não é burra nem nada — diz ela. — Pra dizer a verdade, você é mais esperta do que a maioria dos garotos da nossa turma. Você só precisa de uma base sólida. E, tipo, descobrir se isso é realmente o que você quer.

Reviro os olhos, mas aceito a ajuda dela para me levantar, permitindo que me puxe.

— O que eu vou dizer ao Teo? — pergunto.

Ela fecha a cara.

— Eu realmente não me importo.

— Justo. — Abro um sorriso pouco entusiasmado. — Obrigada, acho.

— Tá. De nada.

Ela começa a se afastar de mim, o que imagino que signifique que cada uma vai seguir o próprio caminho para a mesma sala de aula. E está tudo bem, porque tenho muito no que pensar sozinha.

Talvez Teo não seja mais uma possibilidade. Acho que parte da minha tristeza vem de saber que, de certa forma, Mac e o pai dele estão certos. Não quero ser um peso na vida dele e, por mais que eu não ache que ele vá tomar qualquer decisão com base só em mim, também não quero ouvi-lo dizer isso.

Mas Teo não é a única coisa pela qual me apaixonei este ano, e não é como se minha vida fosse acabar depois da formatura. Pego o celular e mando uma mensagem para a única pessoa que talvez me entenda.

> **Bel**
> você acha que um dia vai voltar pra faculdade?

A indicação de que ele está digitando surge e, então, Luke responde.

> **Luke**
> sl talvez

> **Luke**
> me inscrevi numa matéria lá na santa monica community college

> **Luke**
> imaginei que seria bom aprender
> um pouco mais de carpintaria e tal

O segundo sinal toca, indicando que falta um minuto para a aula, então enfio o celular no bolso e corro para a sala de física avançada, limpando as manchas de delineador e dando o meu melhor para manter o queixo erguido.

Catorze
Distâncias

Teo

— **Acho que talvez seja melhor** a gente dar um tempo — diz Bel.

Nem preciso dizer que não era isso que achei que fosse acontecer quando a convidei para vir a minha casa depois de estudar para as provas finais. Verdade seja dita, achei que as coisas fossem seguir o caminho completamente oposto. Não que eu a tenha atraído por sexo nem nada disso, mas, desta vez, eu garanti que meus pais não estivessem nem no mesmo estado, que dirá propensos a voltarem para casa tão cedo.

Eu me sento na cama e tento processar a informação.

— Hum, como é? — digo, o que significa que o processamento não anda tão bem assim.

— Não é que eu não… é…

Ela hesita e, em seguida, fecha bem os olhos.

— Deixa pra lá. Acho melhor só... acho melhor eu ir embora. Não sei como...

— De jeito nenhum. — Eu me levanto às pressas e começo a andar. — Vem.

— Aonde a gente vai?

— Pro carro — respondo. — Não é lá que você gosta de ter conversas desse tipo?

Ela se demora na porta atrás de mim.

— Que tipo de conversa é essa?

— Sei lá — digo com toda sinceridade —, mas me parece pesada.

Ela assente lentamente e, depois, me segue. Parece meio bobo ir para o carro agora, mas pelo menos ganho um tempinho para pensar.

— Tá — digo, fechando a porta do motorista enquanto ela senta no banco do carona. — Vamos conversar.

Bel apoia a cabeça no encosto do banco e expira profundamente, olhando para a frente.

— Então, eu menti pra você — confessa. — Eu já sabia na semana passada que não tinha passado para o MIT.

Queria que ela não se virasse para mim, pois tenho certeza de que a forma como ela me olhar vai determinar o rumo da conversa.

— Está tudo bem — digo. — Não tem problema nenhum, a gente só... tudo bem, a gente pode...

— Não tenta consertar isso. — Ela volta a olhar para a frente, mas aí se vira de lado para me encarar. — Tá?

— Quê? Não, eu não estava... — Eu *poderia* consertar isso. Provavelmente poderia ligar para alguém. Quer dizer, qual o sentido de ter tanto dinheiro se não posso usá-lo para facilitar minha vida? Nunca fui fútil com meus gastos, de jeito nenhum, mas é de se imaginar que ter minha namorada comigo na faculdade seja um gasto razoável. — Quer dizer, se você quisesse, eu poderia tentar...

— Meu Deus. — Ela expira. — Teo.

— Bel, só estou tentando ajudar...

—Ajudar quem? — ela me pergunta, e a frieza no tom de voz me pega meio de surpresa. — Ajudar você?

— O quê? Bel, fala sério...

— Olha, eu entendo — diz ela amargamente. — Eu entendo que tenho muito menos valor para as pessoas da sua vida se eu não estudar na mesma faculdade que você, mas se o seu primeiro instinto é tentar *forçar* isso...

— Ei, Bel, não — respondo, esticando o braço em direção à mão dela, que, a contragosto, ela me deixa segurar. — Eu não estou tentando... — Sei lá. — Só quis dizer que quero ajudar. *Você* — acrescento depressa. — Porque se você realmente quer estudar lá...

— Eu quero, na verdade — diz ela. — Fiquei bem empolgada com o curso.

— Tá, perfeito então, vou ver se consigo convencer meu pai a fazer umas ligaçõ...

Bel balança a cabeça, desvencilhando a mão da minha.

— Você é inacreditável — murmura, e eu... não acho que seja no bom sentido. — Você ainda acha que é o único que sabe fazer as coisas direito, né?

— Bel — digo, porque dá para sentir que a conversa está indo para um caminho ruim.

É engraçado como essas coisas funcionam, como a gente se sente afundar cada vez mais, mas é tipo aquelas areias movediças dos desenhos: não tem como sair.

— Você não acha que eu conseguiria passar por conta própria? — ela me pergunta, o que até eu sei que é um terrível sinal de alerta.

— Eu não disse isso. Só achei...

— É como se você quisesse *horrores* que eu fosse uma pessoa que não sou.

— O quê? Não, Bel, me escuta...

— Você acha que eu sou igual a todo mundo da equipe de robótica, né? Acha que eu não consigo funcionar sem a sua ajuda? — diz ela, e dá para ouvir direitinho minha voz reverberando contra mim, minhas próprias palavras de repente ressignificadas e distorcidas. — Eu ouvi você mentindo pro seu pai sobre onde vou estudar. Ouvi você dizendo ao Mac que estudar no MIT era a coisa mais importante da sua vida.

— Bel, não era verdade. Eu só disse aquilo pra ele sair do meu pé...

— É mesmo? — Ela parece cética, impaciente, e isso aumenta minha frustração. — Você vive tentando me *forçar*...

— Porque se eu não te forçasse, você nem *sairia do lugar* — explodo.

O carro mergulha num silêncio mortal e, por mais que eu saiba que fiz besteira, não consigo evitar.

Estou com raiva.

— Não estou tentando te mudar — digo a ela —, mas *estou* tentando te fazer honrar seu potencial. É realmente tão ruim assim da minha parte? Querer que você faça alguma coisa da vida?

— Então, se eu não fizer nada da vida, não sou ninguém — decreta ela. — É isso?

— Realmente acreditei que você fosse passar, Bel. Achei mesmo. Não era mentira minha, porque eu sincera e genuinamente tinha cem por cento de certeza de que nós dois íamos estudar lá juntos...

— Então você não parou pra se perguntar nem por um *segundo* o que ia acontecer se eu não passasse? — diz ela. — Nunca nem passou pela sua cabeça que talvez você tivesse que me deixar para trás?

Sei que a resposta certa é não. Sei que a melhor coisa que posso dizer é que eu jamais a teria deixado para trás; que meu plano era ficarmos juntos, não importa onde estivéssemos a essa altura no ano que vem. Abro a boca na intenção de lhe garantir que obviamente os próximos passos dela ou onde ela vai estudar não faz diferença. Por um segundo, tenho certeza absoluta de que estou sendo sincero.

Mas eu queria muito que Bel não visse seja lá o que esteja vendo no meu rosto.

— Aí está minha resposta — diz ela, e então olha para as mãos. — Me leva pra casa?

— Bel. — Não, não, não. Isso não pode estar acontecendo. — Bel — tento implorar —, a gente ainda não terminou nosso robô. A gente ainda tem...

— Não se preocupa com isso. Ainda podemos trabalhar juntos e estudar juntos, não tem problema. — Ela não olha para mim. — E olha só, as pessoas vão comentar, então de repente é melhor a gente não mencionar nada disso.

— Você tá falando sério? — Tá, agora estou puto. — Você quer que eu simplesmente finja que está tudo bem quando você basicamente está dizendo que não quer nem tentar?

— Ah, mas que desculpinha esfarrapada — diz ela, irritada. — Olha só, nós dois sabemos que você não vai querer ter nenhum tipo de relacionamento à distância quando estiver no MIT e eu ainda estiver aqui. Então pra que fingir?

— Quer dizer que nada disso importa pra você? — digo, passando mal. — Você vai simplesmente jogar o último mês fora?

Desta vez, é Bel quem diz a coisa errada.

— Vou.

Provavelmente é melhor já estarmos dentro do carro. Enquanto a levo para casa, me sinto incapaz de olhar na cara dela.

Não sei como processar o fato de que a garota sentada ao meu lado é uma desconhecida.

Bel

Bem que eu queria poder dizer que acordei na manhã seguinte à minha briga com Teo e encontrei a tela de mensagens do meu celular abarrotada de pedidos de desculpa e emojis de coração, mas passei a noite em claro, então já sei que não tem nada. Não que eu o culpe; no fim das contas, fui eu que terminei, mas, em minha defesa, foi pelo bem dele. Por mais que eu não me considere a distração que todo mundo parece achar que sou — também não acho justo dar a entender que Teo tem uma espécie de "potencial" mágico que eu não tenho só porque demorei mais tempo para descobrir no que eu era boa —, não quero prendê-lo. Sei o tipo de cara que Teo é. Por mais que eu tenha ficado bem frustrada com ele ontem à noite, sei que não adianta obrigá-lo a passar pelo estresse de tentar fazer um relacionamento dar certo literalmente do outro lado do país.

É melhor a gente simplesmente… seguir em frente.

> **Bel**
> eu e o teo terminamos

> **Bel**
> não quero falar disso

> **Bel**
> estou bem

> **Bel**
> só queria te contar

> **Jamie**
> ☹

> **Jamie**
> que tal uma saidinha só das garotas?

> **Bel**
> pode ser

> **Jamie**
> ok amiga deixa comigo

> **Jamie**
> te amo bjs

Na escola, Teo não olha para mim e eu não olho para ele. Não consigo decidir se seria pior vê-lo pra baixo ou se acabaria comigo vê-lo agir como se nada tivesse acontecido, portanto, em vez disso, simplesmente não olho na direção dele.

Estou morrendo de vontade de saber se Teo contou alguma coisa para Dash (será que ele está triste? Será que sente a minha falta?), mas também estou pronta para ficar furiosa caso tenha contado (Dash é meu amigo também!). Eu quero que todo mundo saiba que a gente terminou (se alguém tentar me fazer falar com ele no momento, eu *juro*…), mas, ao mesmo tempo, não quero contar a ninguém, não quero falar nada, porque, se eu ficar de boca fechada, talvez a situação toda simplesmente desapareça. (Ele vai me ligar e tentar fazer as pazes… né? Né??? Esse não pode ser o fim!)

São tantos sentimentos que meu coração chega a doer. Eu não o odeio, quero que ele seja feliz, mas estou com raiva e quero que ele sinta o que estou sentindo, que sofra um pouquinho, porque ele me magoou e eu o magoei. Eu sabia que isso aconteceria — eu *sabia* que não tinha nada que ter me envolvido com Teo —, mas não consigo parar de relembrar nossos momentos e reler as mensagens dele só para me punir, tipo colocar o dedo numa ferida.

No fim das contas, a pior parte de todas é que a vida segue em frente normalmente. Todo o resto continua igual, então sinto saudade dele por mais que ele esteja bem ali. Por fora, nada mudou, mas, de certa forma, tudo está diferente. As músicas que a gente curtia foram por água abaixo. Os lugares que a gente frequentava agora são amaldiçoados para mim. Será que chego a desejar nunca ter conhecido o Teo ou nunca ter entrado para a equipe de robótica? Às vezes sim, mas, na maioria das vezes, não. Sinto saudades dele, mas preciso dessas coisas, dessas lembranças de como eu me sentia e de como ele me olhava, porque, sem isso, me sinto vazia. Sinto um vazio absoluto.

Parte de mim quer ligar para ele e dizer que eu estava errada — que eu nunca deveria ter feito o que fiz e que não fui sincera nas palavras que falei —, mas de que adiantaria? Eu *fui* sincera. Não estava errada. Nossos problemas não mudaram, nem a gente. Por mais que tenha sido bom na hora, eu sei que nossa brincadeirinha de faz-de-conta em relação ao futuro não vai funcionar. A sra. Voss está certa a meu respeito — assim como Teo, embora eu ainda não possa agradecê-lo. Ambos enxergaram a mesma coisa em mim: que eu nunca soube muito bem ir atrás do que quero.

Preciso marcar meu território. Preciso ser meu próprio incentivo. Uma parte secreta e desesperada de mim quer seguir Teo Luna por tudo que é canto, deixá-lo resolver tudo por mim para que eu nunca precise mover um músculo, mas sei que não posso viver nessa ilusão.

Independentemente das conclusões erradas que eu e Neelam tiramos uma sobre a outra, um detalhe a meu respeito ela entendeu: eu dei sorte. Não precisei aprender a ter sucesso sozinha porque, durante a maior parte do ano, tive Teo do meu lado. Se eu o seguisse agora, não pararia mais de segui-lo, e o que aconteceria comigo? Gosto mais de mim quando estou com ele, mas o problema é exatamente esse. Se eu ainda não for o bastante *com* ele — eu, meu verdadeiro eu, a rejeitada do MIT cujos pais nunca vão ter uma mansão, jamais, por mais que trabalhem sessenta horas por semana até a morte —, então nunca vou ser o bastante sem ele. E só porque ele me escolheu uma vez não significa que vá me escolher toda vez, especialmente quando eu deixar de ser conveniente.

Então só me resta sentir saudade do Teo, por mais que ele esteja bem ali, na minha cara.

* * *

Assim como todos os términos, é bem, bem difícil no começo, mas depois, com o tempo, vai ficando mais fácil. Não confiro mais o celular esperando ver o nome dele. Lora e Jamie têm sido muito prestativas me mandando memes e gifs o dia todo para me distrair. Já me acostumei com a sensação de virar para ele e ver que ele está olhando para qualquer outro lugar, em vez de encontrar magicamente meus olhos, como acontecia antes. Dash tem me tratado da mesma maneira de sempre, então, embora eu não fique mais espremida no sofá abraçadinha com Teo, todos nós ainda estudamos em grupo para as provas finais e agimos como se tudo estivesse normal. Depois de duas semanas, eu e Teo desenvolvemos um sistema em que não precisamos falar um com o outro a menos que seja absolutamente necessário, o que até que é fácil. Ele passa boa parte do tempo trabalhando no Sete, então tudo que preciso discutir com ele a respeito do Battlestar Chromatica são os controles de condução e o que vamos cortar para perder peso.

As provas finais passam num piscar de olhos, bem como a de física avançada, que fizemos no primeiro dia. Jamie, Teo e os outros têm muito mais provas do que eu, então, por um tempo, quase não vejo ninguém.

— Tudo bem com você? — diz Luke, que parece ter se entendido com nossa mãe desde que foi morar com papai. Agora ele tem passado em casa algumas vezes por semana para jantar comigo, então voltei a ajudá-lo com o carro.

— Bom, falei com a mamãe sobre a faculdade comunitária — comento.

Conversei com a sra. Voss e ela sugeriu que eu me livrasse logo de todos os créditos gerais e matérias básicas de desenho técnico para poder pedir transferência para onde eu quiser depois de dois anos. As faculdades comunitárias são gratuitas na Califórnia, então vou economizar muito dinheiro enquanto ainda tenho a possibilidade de me formar numa das melhores faculdades de engenharia.

— Ela ficou meio decepcionada, mas acho que entendeu.

— Você deveria dar mais valor a ela — diz Luke. É um comentário surpreendente, vindo dele. Afinal, foi ele que saiu de casa porque nossa mãe supostamente esperava muito dele, mas talvez isso possa explicar por que Luke tem um pouco de sabedoria para compartilhar. — Ela só quer que a gente seja feliz.

— Eu sei — respondo com um suspiro.

Luke termina de reconectar a bateria do carro e vai atrás de um pano para limpar a sujeira de graxa das mãos.

— Você realmente deveria contar para ela sobre a robótica — comenta Luke, e então eu dou de ombros.

— Ela acha que é uma excursão da aula de física.

— E você não contou a verdade porque…?

— Sei lá. Não quero que ela apareça lá. Parece estressante.

— E se eu quiser ir?

— Tanto faz — respondo, e ele joga o pano sujo de graxa em mim. — Pelo amor de Deus, que *nojo*, Luke…

— Escuta aqui, sua nerd — diz ele. — Não é como se alguém esperasse que você fizesse algo maneiro, tipo, nunca. Mas se te deixa feliz, então a gente deveria fazer parte disso.

— Eca, Luke, você tá parecendo até um podcast de autoajuda…

— Você não precisa manter esse tipo de coisa em segredo, é só isso que estou dizendo.

Bem que eu queria poder dizer que meu irmão me pentelhando me distrai do fato de que não estou mais com Teo, mas, infelizmente, isso só me faz pensar nele ainda mais.

— Por onde anda o Teo? — pergunta meu irmão, lendo minha mente.

— Ele vai se mudar pra Massachusetts ano que vem, Luke. Não adianta insistir.

Quanto mais eu digo isso, mais fraca a explicação parece.

— Eita — diz ele, olhando para a minha cara. — A coisa está tão feia assim, é?

— Não importa — respondo.

Mas a verdade é que, por mais que fique mais fácil a cada dia que passa, ainda dói muito, muito mesmo.

A correria às vésperas do campeonato nacional acaba mudando outra vez as coisas entre mim e Teo, pois, embora a gente tenha sido cordial um com o outro até o momento, ele está mergulhado no modo crise dos pés à cabeça agora. A essa altura, não sei nem se é capaz de me distinguir de qualquer outra pessoa relacionada à robótica.

— Terminou o *spinner*?

— Terminei, está bem ali…

— Estava 28 gramas acima do peso ontem, precisamos consertar…

— Já consertei, Teo, estamos bem…

— Obrigado, Bel Canto — diz ele, esfregando a cabeça e se afastando sem se dar conta do que falou, mas é óbvio que eu notei. As palavras me atingem feito uma flecha no peito, mas, por sorte, o Sete ainda não está finalizado, então Neelam grita com todo mundo como um general do exército e exige que todos comecem a trabalhar.

Viajar com os robôs é obviamente um desafio. O lado positivo é que o campeonato nacional vai acontecer no centro de convenções bem no meio de Los Angeles este ano, então, por mais que a gente tenha que passar a noite por lá após a pesagem para a competição, é praticamente um evento local. Alugamos um ônibus até o hotel onde a pesagem está acontecendo — sério, essa escola é luxuosa até demais — e formamos uma fila para pegar as chaves dos quartos com Mac. Como somos as únicas garotas da equipe, Lora, Neelam e eu ficamos com um quarto para quatro pessoas, e já estabelecemos que Neelam não vai dividir a cama. Achamos que é melhor deixá-la de bom humor antes de tudo desmoronar, algo que acontece quase que na mesma hora.

— A arma do Sete não está funcionando e estamos completamente ferrados — anuncia Kai do jeito mais típico possível durante nosso período de testes. Ando com um pouco de ranço do Kai porque sei que *ele* vai pro MIT com Teo e eu não, mas, neste caso, ele não está exagerando. Somos os últimos na fila para as pesagens, mas todos sentimos a pressão dos técnicos que pouco a pouco se aproximam da gente. Esse problema de última hora poderia resultar na nossa desclassificação para amanhã, o que seria um desastre, e as outras equipes já estão aqui tentando dar uma olhada nas armas contra as quais vão competir, então o Chromatica e o Sete precisaram ser escondidos sob cobertores enquanto trabalhamos. — Tem alguma coisa errada com o mecanismo, não está reagindo…

— Você carregou o controle? — Teo e eu perguntamos ao mesmo tempo. Em seguida, nos olhamos de relance e rapidamente desviamos o olhar.

— *Carreguei* — rebate Kai. — Não sou burro!

— Beleza, dá o controle pro Teo — digo, tirando-o das mãos de Kai e entregando-o por cima do ombro para Teo.

— Eu e Dash vamos dar uma olhada nos circuitos, pode ser que você tenha deixado passar alguma coisa...

— Vamos ter que reconstruir a peça — diz Neelam, surgindo de algum lugar e olhando feio para alguém que está tentando usar uma fita métrica à distância para medir a base do Sete. — Acho que deve ter quebrado de alguma forma no caminho pra cá.

—Ah, Jesus, tá... — Faço um pedido de desculpas silencioso à minha mãe pela minha blasfêmia de sempre e arrasto Dash pelo braço até o Sete, mas noto que, por algum motivo, Teo está petrificado. — Teo — eu o chamo —, você está com o controle, né?

— Uhum — diz ele sem se mexer, o que é incomum para Teo. Normalmente seria ele gritando ordens, não eu.

— Teo, a gente tem que agir — lembro a ele, embora tudo o que sei sobre Teo sugira que ele não precisaria ser lembrado. — Faltam menos de cinco horas para as pesagens...

— Hum. — Ele fecha os olhos, tentando se equilibrar, e percebo que está... suado.

Posso até ter aprendido boa parte do que sei sobre robótica com meu pai, mas minha mãe é enfermeira. Sei bem o que isso parece, e se for o que eu acho que é...

— Não, não, não... toma isso aqui — digo, soltando Dash e voando até Teo. Puxo o controle das mãos dele e o empurro para Emmett, que olha para mim como se eu tivesse acabado de lhe dar um tapa na cara. — Tá, vem aqu... AGORA NÃO, KAI — vocifero antes que Kai possa ir reclamar de outra coisa qualquer com Teo. — Caramba, vocês parecem bebês... Tá, Teo, fala comigo — digo, tocando a testa dele e falando palavrões em voz baixa num tagalo bem ruim. Ele está ardendo em febre e, agora que o observo mais de perto, os olhos dele com certeza estão meio foscos. — Como você estava se sentindo quando entrou no ônibus hoje de manhã? Estava com dor? Febre? — Se for gripe, pode ser péssimo... ele perderia todo o campeonato nacional.

Dash se materializa ao meu lado, olhando com preocupação para Teo.

— Ele tomou Dramin no ônibus. Acho que estava se sentindo enjoativo.

— É *enjoado*, não *enjoativo* — corrige Neelam de longe.

— Se toca, Neelam! — rosno por cima do ombro, fazendo um gesto para que Dash vá ajudar Kai com o que quer que ele precise. — Teo, você tá acordado?

— Estou bem — balbucia Teo, que pelo menos consegue se comunicar agora. — Estou bem. Só preciso levantar e sacudir a poeira. *Shake it off*, sabe?

Se isso for uma referência a Taylor Swift, a coisa está pior do que eu pensava.

— Você não está bem, Teo... LORA! — grito, me virando para procurá-la. Ela surge de algum lugar como um suricato. — Pode trazer um pouco d'água?

Enquanto isso, Teo está irredutível.

— Estou bem, Bel. Vou pilotar o robô, eu...

Ele se interrompe, meio cambaleante, embora eu ainda o esteja segurando enquanto berro pela sala.

— Lora, água! Ibuprofeno se tiver, e... AH, MERDA — anuncio, chamando sem querer a atenção de todo mundo diretamente para o nosso cantinho no imenso salão de baile do hotel enquanto Teo gira e vomita na lata de lixo mais próxima, o que significa que todos os nossos planos tão suados estão prestes a mudar.

Quinze
Garotas

Bel

— **Teo quer falar com você** — avisa Dash, surgindo por cima do meu ombro quando finalmente liberamos nossos robôs para a competição, o que acontece *três horas* depois de nos dizerem que precisava ser feito. Com toda a sinceridade do mundo, não estou convencida de que a arma giratória do Sete que consertamos às pressas vai funcionar no combate, mas pelo menos estava com o peso certo. Vamos ter que consertá-la entre uma rodada e outra amanhã se (cof-cof, *quando*) algo quebrar.

— Como ele está?

Endireito a postura e boto a mão no cabelo, constrangida. Ficou amarrado em um coque zoado no topo da cabeça o dia todo e está horrível. (Se bem que provavelmente não está pior que Teo, considerando que ele tem vomitado no banheiro do quarto de hotel desde que passou mal hoje à tarde.)

— Ele está, hum… sem fluidos, a essa altura — diz Dash. Sei que ele se expressou dessa forma para não ser nojento, mas já ouvi minha mãe dizer coisas piores. — Ele disse que é importante.

— Aham, hum. Claro. — Bem que eu queria não estar pavorosa, mas não é como se fizesse alguma diferença. — Ele disse por quê?

Dash balança a cabeça, o que talvez signifique sim, só que o *bro code* o fez jurar segredo, então, para todos os efeitos, é um não.

— Ah, tá bom. Valeu, Dash.

— Tranquilo. — Ele me passa a chave e faz uma reverência cortês. Eu respondo me curvando e, em seguida, subo as escadas para o quarto dele e do Teo.

— Oi — digo quando entro no quarto, localizando Teo enterrado debaixo das cobertas. — Tudo bem, rebatedor? — acrescento, imitando uma espécie de manobra antiga do beisebol.

— Você é tão esquisita — diz Teo com um suspiro fraco. Em seguida, ele senta, ou pelo menos tenta sentar, mas eu corro para a beira da cama e o seguro.

— Não levanta. Você precisa descansar pra amanhã.

Ele balança a cabeça.

— Não vai dar, Bel.

— Que besteira, meu belo príncipe, você não está com a doença do suor…

— Eu não vou *morrer* — resmunga ele, revirando os olhos para mim. — Só não vai dar pra ser o piloto amanhã.

Teo provavelmente tem razão, mas não sou eu que vou dizer isso a ele.

— Bom, quem sabe — comento em tom otimista. — A gente vê de manhã…

— Bel, escuta, você precisa pilotar os robôs. — Ele tosse tão forte que parece até que vai vomitar, o que nos deixa perturbados. — É, talvez seja melhor sentar um pouquinho mais longe — concorda ele quando eu não tomo o menor cuidado de ser discreta ao mudar de posição. — Desculpa.

— Não precisa pedir desculpas, Te... *Oooooopaaaa*, peraí. O que foi que você disse? — pergunto, processando tardiamente o que ele acabou de me pedir.

Ele dá de ombros.

— Você tem que ser a pilota, tá? Você é a única em quem eu confio pra essa função.

— Que loucura — digo instantaneamente, porque é mesmo. — Pede pro Dash, ou pro Kai...

— Dash não tem os seus instintos. E Kai entra em pânico.

— Tá, o Emmett, então...

— Bel, escuta o que eu estou te dizendo. A gente ganhou o campeonato regional porque você estava no meu ouvido. — Ele consegue manter um olhar severo, apesar de pálido, melado de suor e, de modo geral, incapaz de ficar em pé. — Nosso robô estava com problema, mas, graças a você, a gente ganhou mesmo assim.

— É, porque *você* era o piloto...

— Porque nós demos sorte, tecnicamente — ele me corrige —, mas também porque você estava lá.

— Não fui eu. Foi você — digo com firmeza, encarando as mãos. Algo a respeito de estar sozinha com ele pela primeira vez em um mês está me dando uma dor no peito, especialmente porque essa conversa está me lembrando direitinho do dia em que percebi que estava gostando dele. (Eu estava tão feliz naquele momento, assim como ele, e isso é uma droga e dói, que ódio.)

— Bel, não discute comigo, estou doente — diz Teo.

— Mas...

— Eu era o piloto, claro, mas você me disse o que fazer...

— Então, mesmo assim, não fui eu, foi *a gente* — boto pra fora, meio que o assustando. — Só sou boa quando estou com você, Teo — digo, e então, como é pateticamente verdade, engulo em seco. — Eu atinjo meu auge quando estou com você.

Se Teo sabe que não estou falando apenas do nosso robô, ele me faz o favor de não dar muita importância a isso.

— Bel, eu te escolhi pra equipe porque você tem visão — ele me conta. — Porque você é atenta. Porque entende a maneira como as coisas funcionam ou não. Isso é tudo de que precisa pra ser pilota.

— Mas eu nunca pilotei em nenhuma competição! — protesto.

— Sim, mas você vai saber o que fazer. Confio em você.

— Teo...

— É o seu robô — Teo me diz. — Os dois são. O Chromatica e o Sete poderiam ter sido fracassos catastróficos. A gente poderia ter se contentado com peças imperfeitas, mas você nos impediu. Você consertou os robôs. Você nos deu um empurrãozinho. Nossa equipe criou robôs vencedores esse ano, Bel — ele declara com convicção —, e foi graças a você. Eu tenho orgulho disso. De você — diz ele.

Preciso admitir: não estamos vivendo o momento romântico que imaginei quando vim para cá. Eu meio que imaginei que talvez Teo fosse me dizer que foi burrice nós não ficarmos juntos e que pouco importava a possibilidade de um relacionamento à distância ser difícil, nós daríamos conta. Achei que talvez, por um milagre, ele não estaria mais com gastroenterite, que me beijaria e diria que sentiu minha falta. Admitiria que queria conversar comigo só para poder dizer que queria que nós ficássemos juntos, não importa o que aconteça.

Só que, em muitos aspectos, isso é ainda melhor. Porque sinto que esperei um tempão para ouvir que mereço alguma coisa, e saber que meu colega de equipe está genuinamente orgulhoso de mim — que minha equipe *precisa* de mim — é a validação que eu jamais esperei conseguir. Eu nunca imaginei que ouviria algo do tipo e, de repente, sinto que gostaria de ter contado tudo sobre a robótica aos meus pais, porque Luke tem razão.

Isso *vale* a comemoração.

— Obrigada — digo a ele. É um comentário meio decepcionante e nem chega a ser uma resposta. Ele assente, mas em seguida fica levemente pálido e procura as cobertas.

— Desculpa, desculpa…

— Não, fica à vontade — digo, me colocando completamente fora do caminho do Teo enquanto ele corre até o banheiro.

Depois que ele sai, finalmente tenho a chance de pensar no que Teo está pedindo de mim. Por mais que eu seja grata por todos aqueles comentários, algo parece… errado. É claro, seria legal pilotar os robôs amanhã — *ainda mais* por eu ter acabado de passar por mais um dia de garotos me olhando como se eu fosse um peixe fora d'água —, mas não sei se conseguiria me defender dos possíveis argumentos contra mim.

Não tenho nenhuma experiência como pilota numa competição: confere. Só pilotei robôs para ver o que se mexia e o que não se mexia ou para testar as armas e garantir que funcionavam direitinho. Não é o mesmo que estar na luta contra um oponente de verdade.

Em momento algum treinei o manuseio do Sete: confere. O Chromatica que é meu bebê. Conheço a soma das partes do Sete, é claro, mas só trabalhei nele quando não tinha mais nada para fazer.

Estou no meu primeiro ano de robótica, é minha primeira vez no campeonato nacional e eu não sei que nível de competição esperar: confere, confere, confere. Eu não tenho o benefício de saber as coisas que Teo sabe.

Mas, assim que penso nisso, me dou conta de que *tem* alguém nessa equipe que sabe.

Pego o celular; a equipe inteira está na lista de chamadas recentes, então é só clicar num botão que já começa a chamar.

— Alô?

— Neelam, oi — digo. — Já terminou aí embaixo?

— Aham, acabei agora. Cadê você?

— Estou vendo como Teo está. E, ah, antes que você diga qualquer coisa, presta atenção — acrescento, porque eu sei que ela passou o dia inteiro estressada enquanto o restante da equipe cruzava os dedos para que Teo melhorasse —, ele me pediu para pilotar os robôs amanhã, só que, hum... acho que vou recusar.

Neelam fica em silêncio por um instante.

— Ele não tem o direito de simplesmente *designar* o piloto — murmura ela, claramente irritada. — É uma decisão de equipe, em primeiro lugar, e ele não pode só...

— Eu estava pensando que você deveria ser a pilota — eu a interrompo. — Na verdade, eu ia te perguntar se você se importaria de assumir meu lugar.

Silêncio.

— A questão é que eu não fiz por merecer — comento.

— Mas você fez.

Mais silêncio.

— O que não significa que eu *não seja* capaz — digo rapidamente, porque quero que ela saiba que não sou totalmente inepta. — Ele tem razão sobre eu *ser capaz*, mas acho que você é a pessoa certa para isso. Então, se você não se importar de eu estar na cabine com você, acho que nós duas podemos dar conta.

Ela não diz nada.

— Então… combinado? — insisto. — Ou…?

Silêncio.

Olho de relance para as unhas.

Vou dar mais alguns segundos a ela.

Tipo, mais uns três segundos.

Talvez cinco.

Cinco… quatro… três…

— Tá — diz Neelam. — Tá, tudo bem.

— Tá bom. — Expiro, aliviada. Finalmente fiz uma coisa certa. — Quer dizer, não é exatamente entusiasmante — brinco —, mas aceito. A gente se vê daqui a alguns minu…

— Bel — Neelam me interrompe. — Obrigada.

Sei que é um baita acontecimento ela me agradecer, portanto faço um esforço para não deixar um clima de constrangimento. Neelam não é que nem Jamie ou Lora — ela não quer respostas efusivas e odeia qualquer tipo de sentimentalismo.

— Bom, ei — digo em tom alegre —, a gente tem que se unir, né?

— Para de deixar a situação estranha. Tchau. — Ela desliga e eu reviro os olhos, guardando o celular no momento em que Teo volta lentamente para se enroscar no lado dele da cama do hotel.

— Por acaso você acabou de passar a função para Neelam? — ele me pergunta, exausto, e, por mais que eu saiba que provavelmente não deveria tocá-lo enquanto está cheio de germes, aliso o cabelo dele, afastando-o da testa.

— Aham — respondo. — Era o certo a se fazer, Teo.

Eu me preparo para uma discussão — afinal, estou bem familiarizada com a necessidade compulsiva do Teo de resolver problemas —, mas ele só fecha os olhos e se enterra ainda mais debaixo das cobertas.

— Tá, pode ser. Confio em você.

Não é uma resposta muito típica dele, mas acho que ele não está em condições de ser muito Teo no momento. Imagino que, com toda essa desidratação, provavelmente seria melhor ele dormir, então me levanto e me viro para sair do quarto.

— Bel? — ele me chama.

Dou meia-volta.

— Pois não?

— Estou com saudades — Teo balbucia com o rosto enfiado no travesseiro.

Acho possível que ele esteja meio delirante de tanto vomitar e passar mal, então tento não deixar meu peito se encher demais de esperança.

— Eu também — digo baixinho, e então me retiro para tentar descansar um pouco antes do campeonato amanhã.

Quero me sentir eu mesma hoje, então visto minha calça jeans de pássaros com a camisa polo da equipe de robótica e complemento com uma pitada de glitter. Da última vez, eu estava tentando me misturar e ser levada a sério, mas agora eu sinto que a forma como as pessoas me enxergam deveria se basear em muito mais do que na roupa que escolhi vestir. Não existe regra nenhuma dizendo que não posso ter pássaros e fitas na calça e continuar sendo uma engenheira boa pra caramba, então faço cabelo e maquiagem até me sentir bem com a versão de mim mesma que me olha do espelho.

— Terminou aí? — insiste Neelam, que saiu da cama e vestiu a mesma roupa que sempre usa. É verdade, existem vários jeitos de ser garota e o dela parece bem mais prático, mas pelo menos estou me sentindo eu mesma com toda a minha armadura de sempre. E realmente acho que estou começando a gostar da pessoa que sou.

— Terminei — digo a ela. Estou mais nervosa do que nunca, então Lora pega minha mão e a aperta. — Vamos lá lutar contra uns robôs.

Descemos para o balcão de café da manhã continental do hotel para forçarmos um pouco de comida goela abaixo ("Você precisa comer *alguma coisa*", disse Lora, me persuadindo com uma fatia de torrada enquanto Dash servia todo tipo de cereal dentro de uma só tigela), então entramos no ônibus. A essa altura, a equipe inteira já sabe que Neelam é a pilota e que Teo ofereceu a função para mim primeiro, o que percebo que irrita alguns. Kai, no entanto, parece aliviado ao se jogar no banco paralelo ao que estou sentada com Lora.

— Que bom que não vai ser culpa minha se alguma coisa der errado — diz ele, e, embora eu perceba a falta de confiança implícita em Neelam, ignoro.

— Como está o Teo? — pergunto em vez disso.

— Quase um zumbi. Todo mundo esperava que ele pelo menos tivesse condições de operar o controle remoto, mas...

— Cara — digo, revirando os olhos —, ele ingeriu um total de zero alimentos nas últimas vinte e quatro horas. Por mais que *conseguisse* ficar de pé, acho que isso não conta como estar nas melhores condições.

— É, bom, dadas as opções... — Kai volta o olhar para Neelam.

Pela primeira vez, entendo como deve ter sido difícil para ela amar tanto uma coisa apesar de estar numa equipe cheia de metidos desconfiados. Acho que eu também não viria para a escola radiante de alegria se tivesse tido os quatro anos que ela teve.

— Ei, ela aguenta a pressão — rebato em defesa de Neelam. — É o que ela faz todo dia.

— É, cala a boca aí, Kai — diz Lora, o que sinceramente me deixa chocada. Não chegou a ser obsceno, mas, mesmo assim, é a *Lora*, a que nunca perde a paciência. Tipo, nunquinha.

— Nossa, tá, tá bom — diz Kai, e então Dash se senta no banco do corredor, empurrando-o para o lado e enfiando uma sacola cheia de cereal na mochila dele. Não sei se Neelam ouviu a gente, mas percebo que ela levantou um pouco o queixo de onde está sentada, algumas fileiras à frente.

Já vimos pela pesagem de ontem que tem várias equipes vindas de vários cantos do país aqui, mas a coisa é *bem* diferente quando chegamos ao centro de convenções. O prédio é plano e imenso, tipo uma nave espacial, e, embora eu não estivesse esperando, vejo vários carros tentando entrar no estacionamento.

— Uau — comento, olhando pela janela da Lora do banco do corredor.

— Pois é, né? — diz Dash, que fica com os olhos levemente marejados. — Não acredito que é minha última vez aqui.

Estendo a mão para dar um tapinha no joelho dele. Todo mundo do último ano tem ficado meio nostálgico; inclusive eu, por mais que não tenha me apegado à escola. Mesmo assim, algo a respeito dos amigos que fiz enquanto construía robôs me faz sentir que as pessoas aqui dentro do ônibus vão continuar na minha vida por bem mais do que os três anos que passei na minha antiga escola.

Mac e os outros supervisores nos guiam para fora do ônibus e começam a nos direcionar para a área reservada para nossa equipe. Enquanto recruto Dash e Emmett para ajudar Justin com o Sete, sinto um tapinha no ombro.

— Bel? — diz a sra. Voss, e lanço um olhar distraído na direção dela antes de olhar outra vez, surpresa. — Trouxe alguns convidados comigo dessa vez.

Meu coração para de bater quando me dou conta de que tanto minha mãe quanto meu pai estão ali com ela, meio tensos e perplexos. Luke está tentando dar uma espiadinha debaixo do cobertor em que escondemos o Sete, mas, em geral, estou chocada pois fazia quase um ano que eu não via meu pai e minha mãe lado a lado. Da última vez, eles estavam brigando.

— Ah, hum. Oi, gente — digo. — Como foi que vocês, é...?

A sra. Voss arqueia a sobrancelha, sugerindo que deve ter dedo dela nessa história.

— Mais tarde conversamos sobre por que você escondeu isso da gente — diz minha mãe, e, embora eu me encolha de apreensão, ela se aproxima e me puxa para um abraço do tipo mamãe ursa, bem apertado. — Estou tão orgulhosa de você, *anak* — completa ela no meu ouvido.

Para minha surpresa, meu pai também dá um passo à frente e diz:

— Acaba com eles, Bel. — Minha mãe quase recua quando ele se junta ao nosso abraço, mas disfarça rapidamente. — Estamos ansiosos para ver você ganhar.

— Ah, veremos. — Eu me afasto atordoada, lembrando com um certo atraso que deveria estar trabalhando em alguns testes de última hora no Chromatica. — Eu tenho que, hum...

— Vai lá — diz a sra. Voss. — Vou explicar para eles como é o esquema.

— Ibb, que loucura — fala Luke, correndo na nossa direção. — Tem, tipo, uma porrada de robôs aqui.

— Nossa, oi, Luke...

— Cadê o Teo? — pergunta minha mãe. — Ele também participa, né?

—Ah, hum...

— Oi — diz Dash, materializando-se bem do meu lado. — Pode dar uma olhada numa parada aqui?

— Claro. — Eu expiro, aliviada. Olho por cima do ombro para os meus pais uma última vez, mas minha apreensão já está indo embora. Os dois acenam de volta, parecendo nervosos, mas animados.

Tenho a estranha sensação de que não vai ser um problema meus pais juntos hoje, já que parece que eles finalmente têm algo em comum que não esteja totalmente destruído. Talvez esse seja o reconhecimento que nunca dei a mim mesma, agora que paro para pensar melhor. Luke é tipo meu pai, Gabe é tipo minha mãe, mas eu sou a mistura dos dois.

Dou tchau para eles e volto à nossa equipe com Dash.

— Obrigada — sussurro para ele.

— Sem problemas. Aqueles são seus pais?

—Aham.

— Aquela é minha mãe — diz ele, apontando para uma mulher na multidão com covinhas e uma cópia carbono da expressão sonhadora do Dash. — Morro de vergonha — acrescenta ele, mas sorri de orelha a orelha quando chama a atenção dela e ela apontar para uma camiseta onde se lê MÃE DO DARIUSH.

Eu aceno, embora ela não faça ideia de quem eu seja, e então nós dois permitimos que a voz estrondosa do Mac nos ponha de volta na linha. Nossa primeira luta acontecerá em breve, contra uma equipe da Flórida.

— Ah, merda — diz Emmett, olhando para a lista. — Vocês viram quem está na rodada curinga?

— Argh. — Dash e eu olhamos a lista e encontramos o nome do Richardson como piloto da St. Michael's.

— Tanto faz. A gente ganhou deles antes e vai ganhar de novo — digo.

— Ela está certa. — Neelam surge do meu lado com um aceno de cabeça. — Odeio esse cara — murmura para mim.

— Você odeia todo mundo — sussurro em resposta.

— Sim, mas especialmente ele. — Nós duas trocamos um olhar que significa que ele já disse para ela as mesmas coisas que disse para mim no campeonato regional.

— Maier, Dasari — grita Mac para a gente. — Corram, meninas, vamos lá!

— Está pronta? — pergunto a Neelam, que responde com um firme aceno de cabeça.

— Estou — diz ela, parecendo nervosa, mas sem medo. Entendo.

— Ótimo. Bora dar uma surra nuns robôs.

* * *

Nossa primeira luta é acirrada. Neelam com certeza está confortável pilotando o Sete, mas tem menos prática do que Teo nesse tipo de ambiente; percebo que ela questiona os próprios instintos. Mesmo assim, dispara do quadrado vermelho — ficamos com o vermelho de novo, o que me permito acreditar ser um sinal — e sei que isso pega o piloto da equipe azul de surpresa. (Ele e os colegas de equipe ficaram encarando a gente mais cedo, e não foi de uma forma educada. Eles nos olhavam como quem diz "O que elas acham que estão fazendo aqui?", o que nunca é maneiro.)

O robô deles tem um *flipper* muito potente, e o piloto com certeza é experiente. Ele não para de se aproximar do Sete pelos cantos traseiros, o que acaba forçando Neelam a jogar na defensiva. Essa não é exatamente a melhor maneira de ganhar os pontos por agressividade, então fico encarando o robô da outra equipe (o Destruidor, que, considerando a referência aos Tartarugas Ninja, foi *obviamente* construído por uma equipe repleta de garotos) para tentar descobrir onde nosso *vertical spinner* pode fazer o maior estrago.

Neelam recua rapidamente para se livrar do flipper do Destruidor, que quase nos deixa em apuros com o *horizontal spinner*, embora eu repare que o deles tem o mesmo problema que o nosso tinha antes de consertarmos a arma giratória. Assim que o *spinner* do Destruidor entrar em movimento, vai esquentar bem ao lado da bateria.

— Faz eles usarem o *spinner* — digo a Neelam, que hesita. Ela não tem o instinto do Teo de instigar o adversário, o que, verdade seja dita, provavelmente é fruto da arrogância inerente de ser… bem, Teo Luna.

— Bel, está de brincadeira?

— Faz eles ativarem o *spinner* e fica longe dele — grito para ela. — A gente precisa ir pra baixo do...

— Ah, saquei. — Ela já viu mais batalhas do que eu, então entende antes que eu me veja forçada a berrar nossa estratégia. Ela avança e desvia, usando nossa arma pela primeira vez em quase um minuto de luta. Se for para os juízes, talvez a gente perca pontos por não adaptar uma estratégia viável rápido o suficiente. Nossa melhor opção é um nocaute, o que significa causar um estrago... um estrago *dos bons*.

Fazer com que o Destruidor use o *horizontal spinner* é um bom começo, porque tanto eu quanto Neelam percebemos ao mesmo tempo como o robô deles sai levemente do chão assim que é ativado.

— Pronto, tenta achar um ponto fraco! — digo, meio que histericamente.

— Estou *tentando*...

Neelam bate a base do Sete no Destruidor para que ele se levante e forme um ângulo com o chão, então ativa nosso *vertical spinner* bem a tempo de nossa única ponta afiada perfurá-lo, rasgando o fundo da base de titânio do Destruidor e jogando-o no ar.

— Meu Deus, meu Deus, meu Deus! — grito, sem nem ligar para o fato de que minha mãe está em algum lugar na multidão atrás de mim ouvindo a blasfêmia. — NEELAM, MEU DEUS DO CÉU!

O Destruidor pousa no chão sem nenhuma firmeza e Neelam vai com *tudo* pra cima dele. Esse é o momento dela brilhar; todo mundo sabe que Neelam tem instinto assassino de sobra. O Sete empurra o Destruidor para um canto e usa o *spinner* para forçá-lo a ficar de pé, rasgando o circuito outra vez. Em questão de segundos, o *horizontal spinner* do

Destruidor desliga e, ao olhar para a esquerda, percebo que o piloto da equipe azul está reveladoramente pálido.

— Precisamos ver movimento em dez segundos ou vai ser nocaute! — grita o árbitro. — Dez... nove... oito...

Atrás de mim, ouço a plateia se juntando à contagem.

— ... quatro... três... dois...

— Meu Deus — sussurra Neelam, que parece à beira de lágrimas.

— Um... NOCAUTE! — grita o árbitro, e Neelam se vira para mim em estado de choque, com o rosto congelado. Eu a encaro de volta, sem saber se rio ou se choro, e ela dá um passo à frente para me abraçar, acho, até sermos separadas por uma multidão de garotos em polvorosa.

— É ISSO AÍÍÍÍÍ! — ruge Emmett, envolvendo Neelam num abraço monstruoso, e Dash surge por trás para me abraçar pelo ombro.

— Aí sim! — diz ele, exuberante. — Aquilo foi *irado*, cara...

Comemoramos sem limites até sermos interrompidos.

— Boa partida — comenta o piloto da equipe azul, estendendo estoicamente a mão para nós. Neelam, Dash e eu nos recompomos em nome do espírito esportivo e o cumprimentamos.

— É, vocês foram ótimos — respondo. E foram mesmo, claro.

(Embora a gente tenha sido melhor.)

— Então, hum, essa é a minha irmã — diz o piloto, dando um empurrãozinho numa garota que parece estar no ensino fundamental. — Ela achou vocês muito maneiras.

— Ah, obrigada, moça. — Levanto o punho para cumprimentá-la.

— Gostei da sua calça — ela me diz, envergonhada.

— Valeu. — Olho de relance para o piloto da equipe azul, que dá de ombros.

— Ela não achava que garotas construíssem robôs — explica.

— Ah, pois bem, elas constroem, sim — digo a ela com firmeza. Minha equipe começa a me arrastar para fazer alguns reparos e me preparar para a próxima luta, mas acho que é um bom momento para um pouco de sabedoria.

— Quer dizer, fala sério, se os garotos conseguem... — grito para ela. — Então não tem como ser tão difícil, né?

Tá, isso não foi lá muito sábio e o piloto da equipe azul revira os olhos, mas mesmo assim. A irmã dele abre um sorriso radiante, e acho que talvez, se eu e Neelam ajudássemos uma garota a acreditar que é capaz... e se essa garota ajudasse outra garota... e *essa* outra garota ajudasse mais alguém...

Dou uma olhadinha por cima do ombro para onde Jamie e Lora estão sentadas com a sra. Voss, que segura um cartaz cheio de glitter apontado para mim.

QUEM É QUE MANDA?

Nesse momento, Mac acaba chamando minha atenção sem notar; nós estamos olhando a mesma coisa.

— Bom trabalho, Maier — ele grita para mim, erguendo o punho em um gesto de triunfo. Não... de solidariedade.

Bom trabalho. O comentário me inunda dos pés à cabeça, como um ano inteiro de tensão indo embora.

Que bom que não tenho tempo de chorar, porque senão eu certamente estaria me desmanchando de tanto orgulho agora, mas preciso dar uma surra em mais uns robôs daqui a quinze minutos.

Dezesseis
Chances

Teo

Eu acordo como se estivesse saindo de um coma e me dou conta de que estou sozinho no quarto de hotel. Hoje de manhã, Dash, Kai e Emmett deixaram para trás um furacão de coisas, e uma olhadinha no relógio me diz que estou perdendo o que provavelmente é a terceira rodada de combate da nossa equipe.

Quer dizer, considerando que eles não tenham perdido até agora.

Olho para o celular e vejo que Dash tem me mandado mensagem a cada cinco segundos, o que, nesse caso, é um alívio. Abro o story que Lora postou no Instagram e vejo Bel e Neelam dando um nocaute, o que termina com as duas se encarando perplexas. Bel está com a calça jeans de pássaros e meu peito inteiro dói enquanto eu a vejo; ela está no meio do caminho entre o riso e as lágrimas e, de repente, me lembro de que poucos meses atrás eu a puxei para o nosso primeiro abraço da vitória.

Muita coisa mudou de lá pra cá, mas o que eu sinto quando olho para ela... isso não. É o mesmo sentimento de sempre, intenso e cheio de orgulho.

O vídeo foca no nocaute em si, é óbvio — e, só para constar, eu me importo com esse detalhe, *sim* —, mas ficar de fora da minha última competição no campeonato nacional... não é como eu pensei que seria. Estou triste, sim, e queria estar lá, mas, na verdade, estou meio que aliviado por não ser minha responsabilidade pilotar os robôs agora. Faz tanto tempo que é minha função carregar todo mundo que parte de mim suspeita que meu corpo inteiro se revoltou fisicamente com a ideia de fazer isso de novo. Enquanto eu ouvia trechos da discussão entre Kai e Emmett sobre se eu ainda teria condições de pilotar, fiquei bem dividido, porque eu sei que cabe a mim ser a pessoa que não decepciona ninguém. Se eles concordassem que eu deveria pilotar de qualquer maneira, eu teria me forçado a sair da cama. Não teria questionado nem por um segundo. Mas, verdade seja dita, que bom que a decisão não foi minha, no fim das contas.

Mesmo que Mac estivesse certo em relação ao que eu devo a equipe, Bel estava mais certa, assim como Dash. Eu não sou a equipe; *nós* somos. Nós construímos esses robôs juntos, e eu não deveria ter chegado ao ponto de passar vinte e quatro horas vomitando sem um minuto de descanso para perceber o quanto confio neles, em *todos* eles. Porque, por mais que eles não conseguissem chegar até aqui sem mim, eu não estaria em lugar algum sem eles. A equipe tem tudo de que precisa, um ano inteiro de trabalho incansável, e estou aliviado — não, estou *feliz* — por agora saber com toda certeza que: eles não precisam de mim para vencer.

Então, o triste para mim não é não poder pilotar, mas não fazer parte disso, ganhando ou perdendo. As pessoas às quais estou assistindo em loop nesse vídeo de quinze segundos são meus melhores amigos no mundo inteiro. São a minha equipe. Nós passamos as últimas sei lá quantas semanas, meses e anos construindo juntos coisas que deixamos outras pessoas destruírem e, de alguma maneira, a única coisa que não se destrói é o vínculo que temos uns com os outros.

Inclusive — assim espero — o vínculo entre mim e Bel.

Ouço um som na porta e me levanto de leve, achando que talvez alguém possa ter voltado durante o horário de almoço para me contar como está a competição, mas quem entra é minha mãe. Imagino que Mac tenha tido que ligar para ela.

— Oi, amor — diz ela, entrando no quarto na ponta dos pés como se esperasse encontrar piolhos de adolescentes no chão, o que definitivamente é o caso. — Está acordado?

— Estou, sim. — Eu me arrasto para uma posição vertical. — Mas ainda meio mal.

— Ah, sim. — Ela tira a bolsa e suspira. — Que *timing* ruim, hein? Você nunca fica doente, filhote.

— Pois é. Nada legal. — Ela tem razão. Eu nunca fico doente. — Mas não precisava ter vindo até aqui.

— Claro que precisava. — Ela estende a mão para verificar a temperatura na minha testa. — Acho que o guia diz pra fazer isso — murmura, franzindo a testa de leve —, mas não posso dizer que sei o que estou procurando.

Não consigo evitar. Começo a rir.

— Você é boa, mãe — digo. — Acho que o guia provavelmente tem muitos conselhos subjetivos.

— Verdade, ele pode mesmo ser contraditório — minha mãe admite com um suspiro. — Chega pro lado, chega? Desmarquei uma massagem tailandesa pra estar aqui.

— O papai não vem, né? — pergunto, abrindo espaço enquanto minha mãe se acomoda ao meu lado. Ela me envolve com um dos braços e inclina minha cabeça sobre o próprio ombro, o que é reconfortante.

— Você quer que ele venha? — pergunta.

Sinceramente? Seria uma perda de tempo. Não é como se ele costumasse aparecer para esse tipo de coisa, e eu realmente não me importo. O tempo dele é limitado e, já que não somos tão próximos assim, para início de conversa, prefiro mesmo não ficar me preocupando se ele está doido para voltar para o trabalho ou não. De forma geral, me sinto culpado sempre que meu pai é obrigado a cumprir as exigências paternas.

— Tá tranquilo — respondo, me perguntando por que tenho que me forçar a falar isso de coração. — Quer dizer, não é como se eu fosse competir nem na...

Eu me interrompo quando o celular da minha mãe vibra dentro da bolsa. Ela o alcança e, por incrível que pareça, é meu pai chamando no FaceTime.

— Bom, falando no diabo... — Ela atende a chamada e posiciona a tela para pegar nós dois. — Nosso filhote está vivo, Mateo — ela cantarola para meu pai, bagunçando meu cabelo. — Ainda estamos arrasando nisso de ser pais.

— Excelente — diz meu pai com uma risadinha. Ninguém o faz rir que nem minha mãe, mas, mesmo assim, ele volta a atenção para mim. — Está se sentindo bem, filho?

Tá, tá, eu sei que falei que não queria que meu pai largasse tudo por minha causa, mas isso não significa que eu não goste de saber que ele ainda quer falar comigo.

— Estou, pai — respondo, me aninhando um pouquinho mais para perto da minha mãe. — Estou bem.

Bel

— **Teo falou alguma coisa?** — pergunto a Dash antes de sairmos de fininho da nossa quarta rodada de competição.

Estamos na chave dos vencedores, então, a essa altura, mais uma vitória é decisiva. Nunca vi minha mãe tão animada e apavorada ao mesmo tempo — cheguei até a vê-la cobrindo os olhos quando o Chromatica tomou um golpe que acabou perfurando o invólucro de polímero multicolorido. Por sorte, meu pai chegou mais perto e explicou alguma coisa para tranquilizá-la; provavelmente falou de como o construímos com metal por baixo.

(Eu sei que eles não vão voltar a ficar juntos nem nada, mas mesmo assim. É legal ver os dois contando um com o outro, mesmo que seja por um dia.)

— Ele acabou de me mandar um bando de emoji — Dash responde enquanto os polegares voam pela tela. — Está vendo?

Ele me mostra o que de fato é um balaio de hieróglifos modernos.

—Ah, beleza. — Não que eu estivesse esperando que Teo me transmitisse mensagens secretas enquanto está de cama, mas…

— Aqui, essa é pra você. — Dash me mostra uma nova mensagem na tela, que diz:

> **Teo**
> fala pra bel pegar leve com o m.a.

—Ah.

Teo está me lembrando do mecanismo de autoalinhamento que ele construiu, que é meio enjoadinho. Esse mecanismo é algo que podemos escolher acrescentar nos nossos robôs; caso o robô seja derrubado, o mecanismo o traz de volta à posição vertical. Com o peso da armadura de plástico do Chromatica, nós tivemos que limitar nosso sistema de bateria para mantê-lo abaixo dos sete quilos, então nosso mecanismo de autoalinhamento pode levar um tempinho para acelerar, caso a gente precise usá-lo.

É um lembrete útil, mas como ele não me chamou de Bel Canto nem nada...

— Tá, beleza, valeu — digo a Dash. — Ele só está falando de uma das peças. Está tudo bem.

— Ah, tá. Fiquei preocupado que ele estivesse falando do "momento de arrependimento" ou então que fosse uma "mula arrasada"...

— Dash, já faz um tempinho que você lida com robótica, você sabe o que significa M.A. — digo, mas então arregalo os olhos, processando o que ele disse. — Peraí, do que você está falando?

Ele me olha de relance.

— Ele sente sua falta — diz Dash, sem rodeios.

Ouvir isso me mata um pouco, mas não é como se Teo e eu tivéssemos terminado sem um motivo.

— Sinceramente, Dash, acho que foi melhor assim...

— Não foi, não. — Ele meio que me dá um tapinha sem jeito na cabeça, do jeitinho que Luke faria. — Você também sente saudades dele. Admite.

Faço uma careta. Adoraria negar, mas ele *acabou* de ver minha cara quando me disse que Teo tinha um recado para mim. Não é como se Dash fosse um completo idiota.

— Não estou dizendo que não sinto saudades dele, eu só...

— Isso é tudo que eu precisava ouvir. Ei, se concentra — acrescenta Dash enquanto me dá um empurrãozinho na direção da Neelam, que está gesticulando freneticamente para que eu vá até ela. — Vai lá vencer mais uma pra gente, viu?

Mais uma.

Mais. Uma,

— Tá, tá bem, vou tentar.

Afasto da cabeça qualquer ideia fixa que envolva Teo e corro até Neelam. Estou prestes a abrir a boca para lembrá-la de que não há nenhum motivo para pânico quando paro de repente, me dando conta de quem é nosso oponente.

— Ouvi dizer que o Luna está fora — diz Richardson lentamente, materializando-se com dois dos seus comparsas como se fosse o vilão de um filme bem xexelento do James Bond. — Vão ser três minutos bem rápidos.

— Como é que pode você estar aqui? — pergunto a ele, irritada. — Você não deu conta de ganhar nem o campeonato regional.

Ele desvia o olhar para o bordado na minha calça.

— Que calça fofinha — comenta com a voz aguda.

Eu total vou meter a mão na cara desse garoto.

— Bel. — Neelam me cutuca. — Ignora.

— Qual é a sua? — pergunto a Richardson, fazendo questão de também olhar nos olhos dos colegas de equipe dele, para que saibam que fazem parte disso mesmo se (*especialmente* se) escolherem ficar em silêncio. — Quer dizer, eu entendo, perder é vergonhoso — acrescento, erguendo o queixo —, mas, olha, ficamos felizes que os garotos estejam tendo a oportunidade de tentar.

— Olha, parabéns pelos pontos por diversidade — diz Richardson lentamente —, mas a gente não precisa disso.

Ele dá uma última olhada em mim e em Neelam e vai embora, entrando no — eita! — quadrado vermelho, o que significa que nós ficamos com o azul. (Argh, eu com certeza sou tão supersticiosa quanto a minha mãe.)

— Faz ele se arrepender — murmuro para Neelam, cujas mãos apertam o controle quando entramos na área designada para nossa equipe.

—Ah, não se preocupa. Vou fazer ele chorar — ela murmura em resposta.

Bem que eu queria poder dizer que não me incomoda ouvir Richardson zombar de nós por sermos garotas, mas é frustrante demais. Não por ser errado — o que é mesmo —, mas porque é exatamente o tipo de coisa que impede a maioria das garotas de tentar. As garotas que se dão bem são aquelas que não se deixam abater por esse tipo de situação, mas não é a coisa mais fácil do mundo de se fazer. Existem muito mais tipos de força do que apenas ser durão por fora, e é exigir demais pedir a alguém que tenha sucesso quando a maioria das pessoas está esperando para ver sua queda.

Olho de relance por cima do ombro para Jamie, que é basicamente a pessoa mais inteligente que eu conheço e quase certamente nossa oradora de turma, e para Lora, a mais ambiciosa de todas nós e que, mesmo assim, é sempre graciosa e nunca afunda na negatividade ou no cinismo. Penso no quanto eu desejo que elas tenham sucesso na vida; que cheguem longe, o mais longe possível, até que cada garota que se dê bem seja como um farol de luz para todas as outras.

Então boto os pensamentos de lado novamente, porque já estou pronta para deixar esse momento girar em torno de mim.

— Equipe azul, preparada? — pergunta o árbitro.

Neelam aperta o botão de iniciar sem hesitar.

— Estamos prontos.

Não me dou nem ao trabalho de olhar para Richardson. Em vez disso, avalio o robô dele, que é uma versão redesenhada do que a equipe dele levou para o campeonato regional.

Segundo mandato do MABA. Sério mesmo? Mas que merdi...

— Concentra, Bel — diz Neelam, me cutucando. — O que você acha?

— Ah... — Não tem como saber se eles consertaram o problema da força giroscópica só de olhar, embora tenham diminuído um pouco a altura do robô. Pelo que percebo, agora tem uma alavanca no topo para evitar que eles percam da mesma forma que perderam da última vez. Eles não sofreram nada além de cortes e arranhões superficiais nas rodadas anteriores da competição de hoje, o que significa que não devem ter nenhum ponto fraco óbvio.

Agora eu gostaria de ter feito um esforço para ver a arma deles em ação mais cedo. Ravi e Emmett nos deram um relato vago do que viram por acaso entre uma rodada e outra, mas não sei se qualquer coisa que eles nos contaram poderia se comparar a ver com os próprios olhos.

— Não sei — digo a Neelam com sinceridade. — Você vai ter que testar e descobrir.

— Tá. — Ela cerra a mandíbula. — Eu consigo.

— Eu sei que sim. — Ela não conhece as complexidades do Chromatica tão bem quanto as do Sete, já que eu e Teo o construímos juntos. Mesmo assim, ela está pilotando o robô o dia inteiro, e sei que Neelam vai aprendendo ao longo do processo.

— Vamos nessa — digo, pouco antes de o árbitro dar a largada.

Logo de cara, o MABA — eu me *recuso* a chamar esse robô pelo nome completo — sai rugindo do quadrado vermelho, traçando uma linha reta direto até o Chromatica. Neelam reage rapidamente, escapando por pouco quando o *spinner* do MABA tenta se afundar no nosso invólucro de plástico.

— Você só precisa continuar de pé — digo a ela, olhando de relance para os juízes.

Nós ganhamos a última rodada por decisão do júri, então já sei que eles se impressionaram com a maneira como projetamos a armadura. Um nocaute seria melhor, óbvio, e eu adoraria garantir pessoalmente que Richardson veja o próprio robô explodir em chamas, mas, até sabermos quais são os pontos fracos do MABA, continuamos atirando no escuro.

Neelam meio que responde com um grunhido, concentrada. O MABA vai pra cima novamente e ela aciona o *spinner*, que faz um estrago com sucesso.

— Boa. Continua indo atrás dele — digo, e ela assente, partindo para outro ataque.

A coisa continua nesse pé, de um lado para outro, por mais de um minuto. No momento em que ultrapassamos a marca de um minuto restante, nenhum robô tem vantagem. Olho para Richardson, que está meio nervoso, obviamente tentando fazer mais estragos no Chromatica do que nosso invólucro colorido vai permitir.

Perdendo a paciência, Neelam cai matando, mas pega o impulso no momento errado. O Chromatica vira com o impacto e minhas mãos voam até a boca, segurando um arquejo quando ele cai de costas.

— Ele não quer virar de volta — diz Neelam, socando o mecanismo de autoalinhamento.

Meu Deus. É como se Teo tivesse tido uma premonição ou algo do tipo.

— Eu sei, só continua operando...

— Bel, ele não está se mexendo...

— Eu sei, eu sei, só espera...

Richardson se aproveita da nossa imobilidade momentânea e corta a parte de baixo do Chromatica, rasgando nossa fina base de titânio.

— Bel, o que eu faço? — insiste Neelam.

— Droga, droga, droga — digo, tentando pensar. — Olha, continua tentando...

— Será que é melhor acionarmos o *spinner*?

— Não, não, a gente precisa reservar todos os circuitos para colocar ele na vertical...

— Precisamos ver um movimento do Battlestar Chromatica! — grita o árbitro enquanto o MABA gira, fazendo uma dancinha da vitória para a plateia. — Qualquer movimento! Vocês têm dez segundos, equipe azul. Dez... nove...

Não, não, não. Isso não. Não esse robô.

Não o *nosso* robô.

— Bel — diz Neelam, arfando e forçando o polegar para baixo no mecanismo. — Tem certeza?

— Tenho certeza, Neelam, tenho certeza.

Não tenho certeza. Não faço a mínima ideia. Foi Teo quem construiu essa peça, não fui eu. Sei que tem defeitos — sei que *deveria* funcionar —, mas isso é robótica de ensino médio. Não é uma simulação de computador. Na vida real, as coisas nem sempre acontecem da forma como deveriam.

— Só espera, tá? Continua tentando...

Esse é meu robô, meu cérebro grita. É meu trabalho árduo, meu sangue, suor e lágrimas, isso é meu e do Teo, isso é *tudo pelo que trabalhamos o ano inteiro...*

— Se a gente usasse o *spinner,* eu poderia...

— Não, não pode, por favor não desiste, Neelam, por favor...

— ... seis... cinco... quatro...

Olho rápido por cima do ombro, desesperada, e vejo que Jamie e Lora estão agarradas uma à outra. Minha mãe cobriu os olhos com as mãos e Mac está tapando a boca. Ouço muita zombaria lá do quadrado vermelho; todos os garotos da St. Michael's já estão celebrando antes da hora e me encarando com cara de deboche, o que faço de tudo para ignorar.

— Só confia em mim — imploro a Neelam, na esperança de que ela lembre que eu confiei nela ontem à noite.

Ela fica em silêncio, mas a posição da mandíbula diz tudo: "Acho bom você estar certa."

Sei que vai ser culpa minha se der errado. A questão nem é mais Richardson, embora eu o veja abrindo um sorrisinho malicioso na minha visão periférica. Estou pedindo a Neelam que me dê um voto de confiança com base em cálculos que eu e Teo fizemos *em teoria,* e eu sou logo a primeira pessoa a reconhecer que o mundo real nem sempre age de acordo com as nossas expectativas. Acionar nossa arma vai contar como movimento, vai nos manter na luta, mas não seria o suficiente para nos salvar. Nós vamos ter que carregar a voltagem do autoalinhamento de novo em algum momento, e, nesse ritmo, não vamos ter tempo para isso.

É agora ou nunca. Pegar ou largar. Neelam nunca confiou em mim — ela não é a única, e ouço os garotos berrando atrás da gente para fazermos alguma coisa, *qualquer coisa —,* mas tenho certeza disso como conheço as batidas do meu próprio coração: *tem* que funcionar.

Não consigo nem respirar, e o som da contagem regressiva do árbitro vai e vem.

— ... três... dois... um...

E é então que o mecanismo é ativado e o Chromatica se levanta do chão, voltando à vida do nada quando a voltagem enfim carrega. O sorrisinho do Richardson vai embora, os colegas de equipe ficam boquiabertos e nesse momento eu entendo.

Essa é a sensação de ter construído o melhor robô do ringue.

— Eu vou estrangular o Luna por causa do ataque cardíaco que acabei de ter, com certeza — murmura Neelam de dentes cerrados, indo com tudo para cima do MABA enquanto eu começo a chorar de alívio e todos os outros sons na arena são abafados pelos gritos da plateia atrás da gente.

Dezessete
Pássaros

Teo

Eu esperava que a equipe fosse sair para comemorar após o dia de competição, mas, em vez disso, todo mundo se aglomera no meu quarto no hotel. Ainda não estou me sentindo cem por cento, mas foi fácil decidir não ir para casa com minha mãe quando ela se ofereceu para me levar. Quero estar aqui com minha equipe, na vitória ou na derrota — se bem que, a julgar pela cara deles, acho que foi uma vitória.

— O Sete *arrasou* — me conta Dash, dando um soquinho no ar com um grito. — Todas as novidades que a gente acrescentou foram *destruidoras*. A galera do terceiro ano basicamente não vai precisar fazer nada para ganhar pela terceira vez consecutiva no ano que vem — declara ele, emocionado com a vitória e o legado que deixamos.

— Que incrível. — É um alívio ouvir isso. — E o Chromatica?

— Achou que a gente só tinha ganhado uma categoria de peso? — pergunta Emmett, sorrindo com o braço pendurado em volta de Kai. — Cara, não teve pra ninguém.

— Você tinha que ter visto quando a Bel devolveu a bateria do Richardson pra ele — acrescenta Kai, caindo na gargalhada. — Ela foi fria que nem gelo, foi hilário. Parecia que o Richardson ia vomitar.

Abro um sorriso, ignorando a pontada de nostalgia ao ouvir o nome dela.

— Eu não desejo isso a ninguém, pode acreditar, mas é bom saber. — Então, dou uma olhada a minha volta e localizo Neelam, que meio que dá de ombros para mim.

— Ei, mandou bem, Dasari — falo com ela. Queria que tivesse sido ideia minha chamá-la para pilotar, mas… tá bom, para dizer a verdade, tive minhas dúvidas. Claramente estava errado, e não estou com raiva disso. — Que bom que foi você que assumiu a função — digo.

— Dã, Luna. Já sei que sou melhor que você. — Ela revira os olhos e sai do meu campo de visão, retirando-se. A boa e velha Neelam de sempre, acho.

— Você tinha que ter visto — prossegue Dash, começando a descrever um dos nocautes que perdi. Várias pessoas entram na conversa, até chegar ao ponto de eu não entender mais basicamente nada.

(Olha ela aí, a síndrome de FOMO.)

— Cara, eu… — Olho para a expressão exausta de todo mundo e sinto uma pontada de tristeza. — Odeio não ter feito parte disso — comento, mas aí ouço de longe o som de alguém limpando a garganta em algum lugar perto de onde Mac está na porta.

— Na verdade, você fez — diz uma voz familiar.

Arregalo os olhos, localizando Bel no quarto, que de repente fica em silêncio.

— Ah, ei, pessoal — diz Mac, endireitando-se enquanto Bel dá um passo hesitante na minha direção. — Vamos dar um pouco de espaço ao Luna, que tal? Germes — acrescenta ele, dando um empurrãozinho no Dash.

Todo mundo vai saindo lentamente, e Mac para ao lado da Bel quando o quarto fica quase vazio. Percebo que ela esconde algo nas costas, fora do campo de visão de onde estou aguardando.

— Não está tão preocupado assim com a possibilidade de eu pegar germes do Teo, Mac? — pergunta Bel, irreverente como sempre.

— Você tem dez minutos, Maier — ele lhe diz. — Depois, vai lá fora falar com um dos supervisores. Entendido?

Ela faz que sim.

— Muito bem. Ah, e Maier — diz Mac, fazendo uma pausa antes de nos deixar sozinhos. — Você realmente me ensinou muito esse ano.

— Eu? — Ela franze a testa.

— Mais do que você imagina, menina. — Ele lhe dá um tapinha no ombro e se retira do quarto, deixando Bel a sós comigo.

— Viu só? Progresso — digo a ela.

Ela revira os olhos e se aproxima de mim, revelando o que quer que esteja escondendo nas costas.

— Fiz os outros prometerem não estragar a surpresa, porque queria fazer uma revelação maneira, mas... — Ela dá de ombros. — Olha só.

É um troféu. De forma alguma é um troféu superbacana, mas olho para baixo e vejo o que está gravado:

PRÊMIO DE MELHOR ENGENHARIA

— Por qual robô? — pergunto, passando os dedos pelas letras gravadas.

— Adivinha. — Ela está sorrindo para mim.

— O nosso?

— Aham. — Bel levanta a cabeça e os olhos dela atingem os meus com força total. — Então agora você entende.

— Entendo o quê?

— Que você *fez* parte disso. Não... não só parte disso. — Bel tira o troféu de mim e seguro a risada; é óbvio que ela está com dificuldade de abrir mão dele. — Você é o melhor engenheiro, Teo. O piloto, o líder. Você é a espinha dorsal dessa equipe. — A contragosto, ela põe o troféu de volta na minha mão. — Pode ficar. — Ela suspira. — Quer dizer, eu estava lá para presenciar, então...

— Pode ficar com você — asseguro a ela.

Bel nem pensa duas vezes.

— Tá, beleza — diz, abraçando de novo o troféu no peito. — Desculpa, ainda estou meio emotiva em relação a isso. Quer dizer, eu sei que temos mais verba do que outros cursos de robótica — ela suspira de novo —, e basicamente só aproveitei o sucesso que vocês tiveram no ano pass...

— Bel. — Eu me estico para cobrir a mão dela com a minha. — Você fez por merecer. Ninguém te entregou isso de mão beijada.

Ela olha de relance para onde os nós dos meus dedos estão apoiados em cima dos dela e engole em seco.

— Você vai contar pros seus pais? — pergunto a ela.

— Na verdade, a sra. Voss contou a eles — diz ela, rindo um pouquinho. — Eles vieram assistir.

Uau, isso é muito importante para a Bel. Tento reparar se ela está estressada com esse fato, mas ela parece... feliz, acho.

— Os dois?

— Os dois. — Ela abre um sorriso distante. — Provavelmente vou ficar de castigo. Mas pelo menos eles parecem entender por que decidi fazer faculdade comunitária ano que vem, então...

— Decidiu? — pergunto, surpreso. Obviamente faz um tempão que a gente não conversa.

— É, eu... — Ela limpa a garganta, constrangida. — Eu só quero muito fazer isso, sabe? Continuar fazendo isso. E, quem sabe, talvez eu me candidate ao MIT outra vez daqui a dois anos, ou possivelmente ano que vem, se eu conseguir acumular um monte de créditos gerais. — Ela pisca, morta de vergonha. — Não que você precise... Não que eu queira dizer que...

— Bel. — Não consigo conter o sorriso. — Que incrível.

— É? — Ela arregala os olhos.

— Com certeza. É... é cafona dizer que eu estou orgulhoso de você? Estou tão orgulhoso de você...

Bel fica com as bochechas coradas.

— Tá, muita calma nessa hora, Luna. Eu nem fiz nada ainda...

— Bel, fala sério. Você sabe que tenho orgulho de você o tempo todo — comento com toda a sinceridade.

Ela me lança um olhar demorado e vulnerável e eu reparo que já passou da hora de contar tudo que tem se passado pela minha cabeça. Se o ensino médio serve para alguma coisa, é para provar que nada dura para sempre.

— Nunca foi uma questão de onde você ia estudar — digo a ela. — Sei que te fiz sentir que você tinha que ser algo que não era, mas juro, eu nunca pensei dessa forma.

— Agora sei disso. — Ela abaixa a cabeça bem de leve.

—Acho que eu só estava com vergonha e… eu não tinha um *plano*, e você sempre faz as coisas parecerem tão fáceis…

— Bel, nada é fácil para mim. Antes de você, eu tinha a sensação de estar me afogando. — Nunca falei disso com ninguém antes, mas é verdade. — Antes de você, ninguém na minha vida estava tentando ver quem eu de fato era, para o bem ou para o mal. Todo mundo só queria partes de mim, o líder, ou o capitão, ou o…

— Filho obediente? — ela pergunta baixinho.

— É.

Passamos alguns minutos em silêncio, sem tirar as mãos do nosso troféu.

— Então, olha — diz ela —, sobre o baile de formatura…

— Bel, eu sinto muita sauda…

Nós dois paramos.

— Você ia me convidar para o baile? — pergunto a ela, me segurando para não rir.

— Bom, quer dizer, por uma questão de praticidade…

— Ela para de falar, vermelha que nem um pimentão. — Ah, fala sério, vivemos em tempos modernos, as garotas podem chamar os garotos…

— Sinto saudades suas — digo, botando tudo para fora dessa vez. — Eu sinto muitas saudades suas. Com certeza vou ao baile com você, vou a qualquer lugar com você…

— Pelo amor de Deus, cala a boca. — Ela inclina a cabeça e solta uma mistura de riso e soluço. — Teo, caramba. Eu também sinto saudades suas.

Olho para baixo, para onde ela se dobrou de tanto rir acima do meu colo, e não sei o que fazer.

—Do que você está rindo? —pergunto, totalmente perplexo.

— Só de... tudo. — Bel dá mais um soluço e se levanta, expirando, e só consigo pensar em como estou feliz de estar perto dela. Em como tudo parece muito melhor quando ela está perto de mim. Não paro de pensar em como tudo perdeu a graça sem ela no último mês, em como tudo me pareceu vazio em comparação com todos os meses anteriores, então não ligo a mínima para a distância de Massachusetts. Até o simples som da voz dela faz com que eu me sinta mais em casa do que na mansão gigantesca dos meus pais. — Tá, desculpa. — Bel suspira. — Foi um dia estranho e eu só...

— Acho que eu te amo — declaro e, quando ela congela, eu congelo também. Não estava esperando falar isso, mas, ao mesmo tempo, sei que é verdade. — Foi mal, não precisa dizer que também nem nada...

— Eu te amo — diz ela, e então arregala os olhos. — Uau, eu nem precisei pensar, né?

Estou quase certo de que tanto ela quanto eu estamos pensando em como a Bel não tem facilidade com nada que seja definitivo. Ela me disse certa vez que nunca entendeu como as pessoas conseguiam ter tanta certeza em relação ao futuro ou a qualquer coisa, mas agora a voz dela denota certeza. O semblante também.

— Bom, não é como se fosse a faculdade — comento, disfarçando meu alívio, embora eu esteja completamente nas nuvens. — É só, sabe. Eu.

Ela revira os olhos.

— Claro, Teo. Só você.

Bel chega mais perto de mim na cama e, de repente, odeio saber que os dez minutos dela estão prestes a acabar, porque não tenho planos de largá-la nunca. Ajeito o cabelo dela atrás da orelha com uma das mãos e a puxo para perto até a ficha cair, como um banho de água fria.

Ah, é. Existe um motivo para eu estar nesta cama há, tipo, trinta e seis horas.

— Peraí — digo, parando segundos antes de nossos lábios se encontrarem. — Germes.

Ela me ignora, acabando com a distância entre nós sem nenhum momento de hesitação.

— Bom, não é como se eu tivesse uma competição de robôs pra me preocupar — diz ela, e eu me aproximo para mais um beijo, rindo enquanto a puxo para mais perto.

Bel

Acabei ficando doente demais para ir à formatura, o que por mim tudo bem. Teo apareceu na minha casa de smoking e passou boa parte da noite segurando meu cabelo enquanto Luke ficou na porta tirando várias fotos. Acho que ele planeja usá-las como chantagem em algum momento, mas não tô nem aí. Se seu namorado é capaz de te ver voando até o banheiro com seu vestido de baile e ainda insiste que te ama, provavelmente é um bom sinal. (Não que eu recomende fazer isso em casa.)

Por sorte, agora já estou cem por cento recuperada e, após algumas semanas andando em círculos à espera do fim do ano letivo, finalmente chegou a hora da formatura. A última semana de aula é de provas finais para todo mundo, mas, como muitos dos alunos do último ano tiveram que fazê-las antes das provas das matérias avançadas, estamos livres para fazer coisas tipo passear por aí cheios de nostalgia e assinar os anuários uns dos outros.

A essa altura, todos nós já sabemos que Jamie é nossa oradora. Ela está comprometida com Stanford, que é onde Neelam vai estudar também. Elas não vão dividir quarto nem nada, mas tenho a sensação de que vão se encontrar de tempos em tempos.

Lora conseguiu uma bolsa por mérito na Escola Annenberg de Comunicação da USC e Ravi decidiu ir para a Universidade da Califórnia em San Diego, a umas boas duas horas e meia de distância dela (isso considerando que o trânsito colabore). Dash optou pela NYU, Emmett escolheu a Universidade da Califórnia em Berkeley e Kai e Teo, é claro, vão para o MIT.

As pessoas também vivem me perguntando qual é meu plano, e admito que, no começo, eu ficava com um pouquinho de vergonha. Anunciar que vou me matricular no Santa Monica Community College... não é exatamente o que você quer responder quando sua melhor amiga é a oradora e seu namorado é um gênio. Mesmo assim, no fim das contas acabei me acostumando a falar disso, porque eu sei que é a escolha certa para mim.

Neelam tem razão. A vida é longa, com muitas oportunidades de recomeçar. Eu não tive uma boa base de matemática no ensino médio e gostaria de aprender mais algumas habilidades antes de entrar para um curso competitivo de engenharia mecânica. A primeira matéria em que decido me inscrever é uma de animação digital, além de incluir na programação uma de desenho técnico. Também estou procurando vagas de emprego para o outono e, por incrível que pareça, Mac tem sido muito prestativo. Ele me apresentou a um conhecido que participa de um programa que oferece monitoria em ciências da natureza e suas tecnologias para jovens de baixa renda.

Quando eu acabar em um curso focado em engenharia — o que vai acontecer —, planejo estar totalmente preparada sem ter desperdiçado um centavo do dinheiro dos meus pais.

— E aí, qual é a sensação de ter um plano? — Teo me pergunta.

— Até que não é ruim, na verdade. — Eu tenho me agarrado muito a esses momentos de passear de mãos dadas com ele pelo pátio, porque, por mais animada que eu esteja com o futuro, sei que vou morrer de saudades. — Qual é a sensação de saber que seus planos estão todos perfeitamente em ordem, como sempre?

— Na verdade, o MIT não te deixa escolher uma especialização logo de cara — responde ele com uma risada. — Vou ter que passar os dois primeiros anos meio sem rumo, o que vai ser… inédito.

Não consigo evitar; começo a rir.

— Uau. Tem certeza de que vai aguentar?

— Bom, aprendi umas coisinhas sobre desapegar — diz ele, apertando minha mão antes de nos sentarmos nos bancos da nossa mesa de almoço.

É difícil acreditar que já existiu um momento em que eu não me sentia tão próxima assim de alguém. Teo viu meu lado mais nojento, secreto e incerto, e ainda não acredito que ele queira tudo isso, o lado bom e o ruim. Mas, pensando bem, também já vi as falhas dele e não abriria mão delas. Acho que estar apaixonado é isso — mas o que a gente entende de qualquer coisa, afinal? Ainda somos jovens o suficiente para sermos tão ridículos um com o outro quanto quisermos ser.

Nós combinamos que vamos levar as coisas com calma enquanto estivermos separados. Não quero que ele se sinta na obrigação de falar comigo o tempo todo nem nada, embora eu saiba que não é tão fácil quanto parece. Não quero que Teo perca nenhum aspecto dessa experiência, assim como não quero ficar ansiando por ele enquanto tenho minha própria vida para resolver. Então, por enquanto, vamos ter o melhor verão de todos os tempos com nossos amigos, e depois...

A gente vai levar um dia de cada vez.

— Ei, antes que todo mundo chegue — diz Teo —, tenho um negocinho pra você.

— O quê? *Teo...*

— É pequeno, não se preocupa. — Teo tira algo pequenininho da mochila, e não consigo conter um arquejo de alegria quando ele me entrega.

— Ah, é outro pássaro pra minha coleção — digo, animada, tirando a presilha antiga dos dedos dele. — É tão lindo, Teo...

— Minha mãe ainda compra naquela loja vintage, então a dona de lá reservou pra mim. Imaginei que você pudesse usar no cabelo ou algo do tipo — ele me conta —, mas, ao mesmo tempo, eu não entendo muito bem as coisas que você usa, então... a decisão é sua.

— Bom, é perfeito. *Porqueeeeeee* — digo, simulando um rufar de tambores na mesa de almoço — eu também tenho um negocinho pra você.

— Sério? — Ele se ilumina como se fosse uma árvore de Natal. Que bobinho.

— Você ama mesmo presentes, hein?

— Ah, quer dizer, eu fui privado de muitas coisas na vida — diz ele —, então, sabe...

Eu lhe dou um soquinho no braço.

— Cala a boca. Eu não ia te dar ainda, mas já que você está aqui de mãos abanando...

— Isso! Me dá. — Teo abre um sorriso.

Reviro os olhos e tiro algo ligeiramente maior de dentro da mochila.

— Fecha os olhos — peço.

— Como quiser, Bel Canto. — Ele obedece e eu pego suas mãos.

— Tá, pode abrir.

Teo abre os olhos e vê o negócio que eu fiz para ele, que é basicamente um pardalzinho animatrônico que construí usando a bateria de um relógio e algumas peças de carro que Luke tinha sobrando. Tenho passado um pouco mais de tempo na casa do meu pai, então ele me deu liberdade para usar as ferramentas. Comecei a trabalhar no pardal logo após ter ficado doente demais para ir ao baile de formatura, mas só fui ter certeza do que estava fazendo e para quem estava fazendo quando terminei. Aí eu soube.

— É porque, sabe... tem que ser sempre dois pássaros — explico, me sentindo meio boba, porque não sei se garotos são sentimentais assim.

Teo meio que encara o pardalzinho e depois começa a brincar com o circuito para entendê-lo.

— Ele bate as asas se você faz isso — digo, mostrando a conectividade do mecanismo para ele. — Eu não queria fazer você levar algo idiota pro seu dormitório, mas achei que, sabe. Era pequeno o suficiente pra que você pudesse esconder dentro da escrivaninha, ou...

— Tá brincando, né? Bel. — Ele se inclina e me dá um beijo meio perdido na bochecha, ainda fascinado demais com o pássaro que tem em mãos para levantar a cabeça. — Em primeiro lugar, quero saber direitinho como foi que você fez isso. E, em segundo lugar, vou colocar *em cima* da minha escrivaninha. Ou da mesinha de cabeceira. Ou, você sabe, qualquer que seja o lugar pra onde eu vou olhar mais.

— Bom, já que você insiste... — digo, mas é claro que estou satisfeita de ouvir isso.

— Dois pássaros voando, né? — lembra ele com um sorriso, e, por um instante, sinto um aperto no peito.

Vou sentir muita saudade dele. Muita mesmo. Existem momentos como este em que eu me sinto totalmente em sincronia com ele, então sei que vou sentir que falta um pedaço de mim quando Teo for embora.

Mesmo assim, não é toda hora que a gente conhece alguém com quem tem a chance de compartilhar momentos desse tipo, e eu sei que seria péssimo desperdiçar isso.

— Dois pássaros voando — digo, como se estivesse prometendo algo grande a ele.

A qualquer momento, Dash vai dar as caras e comer parte do almoço do Kai. Jamie vai surgir e nos contar alguma história hilária sobre o que rolou no torneio de wiffleball da turma de política americana hoje de manhã. Lora e Ravi vão comparar as checklists que fizeram com o que estão planejando para seus respectivos dormitórios — Lora e a colega de quarto já estão compartilhando um board no Pinterest com ideias de decoração — enquanto os amigos do Teo do time de futebol discutem sobre quem tem mais chance de ganhar a próxima Copa do Mundo. Emmett vai nos deixar implicar com ele dizendo como Berkeley fica pertinho da Neelam em Stanford enquanto finge não se importar.

A MECÂNICA DO AMOR 355

Mas, por enquanto, somos só eu e Teo. E por mais tranquilo que seja este momento em comparação com alguns dos outros que já tivemos juntos, ainda sinto aquela emoção de saber que estou exatamente no lugar certo e na hora certa. Como o momento em que ganhamos aquele primeiro nocaute juntos no campeonato regional, ou quando fizemos o primeiro lançamento de cores no festival Holi. Eu me senti guinando na direção do Teo o ano inteiro, esbarrando nele várias vezes durante meses.

Talvez a vida nem sempre tenha me indicado as coisas do jeito que eu esperava, mas, se eu tive a sorte de deixar o universo me catapultar para cá, então todas as dificuldades ao longo do caminho valeram a pena.

Pouco antes de Teo me puxar para perto, meu celular vibra no bolso.

> **Jamie**
> acho bom você não estar de pegação com o teo quando eu chegar aí

> **Jamie**
> você não vai ACREDITAR no que acabou de acontecer no wiffleball

Guardo o celular na mochila com uma risadinha e puxo Teo pelo colarinho.

— Quanto tempo a gente tem? — pergunta ele, já se inclinando na minha direção.

— Ah, tempo o suficiente — respondo.

Então eu o beijo, e nesse momento sinto que não preciso de mais nada na vida.

Epílogo

Bel
DOIS ANOS DEPOIS

Então... acabei não indo para o MIT.

Para dizer a verdade, não cheguei nem a terminar os dois anos que tinha planejado passar na faculdade comunitária. Depois do primeiro ano arrasando no desenho técnico e obtendo meus pré-requisitos básicos de cálculo, recebi uma ligação da Neelam. Antes disso, recebia notícias dela só de vez em quando, quem sabe uma vez por mês ou algo do tipo, quando trocávamos mensagens, mas dessa vez ela ligou para me falar de uma oportunidade inesperada: a equipe de robótica do Emmett na Berkeley estava precisando de alguém com um bom olho para design, e será que eu tinha cogitado a possibilidade de me candidatar? Aparentemente, uma professora da Neelam do curso de bioquímica viu nosso robô em ação e, já que essa professora era casada com o diretor de engenharia da Berkeley, bom... calhou de ela saber que havia uma vaga para alguém como eu.

Tipo, especificamente eu.

Depois de conversar sobre o assunto com a sra. Voss, com quem eu me encontrava uma vez por semana para ajudar com o clube que ela inaugurou na Essex para garotas interessadas em educação STEM, comecei a estudar na Universidade da Califórnia em Berkeley um ano atrás, em agosto.

Sinto saudades do trabalho que eu estava desenvolvendo no programa de monitoria que Mac conseguiu para mim — e *com certeza* sinto saudade de pedalar até a praia durante minhas folgas vespertinas na Santa Monica —, mas estudar na Berkeley é como relembrar meu último ano de robótica, mas ligado no 220. Estar perto de Jamie e Neelam também é ótimo, embora eu esteja tão ocupada nesse semestre que faz semanas que mal vejo as duas. Graças a todo o tempo que passei me aperfeiçoando em diferentes programas de design, pude convencer meus colegas de equipe e professores a me deixar correr muito mais riscos, o que me levou a assumir mais responsabilidades nas nossas construções de componentes. Todo o esforço que fiz ao longo dos dois últimos anos me permitiu crescer e melhorar, e agora não resta dúvida de que sou uma das melhores designers da nossa equipe.

E é por isso que, quando minha equipe me pediu para conduzir o robô, aceitei sem hesitar. Eu sei que trabalhei incansavelmente. Liderei essa equipe da melhor forma possível e, a essa altura, tenho mais experiência no currículo do que a maioria deles. Conquistei o direito de dizer que conheço esse robô melhor do que ninguém, então, hoje, vou assumir o comando da equipe numa competição nacional de robótica universitária pela primeira vez.

Não vou nem fingir não saber que isso é extremamente importante para mim.

Pego o celular quando ele vibra e passo os olhos pelas mensagens dos meus pais e meus irmãos. Minha mãe e meu pai com certeza estão gratos por eu ter escolhido uma universidade pública, embora, com o trabalho e o dinheiro que economizei durante meu ano na faculdade comunitária, pude conseguir uma bela bolsa de estudos. O mais importante: o reconhecimento de que ambos contribuíram para a pessoa bem-sucedida que sou hoje parece ter ajudado a aliviar a tensão entre os dois. Provavelmente eles nunca mais vão ser os mesmos de quando eram casados, mas já não me preocupo mais tanto com meus pais.

Luke também me ligou hoje de manhã. Depois de alguns anos trabalhando com meu pai, ele voltou à faculdade para se formar em gerenciamento de construção. Respondo ao grupo da família com alguns emojis de coração e depois desligo o celular, tentando deixar o nervosismo de lado e dar uma boa olhada no nosso oponente.

— Ei, Maier — diz uma voz atrás de mim enquanto estico o pescoço para espiar dentro do ringue, e então me viro de frente para o piloto da equipe de robótica do MIT.

— E aí, Luna — digo tranquilamente. — Tem certeza de que está pronto para isso?

— Ah, já nasci pronto. Está segura da altura daquele *spinner*? — pergunta ele.

— Mais segura do que você deveria estar em relação àquele martelo. Quanto tempo leva para reagir?

— Ah, você adoraria saber, não é? — diz ele com um sorrisinho, que eu retribuo com todo prazer.

Toda essa troca de farpas é puramente em prol das nossas equipes rivais, é claro. (Alguns garotos ainda não conseguem aceitar a ideia de que o lugar de uma garota que usa Doc

Martens brilhantes pode ser na robótica, mas é sempre uma alegria provar que eles estão errados.) Tanto Teo quanto eu sabemos que essa vai ser uma das rodadas mais difíceis da competição — eu sei *muito bem* o engenheiro excelente que ele é e, da mesma forma, a equipe dele já ouviu falar que o nosso robô bateu um recorde universitário durante os testes —, mas não existe nenhuma animosidade real aqui. É igualzinho ao tempo que passamos no laboratório de robótica do Mac, desafiando um ao outro e nos motivando a dar nosso melhor, só que, desta vez, Teo está usando a camisa de gola redonda do MIT e eu estou com minha camiseta da Cal.

Já sabíamos há séculos que nos enfrentaríamos hoje e, por sorte, o embate vai acontecer na primeira rodada.

— Sou da equipe vermelha — digo a ele, levemente presunçosa. — Você sabe o que isso significa.

— Superstição é uma coisa tão frágil quanto pena de passarinho, Bel Canto — diz Teo.

Ele sabe que o pássaro preso no meu cabelo significa que, quando essa rodada acabar, quando eu ganhar, claro, meu namorado ainda vai me dever um beijo.

Sim, ainda estamos juntos. Experimentamos manter as coisas simples durante o primeiro período do Teo, sem tentar prender um ou outro a nada, mas acabamos nos falando todo dia e nunca deixamos de dizer que nos amávamos. Quando ele voltou para casa para as férias de inverno, Teo me disse que queria as coisas complicadas. Eu respondi que também queria.

Então, sim, estudar em faculdades diferentes, uma em cada canto do país, não é a coisa mais fácil do mundo de administrar, mas nos falamos por FaceTime por pelo menos alguns minutos ao dia enquanto fazemos de tudo, de tudo mesmo, para não vazar por acidente nenhum segredo a respeito dos robôs que tomaram conta da nossa vida. Também fazemos questão de nos encontrar pessoalmente mais ou menos uma vez ao mês, o que significa que minha colega de quarto está tão acostumada a ver o Teo quanto Kai está acostumado a me ver. (Dash também passa muito tempo no sofá do Teo, e tento programar minhas visitas para os momentos em que ele está de saída. Minha parte favorita é fuçar as sobras de comida de quando Dash entra numa onda de cozinhar pierogi.)

Sem dúvida as coisas têm sido um pouquinho agitadas. O lado bom é que eu e Teo nos inscrevemos e fomos aprovados para o mesmo curso de engenharia em Edimburgo no próximo outono, então finalmente vamos poder passar mais do que poucos dias livres no mesmo lugar. Nós estamos ansiosos para explorar o mundo juntos daqui a poucos meses, mas agora...

Agora só a luta importa.

— Equipe vermelha, preparada? — grita o árbitro, então eu entro no quadrado vermelho.

— Sim — respondo, apertando o botão que ativa o nosso lado do ringue.

— Equipe azul, preparada?

Teo está a alguns metros de distância de mim, com o controle em mãos.

— Sim — diz ele.

Teo e eu trocamos um olhar abertamente competitivo. Estou quase certa de que ninguém diria, só de olhar para a nossa cara, que estávamos nos pegando, tipo, uns quinze minutos atrás, ou que provavelmente vamos repassar a luta inteirinha hoje à noite, no meu quarto ou no dele.

(Tá, beleza. Pode ser que a gente faça outras coisas também.)

As luzes no ringue se acendem, nos cegando temporariamente. Eu estou nervosa, admito. Mas não estou com medo. Sinto minha pulsação na garganta e sei que esses vão ser os três minutos mais longos da minha vida, por mais que passem num piscar de olhos. A vida é assim às vezes, e estou determinada a aproveitá-la ao máximo. Deixo o polegar pairar sobre o controle de avanço, me preparando para o comando de partida.

— Ei. Bel. — Olho de relance para Teo, que me dá uma piscadinha. — Vejo você do outro lado.

— Você é o pior. — Uma abreviação fácil para "eu te amo".

— Tá bom, tá bom. — Ele abre um sorriso e eu percebo que, ganhando ou perdendo, Teo Luna e eu somos feitos de uma base sólida. O que eu e ele temos juntos é a melhor coisa que já construímos.

Enquanto nos viramos de frente para os nossos robôs no ringue, o mundo inteiro fica em silêncio. Eu inspiro pelo nariz, lentamente, e expiro pela boca. Certa vez, a sra. Voss me disse que eu precisava marcar meu próprio território na vida e, por mais que ela estivesse certa na época, acho que consegui dar um passo além. Levei um tempinho, mas acho que finalmente sei qual é o segredo: é possível vencer sem precisar fazer isso sozinha.

Quer saber de outra coisa que descobri? Que o cara à minha direita me ama. As pessoas que estão aqui ao meu lado confiam em mim. Só vou perceber mais tarde, porque meu celular está desligado, mas Neelam e Jamie estão atrás de mim com Rachel, minha colega de quarto. Um ano atrás, eu não tinha nada além de uma animação de computador e algumas peças soltas, mas agora tem um robô de minha autoria bem ali, diante dos meus olhos.

Seguro firme o controle e estou nervosa, mas não tenho medo. Esta é a minha zona de conforto.

— ROBÔS — grita o árbitro. — ATIVAR!

Estou no meu território agora.

Agradecimentos

Quando o assunto é este livro, viro uma fonte infinita de gratidão, mas vou começar com minha editora, Della Farrell, a equipe editorial da Holiday House e minha agente, Amelia Appel. Os livros são talismãs habilmente disfarçados, cheios de experiências, esperanças e dores, e jamais vou deixar de encarar como um milagre, uma lição de humildade, as duas terem notado de modo tão rápido e intuitivo que havia algo no Times New Roman genérico do meu manuscrito em que valia a pena investir. Sou muito grata pelas mulheres fervorosas, motivadas e atenciosas que ouviram meus discursos inflamados e encorajaram minha voz. Que todos nós tenhamos a sorte de ter Amelias e Dellas nas nossas vidas.

Agradeço a você, leitora. Todo livro é uma árvore que cai na floresta: se ninguém lê, será que sequer existe? Este livro em específico é produto da comunidade, e a história não é só minha. Na verdade, às vezes eu gostaria que pudéssemos ouvir partes dessa narrativa com menos frequência: os ambientes que nos fazem sentir que não somos bem-vindas, a igualdade pela qual temos que batalhar, a percepção de que nós somos menos do que de fato somos. As microagressões, as barreiras que nos são impostas, a rejeição que enfrentamos e que, às vezes, quando estamos para baixo, podemos confundir com a verdade. Mas, por mais que seja assim que nossa história começa, não é como ela termina.

Escrevi esta história por nós, pelas garotas que somos e pelas garotas que fomos. Pelas mulheres que seremos; pelas muitas que virão depois de nós e que descobrirão, se fizermos um bom trabalho, que existe espaço para elas aqui. Por todas aquelas que lutam diariamente contra a síndrome do impostor; contra as portas que se fecham; contra as críticas dos que duvidam de nós. Por aquelas que tentam e estão exaustas, mas que têm esperança e aspirações, porque nós, para o bem ou para o mal, somos dotadas daquela qualidade rara, do dom da criatividade, da curiosidade e da admiração. Por aquelas que podem e vão mudar o mundo. Já me sinto grata por ter a chance de dar voz a pelo menos uma fração da história de vocês, então muito obrigada por me deixarem tentar.

Agradeço a minha mãe, que me fez acreditar que a independência de pensamento era um direito, não só um dom. À minha família, meus amigos e minha comunidade, que vibram de felicidade a cada sucesso meu. Caminhei muito para chegar até aqui, mas, mesmo assim, eles sempre acreditaram no que eu estava fazendo. Obrigada por confiarem em mim até de olhos fechados.

Agradeço especialmente a Stacie Turner, a primeira a olhar este livro e tantos outros que escrevi, e a Little Chmura, minha amada colaboradora. Agradeço também à ilustradora da capa, Jacqueline Li, e à designer, Chelsea Hunter, por darem vida a esta história de uma maneira tão vibrante. Agradeço ainda a toda a equipe da Holiday House: Kerry Martin, Terry Borzumato-Greenberg, Michelle Montague,

Sara DiSalvo, Aleah Gornbein, Annie Rosenbladt, Alison Tarnofsky, Miriam Miller, Erin Mathis, Lisa Lee, Judy Varon e Joselin Pichardo.

Sou grata a Henry, que chegou aos quarenta e cinco do segundo tempo. Rapazinho, você me faz amar estar viva. E, finalmente, Garrett... O que eu faço na vida que não seja por você? Nada. Obrigada por ser o professor e o homem que você é. Por fazer com que cada aluno de sua sala de aula sinta que não há limites para sua própria capacidade de grandeza; por ensiná-los que o universo é imenso, assim como eles. Você faz por seus alunos o que também faz por mim: nos dá motivos para acreditar que o céu é o limite. Obrigada por corrigir meus erros de física, por me fazer rir, por transformar um amor puro e interessado pela ciência em algo digno de um romance. Os nerds andam em alta ultimamente.

Este livro, composto na fonte Fairfield,
foi impresso em papel Lux Cream 60g/m² na AR Fernandez.
São Paulo, Brasil, maio de 2025.